上海著名中学师生推荐书系
影响我中学时代的一本好书

黄荣华　主编

湮没的辉煌

夏坚勇————原著

王云帆————编注

中国出版集团 东方出版中心

图书在版编目（CIP）数据

湮没的辉煌：全新修订版 / 夏坚勇原著；王云帆
编注. 一上海：东方出版中心, 2021.6（2025.7重印）
ISBN 978-7-5473-1846-1

Ⅰ.①湮… Ⅱ.①夏… ②王… Ⅲ.散文集-中国
-当代 Ⅳ.①I267

中国版本图书馆CIP数据核字（2021）第109456号

湮没的辉煌（全新修订版）

著　　者	夏坚勇原著　王云帆编注
责任编辑	王　婷
装帧设计	钟　颖

出版发行　东方出版中心
地　　址　上海市仙霞路345号
邮政编码　200336
电　　话　021-62417400
印 刷 者　上海万卷印刷股份有限公司

开　　本　890mm×1240mm　1/32
印　　张　8.25
字　　数　210千字
版　　次　2021年6月第1版
印　　次　2025年7月第8次印刷
定　　价　39.00元

编注者说

编这样一套书,出于三个目的——

一是让中学生朋友们共享同龄人的精神资源。每个中学语文尖子都有自己的个性化阅读,这种个性化阅读多数情况下应当是有普遍价值的,因为毕竟大家的年龄相当,阅历相似,文化背景相同。他们所以成为语文尖子当然有诸多原因,但他们的个性化阅读一定是一个重要原因。因此,把那些语文尖子的个性化阅读且具有普遍意义的著作,让语文尖子们自己向同龄人推荐,说出自己阅读的意义或方法,对绝大多数中学生朋友应当是有益的。

二是增加同学们的情感和思想积累。这就先要说到"应试"教育了。可以说白了,没有情感浓度和思想深度的应试者,至少在目前的语文应试中,他是无法得到高分的。无论是现代文阅读,还是古诗词鉴赏,或是文言理解,作文就更不用说了,没有真情分辨与把握,没有思想综合与揭示,他最多只能拿到最基础的分数。基础分是多少?及格。因此,要想在语文考试中获得高分,就必须注重情感与思想的积累。鉴于这种思路,我们在编选、点评这套丛书时,就特别注意了情感与思想的提升。其实,一个真正的读书者,是永远把情感与思想历练放在第一位的。这样的读书者不仅可使自己成为有人情味的人,有思辨力的人,而且永不会被迷惑,应付各种各样的考试就更不在话下。要特别提及的是,如果你是一个真想学好语文的人,就千万别相信那些所谓应试技巧之类的书。按这种书的技巧指导,你从高一练到高三也出不了头。你可以不买这套书,但不能不听这样的忠告。

1

三是倡导一种语文观念——语文学习的重要目的是协调学习者与社会的关系。就中学生而言,如何与同学朋友交往,与家长交心,与老师交流,与陌生人相待,是一门重要的课业,但今天的教育基本忽略了这一课业。我们在这套丛书的编选、点评中,也期待在这方面有所为。首先从第一辑的选题看,《寂寞圣哲》整体上是思考人与社会的关系,思考作为个体的人与作为社会的人应如何更好地获取幸福与尊严;《怅望千秋》很大程度上是传承一种精神,那是伟大的唐诗精神——以李白和杜甫为代表的集傲岸与悲悯于一体、集生活与艺术于一身的高贵精神;《古典幽梦》引导阅读者在寻找真实中确立自我与环境、社会的关系;《夹缝中的历史》将广为人知或鲜为人知的历史大事或小事联类贯通,让阅读者从历史发现、甄别、揭示中获取真知。事实上应试能力也是人与社会的一种协调能力。如果把眼光放远大点,我们就能看到,每个人的一生都会遇到无数次的大大小小的应试。一个没有应试能力的人是不能容于社会的。现在的问题是,我们把应试妖魔化了。这不能怪应试本身,而应责怪社会对应试的理解过于偏狭,对中学生应试的操作过于单一。我们只是期待,阅读这套丛书的同学能获益,哪怕是从最基本的应试上获益。

序

于　漪

　　读书对人生建树的重要性,中学生均略知一二,有的理解得还比较深刻。难的是如何把认识化为行动,使书(当然是精品、佳品)成为自己的亲密伙伴,深深地爱,从中吮吸养料,滋润精神成长。

　　怎样才能化解艰难,养成读书的习惯? 首要在真正提高认识。行动受思想指挥,认识模糊、低下,行动必然朝三暮四,摇摆不定。须知:读书是人独有的神圣权利。北大教授贺麟早在半个世纪前就语重心长地对新大学生说:人是能读书著书的动物。读书是划分人与禽兽的界限,也是划分文明人与野蛮人的界限。读现代的书即与同时代的人作精神上的沟通交谈,读古人的书能承受古圣先贤的精神遗产。读书可以享受或吸取学问思想家多年的心血的结晶,所以读书实为人类特有的神圣权利。这段话认真咀嚼一番,可思考的内容甚丰。人有文字,禽兽没有,文字承载文明,传久行远,恩泽后代。后代要继承文明,健康成长,进而发展创造,须臾离不开文字的杰作——书中的醍醐与琼浆。

　　然而,在当今生存的环境中,金钱至上、物欲横流、急功近利思潮泛滥,对中学生精神的成长构成了种种威胁。读书的意识淡薄了,读书的欢乐消失了,嗜书如命的那份执着已凤毛麟角,读书的神圣权利在不知不觉中受到冷遇。责任在谁? 求学不下功夫读书的局面形成,确实有多种因素,学业负担重,题海围攻围堵,难辞其咎。即使如此,中学生仍要坚定读书的信念,冲出不良气氛的包围,做一名爱书、读书、心灵充实、大脑富有的人。

　　有一种误解,认为做现代人,只要是电脑操作的行家里手,与键盘

为友，需要什么资料，都可以搜索，可以下载，要花功夫读那么多书干什么。这不仅对"现代人"的内涵缺乏深入的探讨，而且太小看了自己。走向现代化的中国，迫切需要现代人去发展创造。现代人要求具有崇高的人格和道德观念，具有宽厚的自然科学、社会人文科学知识基础和自主求索、运用知识、创新发展、服务社会的观念和能力。或者说，要具有现代的文化心理素质，主体意识、进取意识和创造意识能充分发挥。一句话，须全面提高素质。知识经济时代的到来，它不是以某种能够运用的技术为基础，而是以整个知识进步为基础，因此，对人才的评价标准，主要不是看某一方面的技能运用，而是看人才的整个知识的结构、知识的容量、知识的水平、知识积聚和更新的能力。也就是说，知识方面也需要综合素养。社会文明程度越高，对人的全面发展、道德修养、文化素养的要求越高。

全面提高素质最重要的途径之一是读书。其他姑且不论，单是文学的辉煌殿堂对每一位有志青年都敞开着，只要有入深山探宝的精神走进去，你会受到清澈的思想、精辟的见解、深邃的洞察力、文字的生命力的感染，如行走在山阴道上，山川自相映发，使人应接不暇。

读书要慎加选择，绝不滥读。而今，由于利益驱动，平庸的作品，乃至坏书，经包装与炒作，搅乱人的视线，以时尚、时髦诱惑年轻的读者。坏书犹如蓬勃滋生的野草，伤害庄稼，使庄稼枯死，它戕害人的思想、情感往往无影无形，令人受害而不自知。人不可能活二百年，人生苦短，特别是青春年少的黄金岁月，更应万分珍惜，不能让坏书、无益的书销蚀自己的青春。有人说得好：单靠报纸和偶然得到的流行文学，是学不会真正意义上的阅读的；读，就必须读杰作。杰作常常不像时髦读物那么适口，那么富于刺激性，但那里有心血，有智慧，有学问，有价值，你精神上获得了财富。

《上海著名中学师生推荐书系》的编注者不仅深知阅读杰作对青年人的人生建设的重要与必要，而且躬身践行，体会成长的快乐。为此，怀

湮没的辉煌

著名中学师生推荐书系

着对中学生的关心与爱护，从现当代经典散文的编注入手，引领大家与作品中的一个个个性极其鲜明的作家、伟人对话、交流，沟通心灵，认识他们的思想，感受他们的文采，体悟他们洋溢时代精神的人格魅力。

读书要虚心。无谦虚心理，狂妄自大，就难以入门，更不用说登堂入室。书中常会有"罅缝"，可深思，可探究，绝不是拿来审问。当今读书有种倾向，不管什么读物，先"批"字当头，否定，贬斥，美其名曰自己高明，批判性思维强。殊不知这种阅读连浅尝辄止都谈不上，又何能从阅读中收到成长的实效？经典之作不可能迎合你的思想，也不可能轻而易举就完全能得到其中的真谛。要想真心实意地得到他们的教诲，须进入他们的思想，辛苦探寻，用力打凿，比较辨识，熔炼吸收。读书是辛苦的，而人也就是靠辛苦的陶冶而成其为人的。朱子说的"读书须一棒一条痕，一掴一掌血"的执着追求的读书精神，在现代社会仍然散发光芒。

祝愿中学生朋友在学业繁重的情况下，挤时间阅读编注的这套经典之作丛书，集众人之精气神，打好做现代中国人的文化基石，为明日的发展蕴孕充分的底气。

于漪，著名语文特级教师，2019年被授予"人民教育家"国家荣誉称号。

序

目　录

编注者说 …………………………………………………………… 1

序 ……………………………………………………… 于　漪　1

师生推荐的 N 个理由

"悦读"好书,寻找"辉煌" ………………… 进才中学　王云帆　3

点亮你我心中的不灭之火 …… 华师大二附中　高健岭(学生)　5

踏上追忆的旅途 ………………… 进才中学　董　菁(学生)　10

第 一 单 元

东林悲风 ………………………………………………… 3

湮没的宫城 …………………………………………………… 31

走进后院 …………………………………………………… 58

单元链接 …………………………………………………… 82

第 二 单 元

石头记 …………………………………………………… 85

瓜洲寻梦 ………………………………………………… 108

驿站 …………………………………………………… 134

单元链接 ………………………………………………… 156

第 三 单 元

百年孤独 ………………………………………………… 159

文章太守 ·· 186

童谣 ·· 211

单元链接 ·· 233

附录　自序 ··· 234

湮没的辉煌 ●

著名中学师生推荐书系

　　夏坚勇先生的《湮没的辉煌》，集知识性、批判性和文学性于一体，非常适合中学生阅读。我以为是一本可"悦读"的"好书"。

——王云帆

　　跟随着作者神游八极，谈古论今，承汉唐之余烈，讽明清之是非，相较于埋头诵读"某年某月某日，上南幸"，岂不是恣肆明白得多！

——高健岭

　　透过这本《湮没的辉煌》，我似乎看到了一个更深远更值得探究的话题——"80 后"的我们，多久没看到如此激昂畅快的散文了?！而我们又是否能接过这支笔，对历史进行更深一层的、具有人文精神的反思和批判呢?

——董　菁

"悦读"好书，寻找"辉煌"

进才中学 王云帆

上海的"书香俱乐部"提出了"悦读"这一概念，提倡快乐阅读；我就把它借用过来，提倡"悦读好书"！悦读这本书，你可以穿越时空，可以开启无数个维度空间，让你视通四海，思接千古，与智者交谈，与伟人对话，于是你的思想纵横捭阖，通向伟大的心灵；"悦读"这本好书，你将站在巨人的肩膀之上，在超越世俗生活的层面上，建立起精神生活的世界。

夏坚勇先生的《湮没的辉煌》以其深邃的哲理品格，典雅的语言意趣以及丰富的艺术张力，呈现出独特的美学风貌，我以为是一本可"悦读"的"好书"。

夏先生在创作《湮没的辉煌》之前出版过小说、话剧，曾获得庄重文文学奖和曹禺戏剧文学奖；他的散文集知识性、批判性和文学性于一体，非常适合高中学生阅读。

标题"湮没的辉煌"是整本书的灵魂，光辉灿烂的中华文明究竟有多少令后人心醉的"辉煌"？又有多少曾经的"辉煌"因种种缘由而不复存在？作者在残垣断壁、故纸堆里苦苦追寻，以一个知识分子特有的敏锐和执着寻找着历史的蛛丝马迹，他用广博的学识带领我们虔诚而庄重地走进历史，在一块石碑、一段残简或者一眼泉水中寻找往日的辉煌。

知识性——每一篇散文都凝聚着恢宏、广博的文史知识。无论是《石头记》中的"知府碑"上一个又一个曾经响彻北宋政坛的名字，还是《瓜洲寻梦》里张祜的一首《题金陵渡》，都可以让我们学到许多在教材中没有提及或者仅仅简略介绍的知识。

批判性——每一篇散文都清醒地认识历史、理性地思考文化。在《东林悲风》的"六君子"事件里，或者在《驿站》"墙头诗"的讽喻中，我们不仅可以看到一批批"以天下兴亡为己任"的知识分子，而且清清楚楚地看到了他们这个群体的不幸遭遇。从作者的文字中我们可以认识传统的知识分子，更可以反思传统的文化品格。

文学性——每一篇散文都呈现出情理交融、磅礴大气的风格，具有摇曳多姿的章法，可读性强。无论是《湮没的宫城》中艺术想象空间的突破，还是《百年孤独》一首一尾所营造的剧场效果，都是极具文学魅力的。

所以，我向同学们推荐这本好书。

没有一道风景比心灵的风景更开阔，没有一种风暴比思想的飓风更强烈，没有一片废墟比灵魂的寂寞更荒凉，也没有一叶残月比理想的失落更苍白。在能够自由选择、任意阅读的今天，倘若我们能够选择《湮没的辉煌》，使自己的思想借助于夏先生厚实的文字，在历史文化中穿梭，使灵魂净化，让理想升华，这个时候，你是最自由的，没有世俗生活的聒噪，没有金钱世界的贪婪，没有权力纷争的欲望；你是最幸福的，因为你拥有完全属于自己的最辉煌的精神家园！

点亮你我心中的不灭之火

华师大二附中　高健岭（学生）

一

我们读历史，以历史教科书为纲自然是一种不错的选择，至少能够做到系统而清晰，简洁而明了。然而成天面对着一大串历史年表，梳理着各大事变的背景、进程、结局、影响，日子久了，难免生出些乏味。对此，高中分科时选择文史的同学就深有体会：各种自先祖流传而来的信息充塞于大脑之中，本就几成乱麻，又哪来的闲情逸致去细细思考与品味个中深意呢？

作为普通的中学生，我们寻求的不过是在对过去的回顾中受到的一点点启发，是在重温旧事时迸发出的一丝丝感悟——从这一层面上讲，文化类的散文作品，较之历史学术专著来说，显然更加适合我们。在打破了的时空里，历史被重新拼接与加工，散文给我们带来的是一段漫漫长河中的精华。跟随着作者神游八极，谈古论今，承汉唐之余烈，讽明清之是非，相较于埋头诵读"某年某月某日，上南幸"，岂不是恣肆明白得多！

于是，夏坚勇先生的《湮没的辉煌》便以这样一种大散文的形象，出现在我们面前。作家以其笔锋之犀利，措辞之畅快，思想之深刻，将历史与政治、文化与情感加以整合，在不经意间引发了我们这些后辈许多关于人生与社会的思考。

二

中国人历来有一种挥之不去的文化崇拜，帝王将相，黎民百姓，自

古就传承了中华民族儒雅为上的思想精神,从而使文人们在华夏族的历史舞台上担当着无可推却的重要角色。

也许正因为如此,夏先生才在这本《湮没的辉煌》中,以浓墨重彩绘制着他对于中国文人沉重却又富有灵性的反思。

作者思索的沉重,大抵源于文人们多舛的命运。且莫说历朝历代正经纯粹的士大夫中有几个能自始至终保持亨通的官运而不曾被贬谪到什么穷乡僻壤,单单是那些祸从口出的文字狱就足以让人痛心疾首。而最为可悲的,是这些祸端的出处,竟是文人们为之鞠躬尽瘁、扶持有加的封建政治统治者。夏先生曾不惜笔墨对这些王公大臣们操起刀柄时的心情进行剖析,请看《东林悲风》中作者为皇帝评价专政宦官与东林党人所做的一段"代白":

> 魏忠贤仅一家奴耳,且目不识丁,即使有点问题,谅与江山社稷无碍。可怕的倒是那些抱成一团的文化精英,你看他们振臂一呼,朝野倾动,招朋引类,议论汹汹,这帮人究竟意欲何为?难道寡人的宫阙也成了他们恣肆纵横的书院不成?得,我且小试刀锋,镇一镇他们的气焰。就是刀下有几个冤鬼,大不了过些年再平反昭雪,给他们立块忠义碑得了。到了那时,岂不又显出寡人的英明大度?

面对皇帝老儿阴冷的目光和轻飘飘的"小试刀锋",文人们非但没有有所顾忌,反而更加对他死心塌地。如《湮没的宫城》中所说,引领后世君主嗜杀文人成风的老皇帝朱元璋怎么也不会想到,"当年自己最不放心,因而也杀得最多的文人,在明王朝人去场空时,却成了送葬队伍中最为哀戚的一群"。这是不是自古文人难以走出的一大悖论呢?

悖论不止于此,按照夏先生的说法:中国的文人士大夫们有一个终身为之魂牵梦绕的命题,叫作"济苍生"。大多数文人于是将它寄托在出仕为官上。可世事难料,他们之中能够真正得偿所愿的为数并不

湮没的辉煌

著名中学师生推荐书系

多,一些人屡试不第而郁郁不得志,另一些人则为了操守节义而拒绝受印。他们退而求其次,或隐居世外,寄情山水;或融于烟尘,风流度日,然而这样的日子他们真的愿意过吗?

不过文人的才华终究是不可磨灭的。有着尊崇文人之风的赵宋王朝自然成为文化的摇篮,无论是在政坛、文坛或是书画界,都孕育了一大批才子佳人;即使是在文字狱大兴的清朝,在稍不留神就会掉脑袋的世界里,仍然有一批像高邮"后院"的王念孙、王引之父子之类的乾嘉学者,把考证之术演绎得登峰造极,这又令任何人都叹为观止。

中国的文人是一种复杂的生命体,时而让你的心头百般不是滋味,时而又叫你不得不心悦诚服,关于他们的争论,已经存在了不是一年两年了。之所以要在此花不少笔墨去写文人,正是因为在这本书所展现给我们的历史画卷中,文人是最不受时代局限与最耐人寻味的一种景色。越是耐人寻味,就越容易引发人们不同角度的思考,或许当读完这本书时,又会有不少人就此迸发出些许新的灵感。

三

但《湮没的辉煌》毕竟不是专门用来祭奠中国古代文人的挽歌,而是由文化与时代的变迁、文明的兴衰所共同织就的一袭霓裳。

在夏先生眼中,文化与政治、文化与历史之间有着不可小觑的联系,尤其是那些通俗文化,它们反映的往往是时代性的问题与历史性的规律。《童谣》中有这样一段话:

> 越是下里巴人的"低幼文学",越是浸淫着浓重的政治色彩;
> 倒是在上流社会施政弄权的殿堂里,飘散着纯艺术的笙歌舞影。

通俗文化的主流代表的是整个社会的兴盛衰微,也正因如此,一个朝代才会在孩子们天真童谣的预言里摇摇欲坠,一代君王才会在朗

朗儿歌声中惶惶不可终日。

社会的变革,也有反映在阶级地位的变化上的。譬如官与商,这在《瓜洲寻梦》中就有所提及:首先"在中国传统的社会各阶层的序列中,儒服方巾的士人总是风度傲岸地走在最前列",而商人则位于"四民"之末,然而时至明朝,商人们开始渐渐爬上历史舞台,向传统的"士"阶层发起冲击,这也直接导致了文中的瓜洲官商之战和杜十娘的悲剧。然后到了《百年孤独》的近代中国,商人们(例如盛宣怀)已然成为呼风唤雨、运筹帷幄、担当着推动历史进程角色的重要人物。金钱与欲望,名声与利益,夏先生在描绘这些时代风气的变故时,也不忘时时寻找与感悟着隐现于其中的人性和哲理。

不过历史终归是历史,无论是文化变迁,还是改朝换代,一切风尘旧事都在悄悄离我们远去,渐渐隐没在那旷世的烟云之中。金陵钟山下的宫阙消失了,瓜洲江堤数百年前已经坍没,泗洲古城虽经人民与洪峰长达数十年的争夺,最终还是被淮水汹涌的波涛所吞噬,而盛极一时的洛河文化也随着统治者的南迁而逐渐消沉殆尽。在这当中,轰然倒塌的,层层风化的,今天看来,不过都是湮没在历史的长河之中的一瞬华彩。既然是湮没的华彩,那么不妨把它们打捞了来慢慢品读,在瞻仰华夏文明留给我们的残垣断壁之时感受一下曾经沧海难为水,在回望文化命运、艰难故事之际感叹一句"千古兴亡多少事"。这,也许就是《湮没的辉煌》之魅力所在。

四

回到中学生读散文的话题上来。

现如今有不少人认为散文之于中学生最大的裨益在于它有助于提高学生的作文水平。毋庸置疑,阅读散文对于写作的确有着微妙而独到的作用。其一,我们可以积累作文素材。以这本《湮没的辉煌》为例,它的内容贯穿整个华夏文明的进程:秦汉三国晋,唐宋元明清,历

史的话剧一幕幕浮现在我们眼前；而它所涉及的又绝不止于文史政治，还包括心理、军事、宗教等领域，可以说到处都有精彩的论据，随手一翻就是鲜活的典故。其二，我们还可以学习写作技法。又如本书中引用诗词史料甚繁，自然也就少不了那些鉴赏性的文字，加上作者深厚的文学功底，可以说是对我们用词引文在理论与实践上的双重指导，真可谓"随风潜入夜，润物细无声"。难怪作文阅卷者们在看到从某散文集中化用而来的几句精妙语句时，会忍不住指指点点，啧啧称赞。

但是回过头来想想，作家写作之初并不是为了指导后辈的写作，那么我们在吸收生花妙笔的同时也就绝不能忽视散文本身体现的那些深刻的思想和独到的见解。夏坚勇先生在为本书所作的自序中说："大散文呼唤一种沉雄壮阔的大手笔和大气派。"这是一种纵横千秋、徜徉文明历史的气魄，这是一种敢于揭示生命本质的胆识。涉世不深、资历尚浅的我们当然难以达到这样的境界，然而当我们的目光与作家的思维发生碰撞时，就一定会碰出些我们自己思想的火花，从而在心灵深处点亮一簇可贵的不灭之火。几百年前，苏子由曾侃侃而论文者乃气之所形，想来这"火"也定是那"气"的另一种形式吧。那么当这不灭之火熊熊燃起时，一个健全起来的思想，是不是应该比那些花哨技巧更能震撼人心呢？

所以，在听说有这样一套散文丛书将要面向广大中学生出版时，我心中有种掩饰不住的振奋，没想到在自己即将告别中学校园之际，还能向后来者推荐一本好书，谈谈读书心得。正如我先前所说，一本好的散文作品不仅能够让我们了解过去，感动今朝，更重要的是它能点亮我们的思想，让我们懂得去发现身边的世界。我相信夏先生的这本《湮没的辉煌》足以担此重任，那么就让我们收吸静气，去共同发掘那些被封尘了的烟云旧事吧。

踏上追忆的旅途

进才中学　董　菁(学生)

一

"我从苍茫远古中走来,史识和灵性铸就了我手中的长剑,壮士出山,剑气如虹,啸傲江湖的日子当不会很远。"

当年,我们将近半百的夏先生,正踌躇满志地借他的《湮没的辉煌》抛给我们这样一句掷地有声的豪言。

透过夏先生的文章,我们看到一个新的散文概念——"文化散文"。就我的理解,它就是用散文的笔法来记叙文化,有事实有观点,更有其思想性。散文迈上这一层,或许有其必然性。但我想说的是,对于"文化散文"的阅读,更需要心灵的平静和对文化的悟性。这种平静和悟性都可以在一个大环境下练成——

一滴墨水滴进水里,被水裹挟着旋转,颠来倒去地审视着。最后整个杯子呈现下坠的、幽静的蓝,形成一种浸染。一本好书的价值,是经得起时间的品评的,而它所辐射出的"文化浸染",又正是我们所缺乏的、呼唤的、渴望的真正的读书的氛围。有了真正读书的氛围,方有精彩的共鸣或辩论。营造这样的氛围,又离不开每一个爱好文学的学生的努力,让自己沉静下来,好好读一本书,遇到自己喜爱的章节,反复诵吟以品其中味。但凡这样读书的人,都觉得获益匪浅,越读越神清气爽了。

二

透过这本《湮没的辉煌》,我似乎看到了一个更深远更值得探究的话题——"80后"的我们,多久没有看到如此激昂畅快的散文了?!而我们又是否能接过这支笔,对历史进行更深一层的、具有人文精神的反思和批判呢?

夏先生是极坦白的:"我写得很沉重。"我看到了,他在一个个古迹中进行着追忆民族文化的断续旅行,这种旅行又使他的散文一下子与那些天马行空、风花雪月的散文区别开来——

追忆着,笼罩在一片紧迫仓皇阴影中的驿站。纵使驿站现在已经成了断壁残垣,但在那曾经伫立的矮墙上,笔走龙蛇地记载过多少文人墨客的即兴之作。在匆忙赶路之时,倒能遇上这风雅的事情。过客的低吟浅唱间,这些诗作的去向已然不那么重要了。重要的是,在隐没于墙后层层叠叠的诗篇中,我们看到了一个自由的、富有童话色彩的、永不沉寂的民间诗坛。

追忆着,中国的文化古城中,一个个青衫飘然的"文章太守"。欧阳修的那一句"文章太守,挥毫万字,一饮千钟"的吟诵,就这样气定神闲地在扬州平山堂的上空萦绕;苏轼在杭州任太守时,不仅成就了西湖的一汪碧水和一条苏堤,也成就了他普济苍生的美名和诗坛的不朽地位;白居易的诗作我们早已熟悉,而他那欲"展覆杭州人"的大裘更是与杜甫"安得广厦千万间,大庇天下寒士俱欢颜"的千古一叹同样令人热血沸腾!我们还看到了刘禹锡、谢朓、杜佑……这些诗品、文品、人品都熠熠生辉的"文章太守"们。

每一次追忆,都是一次长时间的叙述,都来自夏先生的倾囊而出,看得入了迷,不愿离去。

大抵每个人都会对一页远去的历史有着缱绻之情,更不用说夏先生这样的"旅人"了。驿站终是坍塌了,坍塌在历史的风雨中,夏先生却只想要一头毛驴,一根竹杖,"沿远古的驿道,年复一年地探寻历史的残梦和悠远苍茫的文化感悟",这样的执着令人敬佩。而作为一名看多了诗坛风云的学者,当他写下那句"我们毕竟有过一个云蒸霞蔚

的盛唐,也有过一个虽不算强盛,却风情万种的两宋"时,心中又该激荡着怎样的喟叹呢?

三

读万卷书,行万里路,如今能做到这两样的年轻人,要我说,一个也找不出。怕是一定要让阅历滤清了文化的残渣,才写得出如此厚重的笔调吧。我自幼跟随祖父母出游,也算是跑遍了大半个中国,却逐渐因学业的紧张停下了探游祖国名山大川的脚步,心中总有着不舍和心酸。直到捧起夏先生的《湮没的辉煌》,读到了那种大气,才得到了些许慰藉。而我的一些同龄人,从未踏上过任何一座佛教名山,从未循着江水的源头去一探究竟;没有时间欣赏唐诗宋词的精妙、散文的开阔,更没时间在自己的感悟中去芜存菁……只一心向着尽快出国门,看世界的精彩,我为他们这小小的浮躁难过了。真可谓"家之不晓,何以晓天下"?夏先生给我们这样一个机会,跟随他,穿越中国的重山复水,苍茫大地,把自己交付给自然,把灵魂交付给这个民族的历史。待那封存已久的文化内涵随着我们的探访奔泻而出,我想,我们终能看到这个民族文化生生不息的希望。

当年陈子昂站在古幽州台上的慨然高歌,造就了一个如此博大的气韵。而我们,手捧着这本与众不同的书,亦可以潇洒翩然,慷慨豪迈。再者,我们要学习夏先生的钻研精神,把一门学问做深做透,恐怕也需要那么一小股子文人可爱的"憨劲"吧!通过阅读,把自己培养成一个能感知民族精神的青年人,能引领这个时代树立民族人格的青年人!这恐怕正是"文化散文",也是夏先生想给我们的思考和感悟吧……

第一单元

DI YI DAN YUAN

　　"风声雨声读书声声声入耳,家事国事天下事事事关心"这副挂在东林书院门前的对联令人想起多少人和事,上下五千年的历史长河中有多少志士仁人在政治旋涡中挣扎? 曾经威震四海的明朝故宫的宫墙中浸润着多少文人的鲜血? 清代知识分子为什么热衷于钻研古籍,乾嘉学派的盛行折射出怎样的文化品格? 作者在一幕幕政治悲剧的演绎中带领读者观察时代、反省文化……

东林悲风

一

　　江南的仲秋还是丰腴健朗的，大略望去，草木仍旧苍郁葱茏，只是色泽不那么滋润饱满，有如晚间落尽铅华的少妇，稍稍显出疲惫和松弛，那当然需得细看。但茂林秋风的磅礴却是四时独有的，要说肃杀，那不光是山水的意味，更多的可能是一种由憔悴人生而触发的心境。

　　东林书院的名字会令人想到秋林古色的气韵，只是眼下林木已不多见，而且那横贯在"东林旧迹"石牌坊后的大红会标也过分耀眼了，很有点艳帜高悬的做派。书院刚刚修葺一新，有一个揭幕仪式要等到下午。四周很静，只有飒飒的秋声，渲染出秋风入户、秋草绕篱的冷寂。正是上午巳牌时分，一个老人在书院内踽踽独行，枯瘦的身影映在铺地的方砖和嵌着联语的门柱上，庭院深深，廊庑曲折，老式的布底鞋缓缓地踱来又悄悄地逸去，有如微风中瑟瑟飘动的落叶。最后，他站在回廊上一块不大的碑刻前，指着上面的一个名字，说："这就是我。"

　　这是一块民国三十六年募捐重修东林书院的记事碑，密密麻麻地刻满了捐款者的名字和钱款数。老人指点的那个名字是这次活动的首倡者，叫"顾希

写景开头，往往有《诗经》起兴的传统。此处的秋景特别是"茂林秋风"的描写还起到了点题的作用。

老人独行的身影放在作者刻意渲染的环境中，衬出了即将到来的"揭幕仪式"的重要。

3

炯"。博物馆的同志跑过来介绍道：这位顾老先生是顾宪成的第14代孙，今年83岁。

我不禁肃然。顾宪成这个名字，是与一个天崩地坼的历史大时代，与一代文化精英的探求、呼喊、抗争和彪炳千古的气节，与一场冷风热血、洗涤乾坤的改革壮举和悲剧维系在一起的。这些年来，我因为留意于文化史方面的资料搜集，曾有幸见过不少历史名人的后裔，其中有几位的祖先甚至是中国历史上有相当大影响的大人物。例如，就在离我住所不远的一个乡村里，两年前发现了苏东坡的家谱和后裔，我曾专程探访，在树影婆娑的农家小院里与一位苏姓乡民进行过相当愉悦的交谈。在南方某省，我也曾见过民族英雄岳飞的三十几代孙，那位文质彬彬的政协委员据说是岳钟琪一系的嫡亲传人。岳钟琪是清雍正年间的川陕总督、奋威将军，在平定青海时立过大功。但说实话，那几次我的心灵都不曾像今天这样颤动过。那不仅因为过分遥远的血缘流泽多少冲淡了我的景仰，我无法把一个农家小院里的乡民和历史上铜琵铁板唱大江的文坛巨星联系在一起；也不仅因为岳钟琪曾协助雍正制造过那桩震惊朝野的文字大狱——曾静、吕留良案，那件事情的历史背景比较复杂，我们不能用僵化的民族意识来评判他的气节；更因为今天这种特殊的情境。我和他——顾宪成的14代孙——面对面地站在东林书院的回廊里，握着老人枯骨棱棱的大手，我仿佛握住了一段冷峻的历史，在这一瞬间，自己也似乎和这座书院产生了某种庄严的联结。秋色满目，秋声盈耳，漫天的浮躁已经消退，化作了凝重的思索，眼前

湮没的辉煌 ●

著名中学师生推荐书系

顾宪成（1550—1612），明末东林党领袖，字叔时，别号泾阳，人称泾阳先生，南直隶无锡县（今属江苏）人。万历八年（1580）进士。于万历三十二年（1604）修复宋代杨时在无锡讲学的东林书院，与高攀龙、钱一本、于孔兼等讲学和集会，讽议朝政。时全国各地遭打击排挤的人物和不满朝政的士大夫闻风相附，致东林名声大著。但同时，他们也遭到权贵的打击。四十年，卒于家。他死后，明末的东林党和阉党对垒局面已形成。顾宪成主程朱之学，偏重经世致用。遗著编成《顾端文公遗书》共十六种。

"枯骨棱棱"是岁月的打磨，是历史的见证；"冷峻"指的是东林党人所遭的灭顶之灾；"庄严"是因为从领袖顾宪成青年时代所拟的对联"风声雨声读书声声声入耳，家事国事天下事事事关心"所传递的"天下兴亡，匹夫有责"的主人翁精神。

4

恰是那副脍炙人口的对联：

> 风声雨声读书声声声入耳，
> 家事国事天下事事事关心。

　　古往今来的书院联或许成千上万，其中亦不乏大师名流们运思精巧的杰作，但我敢断言，没有哪一副比眼前这副对联更加深刻地楔入了我们民族的政治文化史。再看看落款："公元一九八二年廖沫沙书。"一般来说，落款是用不着这么冗繁的，他完全可以简略得很潇洒，例如，用"壬戌"或"壬戌年"便足矣。之所以这么不潇洒地写出"公元一九八二年"，其中的意味恐怕不难揣测。是的，在整个人类文明的大坐标上，"公元"比天干地支的"壬戌"更具有严格的确定性，在这里，"公元"体现的是一种恢宏而沉重的历史感，而刚刚从一场浩劫中苏醒过来的"公元一九八二年"是多么需要这种历史感的提示！众所周知，那场浩劫恰恰是从这副对联开始发难的。对联的落款没有名章，也没有闲章，只有淋漓的墨迹。廖公显然不想让它太艺术化，太艺术化会排斥艺术以外的负载，因而显得太轻飘，不足以体现"尺牍书疏，千里面目"的情怀。

　　这副对联的作者就是顾宪成。当初，他把这两句大白话写在东林书院门前时，或许没有想到它会千古不朽，也没有想到日后它会惹出那么多的政治事端。

　　时在明万历三十二年。

这是魏晋时期流传开来的江南谚语，书法逐由汉魏之前的社会底层文化至魏晋南北朝上升为上层文化的组成部分，有了超越艺术价值之上的社会价值。

張居正，明代著名政治家，是当时明朝统治集团中颇有见识和作为的人。神宗万历元年出任首辅，因神宗年幼，国事都由张居正主持，前后当国十年。当时，军政败坏，财政破产，农民起义此起彼伏。他整顿吏治、裁减冗员，考核选拔官吏，同时改革财政，清查全国土地，实行"一条鞭法"，减轻了农民负担。张居正的改革取得了成功，挽救了明朝。

戚继光（1528—1587），字元敬，号南塘，晚号孟诸，山东蓬莱人。出身将门。17岁继承父业，袭世职登州卫指挥佥事；旋署都指挥佥事，备倭山东。后因在浙、闽一带抗倭有功，升任总兵官。他一生南征北战，颇有建树，为明代抗倭名将、著名军事家。他在一首题为《马上作》的诗中这样写道："南北驱驰报主情，江花边月笑平生。一年三百六十日，多是横戈马上行。"这首诗正是他戎马一生的真实写照。

二

明史上的万历三十二年并不十分引人注目，完全可以用上一句旧小说中的套话："当日四海升平，并无大事可叙。"几位曾轰轰烈烈的一代天骄都已匆匆离去。最先是张居正病殁，皇帝本来就烦他那些改革，人一死，马上变脸，差点没把故太师从棺材里拖出来枭首戮尸。接着是威风八面的戚继光在贫病交加中死去，这位有明一代的军事奇才逝去前，连结发妻子也遗弃了他，可见晚景之凄凉。将星西陨，也就没有人再磕磕碰碰地说剑谈兵了。孤傲狂悖的思想家李贽则在狱中用剃刀割断了自己的喉管，他那惊世骇俗的狂啸自然也就成了一个时代的绝响。改革夭折了，武事消弭了，思想自刎了，只剩下几个不识相的文臣在那里吵闹着"立国本"，结果一个个在庭前被打烂了屁股，又被摘去乌纱帽发配得远远的。皇帝从万历十四年就不上朝了。还有什么值得操心的呢？昌平的陵墓早已修好，内府的银子发霉了，自有人搬出来过太阳，干脆躺在深宫里，让小老婆侍候着抽大烟得了。皇帝带头躺倒不干，几十年不上班，这样的现象在中国漫长的封建社会中绝无仅有。一个庞大的王朝也就和他的主人一样，躺在松软的云锦卧榻上昏昏欲睡。

君王高卧，朝野噤声，大概只有读圣贤书才是不犯天条的。那么就读书吧。

万历三十二年九月九日，无锡东门苏家巷，顾宪成领着一班文化人走进了东林书院。

这场面也许不很醒目，特别是和午朝门前那经邦济国的大场面相比，更谈不上壮观。但历史将会证明，正是这座并不宏敞的小小书院，这群彬彬弱质的文化人，给柔靡委顿的晚明史平添了几分峻拔之姿和阳刚之气。

顾宪成已经55岁了。一个经历了宦海风涛的老人归隐故里，走进书院讲学，这样的归宿在由文人出仕的官僚中并不鲜见。一般来说，到了这时候，当事人的火气已打磨得差不多了，讲学与其说是一种造福桑梓的善举，不如说是一种消遣，至多也不过是一种仕途不得意的解脱。但顾宪成还没有修炼到这般境界，他是个使命感很强的人。万历十五年，他因为上疏得罪了朝廷，被贬谪到湖广桂阳州，南国的蛮荒烟瘴之地，历来是朝廷安置逐臣的所在。说起来令人惊栗，这些逐臣中有些甚至是中国文化史上的第一流人才。桂阳附近的永州是柳宗元生活过的地方，而苏东坡的晚年差不多有16个年头是在岭南度过的。如今，顾宪成也来了，追循着先贤们生命的轨迹，他的心情比较复杂。青衫飘然，孤愤满胸，他在历史的大坐标上寻找人生的定位。他把自己的书斋命名为"愧轩"，含有高山仰止的自愧之意。但敢于把自己与柳宗元和苏东坡一流人物放在一起，又不能说不是一种自负。在那个天崩地坼的时代里，这种自负往往体现为仗义执言和力挽狂澜。那么就让他自负吧，甚好，回京后，他担任了吏部文选司郎中。文选司郎中品级不高，

李贽（1527—1602），字宏甫，号卓吾，别号温陵居士，泉州晋江（今属福建）人，明代杰出思想家、文学家、史学家。他是晚明文学的重要人物。在文学思想上，他提出了"童心说"，"童心"就是真心，即真情的自然流露。李贽一生致力于个性解放与自由，他断然否定了儒家独尊的传统定律，二千年来首次动摇了孔子在封建社会的神圣地位；揭露了道学家"阳为道学，阴为富贵"的虚伪，公开表示了"见道人则恶，见僧则恶，见道学先生则尤恶"的观点；主张人人平等，驳斥了男尊女卑的封建教条。李贽的这些破天荒的论述，撼动了中国人僵硬的封建思维，他不愧是反对封建专制主义的启蒙运动的先驱。

7

正是有了这种"使命感"，我们的民族精神才得以生生不息。无论是杜甫的"安得广厦千万间，大庇天下寒士俱欢颜"，还是陆游的"位卑未敢忘忧国"，或是后来孙中山先生"天下为公"，都继承了知识分子拯救自我、复兴民族的优秀传统。堂堂七尺男儿理应报效国家，修身、齐家、治国、平天下历来就是儒家思想的价值标准。

无锡是江南历史名城，已有三千余年建城史，是吴文化发祥地，顾恺之、徐霞客、顾宪成、徐悲鸿、钱钟书等名人辈出。同时，无锡还是我国著名的民乐之乡、泥人之乡、紫砂之乡、书画之乡。

但肩负的却是考察和选拔官员的重任。明代的官场中有一句说法："堂官口，司官手。"可见司官的实权是很大的。这样一个权柄在握的文选司，主政的偏又是自负而使命感极强的顾宪成，其悲剧性的结局是可以想见的。万历二十二年，在会推阁臣中，他又得罪了朝廷，比他更自负的君王从烟榻上微微欠起身，御笔一点，顾宪成忤旨为民，回到了无锡张泾的老家。

张泾在无锡锡北镇，如今，顾宪成故居的"端居堂"犹在，青石柱础上的楠木覆钟柱质和月梁间的飞云纹饰，都是典型的明代建筑风格，却不很高敞，可以想见当初那个卖豆腐起家的门庭并不十分富有。穿过门前的弄堂，步下石级码头就是泾水，这条宽不过数丈的小河是无锡市区到锡北镇的主要通道。顾宪成中举入仕以后，停在这埠头的大小船只想必不会少，雕窗朱栏的画舫中夹着几条简陋的乌篷船，煞是闹猛。四面八方的官吏、文士、亲朋故旧在这里系好船缆，整一整衣冠拾级上岸。来客了，家人忙前忙后地一溜小跑，弄堂里的麻条石板上响得热烈而风雅。这响声一直在泾水上飘得很远，引得过往的舴艋公船娘倚舵停篙，一边向这座临河的宅院投以意味深长的一瞥，一边想象着当初这河房里的读书声和那副很有意思的对联。说的是某个夜晚，有一艘官船经过这里，受阻于风雨，靠岸停泊。主人推窗看景，但闻风吹梧桐，雨打新篁，映衬着临河茅屋里的朗朗书声，不由得触景生情，随口吟出一句："风声雨声读书声声声入耳。"不想茅屋里书声稍息，即飞出一句下联："家事国事天下事事事关心。"这茅屋里深

湮没的辉煌 ● 著名中学师生推荐书系

夜苦读的少年即顾宪成,而关于官船的主人则说法颇多,有陈阁老、陈御史、陈布政史等,总之不是等闲人物。接下来自然是陈阁老(或陈御史、陈布政史)慧眼识英才,顾宪成腾达有期。这是中国俗文化中的一种思维定式,大凡一个布衣寒士出息了,总会连带着不少传奇性的说法,这些说法又不外乎"寒窗苦读"和"得遇贵人"之类,至于这中间的真实程度,也就不去追究了。波光桨声中,小船已悠然远去,连同那些意味深长的目光和想象,一并溶入了如梦的烟水之中。

站在顾家门前的小石桥上,我很难想象,这条柔姿嫩嫩的泾水曾负载过那么多铁血男儿的聚会和气吞万里的抱负。当年顾宪成在东林书院讲学时,经常坐着小船回到张泾,就是从这条小河上来往的。这是一幅极富于软性美的水乡归舟图,小桥、流水、归楫、晚钟,还有沿途那风情绰约的江南村镇,曾激发了多少文人学士的才思和遐想,多少华章文采从这里流进了中国文学的皇皇巨帙。但顾宪成倚在窗前,此刻想到的大约不是"急橹潮痕出,疏钟暝色生"那样的清词丽句,而是朝政、时事和民生疾苦,是经济天下的宏愿大志。四方学子慷慨纵横的议论犹在耳畔,忧时救世的紧迫感填满了胸襟,心情自不会那样恬淡闲适。张泾离无锡市区大约20公里,经常早出晚归,总有好一段时间要盘桓在这条水路上的。小船在一座座缺月弯弓的石桥和扑朔昏黄的渔火间行进,橹桨过处,搅起一道道轻波银涟,中国晚明史上的一系列大事就在这波涟中闪现出最初的光影。

现在,我们该随着顾宪成的小船驶进无锡东门

水是柔性的,亦是刚性的,"上善若水"亦是指水的这种刚柔相济、温柔敦厚、不屈不挠的品性。江南的才子也像"水"一般,虽然崎岖蜿蜒,但是奔流不息,不舍昼夜,直至大海。这才是真正的男子汉的形象,外表文弱、举止谦逊,却胸怀大志,内心强健。

水关,走进东林书院了。

中国的书院,大致始于初唐而盛于南宋,像朱熹、张栻、吕祖谦、王阳明这样一些大学者都与书院有着终身性的联结。但在中国文化史上,无锡东门的这座书院却有着独特的光彩。东林书院与传统的聚徒式书院不同,它实际上是一个文人沙龙,这里的"丽泽堂"内有一幅"会约仪式"很有意思,好在行文并不古拗,且摘几章看看。

每会推一人为主,说"四书"一章。此外,有问则问,有商量则商量,凡在会中,各虚怀以听,即有所见,须俟两下讲论完毕,更端呈请,不必搀乱。

可见这沙龙里的学术气氛相当宽松,亦相当活跃。讲学、切磋、研讨、辩论,真正的群言堂。连首席讲师的交椅也是轮着坐的,并不定于一尊。

下面一章就更有意思了:

各郡同志临会,午饭四位一席,二荤二素。晚饭荤素共六色,酒数行。第三日之晚,每席加果四色、汤点一道。亦四位一席,酒不拘,意洽而止。

完全是"工作餐"的标准,即使第三天晚上的告别宴会(东林会讲每月一次,每次三日),也只是加几碟果品意思意思,并不铺张。酒可以喝一点,却不准闹,"意洽而止",很实惠的。

一群文化人,在这种宽松活跃的氛围中,吃着"工作餐",睡着硬板床,开始了他们悲壮的文化远

书院是唐代出现的一种由私人或官府所设的聚徒讲授、研究学问的场所,积聚大量图书,伴着朗朗书声与淡淡墨香,书院成为历代大儒学者们的讲经论道之所,文人学士们的向往之地。

湮没的辉煌

●

著名中学师生推荐书系

征。这里不是遗老遗少们的"诗酒文会",不是空谈心性的象牙之塔,也不是钻营苟且的名利之场。这里是一群血性男儿神圣的祭坛。在这里,他们讽议朝政,裁量人物,指陈时弊,在风雨飘摇中为一片明朗的天空而大声疾呼;他们躬行实践,高标独立,研究经世致用之学,于万马齐喑中开启了明清实学思潮的先河;他们还留心剖示地方事宜,以民生疾苦为忧,以乡井是非为念。万历三十六年,太湖流域遭遇特大水灾,洪涝被野,灾民流离,锦绣江南在淫雨中呻吟。东林学子忧心如焚,朗朗书声沉寂了,滂沱大波中流淌着一群文化人伤时忧世的泪水。顾宪成一面写信给巡抚江南的地方官周怀鲁,因周怀鲁比较体察民情,有"善政满江左"之誉,请他代呈灾情,上达朝廷,以便及时赈恤灾民;同时又致函同为东林党人的李三才,通报了"茫茫宇宙,己饥己溺"的灾情,信中说得很动情:

> 此非区区一人之意,实东南亿万生灵之所日夕嗷嗷,忍死而引颈者也,努力努力! 此地财赋,当天下大半,干系甚大,救得此一方性命,茧丝保障,俱在其中,为国为民,一举而两得矣。

这封信几乎是蘸着泪水写成的。东林书院门前的那副对联或许已在漫天秋雨中凋零,但家国天下之事却时刻念念于怀,片纸尺牍背后凸现出的强烈的忧患意识,令人五内沸然。顾宪成已经罢官归里,既没有直接上书朝廷的资格,也没有部署赈灾的权势,君门万里,殿阙森严,一介寒儒,何以为力? 他只

"思想自由,人格独立"一直是知识分子追求的两大核心。活跃在东林书院学术交流活动中的文人切磋文化,指点江山,颇有现代知识分子的精神特质。然而因为他们在事业上对仕途的追求,在道德上对伦理的遵守,在人格上对三纲的膜拜,他们不可能成为现代意义上的知识分子。

能动用自己的人际关系来通融接洽。他的声音或许很微弱，却贯注着巨大的人格力量。当京城的中枢大员们从奏章的附件中读到这些时，不知该作何感想。而那位在烟榻上已经躺了22年的皇帝是不是该欠起身，向江南大地看上几眼呢？

皇帝当然是要看的，而且那目光相当机警睿智，但关注的却不是那里疮痍满目、民不聊生的灾情，那没有什么了不起，中国这么大，每年总免不了有点水旱失调，区区小事，自有下人去处置，何用寡人劳神？他关注的是那里一座不大的书院，聚集着一群狂悖傲世的文化人。"当是时，士大夫抱道忤时者，率退居林野，闻风归附，学舍至不能容。"这么多文化人扎堆儿在一起干什么？这很值得注意。更有甚者，一些学者竟从北京、湖广、云贵、闽浙等地千里趋附，他们乘着一叶扁舟，餐风宿露、颠沛荒野，历经一两个月赶到东林书院去赴会。似乎全中国的政治中心不是寡人的金銮宝殿，而是东林的熙熙学馆；似乎全中国都在倾听一个削职司官的声音，这如何了得？既为书院，你们读书便读书得了，研习八股，穷章究句，那都是正经学问，读读读，直读成十三点、二百五、神经病、痴呆症都无妨，竟敢讽议朝政，指陈时弊！朝政和时弊岂是由得你们指手画脚的？一定要指手画脚，那好，结党乱政，煽风点火，这些现成的"帽子"随手就可以赏给你一顶。

皇帝的目光变得阴冷起来。

湮没的辉煌

著名中学师生推荐书系

三

皇帝阴冷的目光，东林书院里的文化人并没有十分在意，<u>他们太天真，也太自信</u>。在他们看来，自己耿耿忠心可昭日月，之所以指手画脚，目的全在<u>补天</u>。即使有些话说得不怎么中听，也是为了让国家好起来。对于读书人来说，这是一种生命的自觉。况且，自唐宋以来，自由讲学的风气就一直很盛，当局一般也并不干预，有时还题辞送匾以示褒奖。不客气的时候也有，例如南宋的<u>"庆元党案"就是冲着岳麓书院和朱熹来的，但时间不长，很快就平反了，而且朱熹从此备受推崇，几乎到了和孔圣人比肩齐名的高度</u>。又如元代，当局担心自由讲学会激发汉人的民族意识，对书院比较忌讳，但采取的手段也只是由官府委派山长，用"掺沙子"使书院官学化，并不曾横加禁毁。这些历朝历代的往事，东林同志记得很清，却偏偏忘记了自己生活在那个以严猛峻酷著称的朱明王朝。从朱元璋开始，历届圣主的目光从来就不曾慈祥过。<u>书院是文化构建，毁书院，杀学人，终究不是什么圣德，因此这些事正史中不载</u>。但<u>翻开地方志，这座书院"毁于洪武某年"，那座书院"毁于永乐某年"</u>，虽语焉不详，含糊其辞，却不难闻到那股浓烈的血腥气。就在万历七年，张居正还迫害过讲学的文化人。张居正是改革家，对历史有大贡献的，但中国历代的改革家似乎无一不是铁腕，同样容不得别人指手画脚。常州龙城书院的学子们对张居正父丧夺情提出批评，张居正身为宰相，但宰相

"天真"指的是政治上的幼稚，他们过高地估计了皇帝的度量，更过高估计了权臣品行；"自信"指的是对儒家思想的迷信，他们以为士大夫理应"以天下为己任"，却不料如此单纯的动机也会遭到莫名的指责。

宋代和明代一方面文人讲学之风盛行，一方面毁书院、杀文人之举不乏可陈，最典型的莫过于朱熹和岳麓书院了。

13

肚里不一定都能撑船,他马上以朝廷名义下诏将龙城书院毁废,且进一步殃及天下书院 64 处。张居正指责书院"科敛民财"。他很聪明,整你是因为你有经济问题,并不是我张某人批评不得。顾宪成当时就是龙城书院的活跃分子,在那些关于张居正贪位揽权的议论中,想必他的声音也是不小的。

就在东林学子们天真而自信地讲学议政时,北京的宫廷里也好戏连台,明史上著名的三大案——梃击案、红丸案和移宫案,一幕比一幕热闹,皇帝已经换了好几个,年号亦由万历而泰昌而天启。但皇帝注视东林的目光却越来越阴冷了。

到了天启初年,皇帝决心要晓以颜色了。

事情的起因似乎是关于"外行能不能领导内行"。东林党人周宗建上疏究论权阉魏忠贤。魏忠贤这个人,只要对明史稍有涉猎的人都是不会忘记的,在中国这块土地上,以宦官而位极人臣者不少,但是像魏忠贤那样把权势玩得遮天盖地而又堂而皇之的,恐怕不多。东林党人既以天下兴亡为己任,自然不会坐视魏忠贤专权误国。周宗建这封长达千言的奏章的底稿,至今仍然完好地保存在东林博物馆里,透过陈列柜的玻璃,那淋漓的墨迹令人惊心动魄。特别是痛斥魏忠贤"千人所指,一丁不识"那八个字,更透出一股执着的阳刚之气。我相信,每一个对这段历史有所了解的后人站在这里,都会从那龙飞凤舞的章草中仔细找出这八个字,并对之久久端详,生出无限感慨的。中国历代的统治者都标榜以文化立国,一个不识字的太监,凭什么在那里左右朝政、操纵生杀,指挥满腹经纶的六部九卿?周宗建的这八个字实在够厉害的,连魏忠贤本人也吓出了一身冷汗。但不久人们将会看到,为了这八个字,上书者将要付出怎样的代价。

皇帝现在面临着一项选择,是站在有文化的东林党人一边,还是支持听话的文盲魏忠贤。他并不急于表态(这是政治家们常用的技法),只是态度暧昧地皱了皱眉头,把上书人夺俸三个月,以示"薄惩"。他还要再看看事态的发展。

果然,另一个"有文化"的东林党人又跳了出来,他是左副都御史杨涟。这位监察部副部长在奏章中一口气列举了魏忠贤的24条罪状。在他的号召下,一时"东林势盛,众正盈朝",讨伐魏忠贤的奏章争先恐后,数日之内,竟有100余通,大有京华纸贵的气氛。

魏忠贤毕竟是个小人,他沉不住气了,据说他曾暗中用重金收买敢死之士,伺机对杨涟下手。某日,杨涟发现有一不速之客从屋檐上飞蹿至堂前(果然身手不凡),准备行刺。他为之一颤,但马上镇静下来,说:"我即杨涟,杀止杀我,毋伤吾母。"该刺客并非人们常说的那种冷面杀手,听了杨涟的话居然为之汗颜,嗫嚅应道:"我实受人指派,感君忠义,何忍加害?"言罢即惶惶离去。这样的情节也许太富于传奇色彩,但魏忠贤那样的流氓无产者是绝对做得出的。

其实魏忠贤是过于紧张了,因为皇帝已经拿定了主意:这么多人抱成一团反对一个人,这很不正常。魏忠贤仅一家奴耳,且目不识丁,即使有点问题,谅与江山社稷无碍。可怕的倒是那些抱成一团

的文化精英,你看他们振臂一呼,朝野倾动,招朋引类,议论汹汹,这帮人究竟意欲何为? 难道寡人的宫阙也成了他们恣肆纵横的书院不成? 得,我且小试刀锋,镇一镇他们的气焰。就是刀下有几个冤鬼,大不了过些年再平反昭雪,给他们立块忠义碑得了。到了那时,岂不又显出寡人的英明大度?

刀还没有砍下去就想到将来给人家平反,这是多么高瞻远瞩的预见! 不要以为这是作者的主观揣测,古往今来,这样英明大度的政治家难道还少吗? 仅凭这一点,一般的芸芸之辈就玩不成政治家,你缺乏那种超越性的思维,缺乏那种明知不该杀也要坚决杀的大无畏气概,也不可能那样永远占有真理:当初杀你是对的,现在平反也是对的,你还得对我感激涕零呢。

在一本叫《碧血录》的书中,我见到了一份《东林党人榜》。在当时,这是以朝廷名义向全国发布的通缉令,所列钦犯共 300 余人,最后的判决是:"以上诸人,生者削籍,死者追夺,已削夺者禁锢。"这中间没有说到"处决",更没有"枭示"、"戮尸"、"凌迟"之类,这样的处理似乎还比较文明,只是给你一点名誉和人身自由的损失。其实刽子手们的险恶歹毒恰恰就在这里。

我们且来看看在这种文明的背后……

杨涟因上书列数魏忠贤 24 大罪状,被魏忠贤一党称为"天勇星",列入东林"五虎将",此番自然首当其冲。天启四年十月,他和另一位东林主将左光斗被削职,敕令即刻离京。这算不了什么,一个文人,不当官了,正可以流连山水,啸傲烟霞,照样活得很潇洒。但魏忠贤的本意不是要让你潇洒,他有他的打算。你杨涟、左光斗身为朝廷二品大员,这几年的官俸财物一定相当可观,等你们车载船装、珠光宝气地出了京城,我这里令锦衣卫在半路上来个突然拦截,先把证据拿到手,再逮回来慢慢整治。但后来他从杨、左守门的差役那里得知,这二位书呆子堪称两袖清风,并没有什么积蓄。再看到二人出京时,仅青衣便帽,只携带很少几件衣物从容上道时,才感到好生没趣。

经济问题一时抓不到把柄,那就先逮起来再说。天启五年春,已经罢斥归里的杨涟、左光斗等"东林六君子"被押解京师,入北镇抚司收审。

这个北镇抚司俗称诏狱,一听就令人毛骨悚然。说是收审,其实就是棍棒伺候,打你不是没有理由的,因为已认定你贪赃纳贿,要你交出赃款,而且都是天文数字。明知你没有钱,偏要你拿出几万两银子来。这样审下去,你必死无疑。

<u>打!打你个傲骨嶙峋,打你个廉明清正,打你个忧时济世,打你个满腹经纶。</u>

起初,"六君子"还抗辩、痛骂、呼天抢地。杨涟甚至在公堂上大声对家人说:"汝辈归,吩咐各位相公,不要读书。"这显然说的是气话,意思是既然自己因读书得罪,那就叫子孙不要读书。这种气话简直天真得有如童话,他以为"不读书"是一种很有力量的反抗,其实那些人根本不稀罕你读书,人家只是轻蔑地一笑,喝令再打,直打得你哀号无声,欲辩不能。不久,"六君子"中的周朝瑞、袁化中、顾大章被活活打死。

到了这时,杨涟才意识到对手其实是要置他们

以小人之心度君子之腹,在浩然正气面前乌烟瘴气立刻就逃遁得无影无踪了。

一连串五个"打"字,活画出了小人嫉妒的嘴脸、阴暗的内心和卑鄙的灵魂。

于死地,他私下与左光斗、魏大中商量道:"我们如不胡乱招供,必会被他们活活打死。不如暂且屈招,等案子移交法司定罪时,再行翻供,讲出前因后果,或许可以一见天日。"

按照一般的浅层逻辑,这不失为一种权宜之计。但事实上,杨涟又一次犯了天真的错误,其错误就在于自己是左副都御史,他太相信法律程序,而不知道他的对手是全然不顾那一套程序的。还要移交法司做什么?既然你承认有纳贿行为,那么就追赃,把钱拿出来。拿不出,很好!知道你肯定"拿不出",要的也就是你这个"拿不出",来呀,往死里打!

打!天启五年的夏天,整个中国都在呼啸的棍棒下呻吟。棍棒声中,华北和甘陕大地饿殍遍野,昏黄的天幕下,灾民们在拣拾树皮、草根、观音土,甚至粪便填充饥肠。那个20年后将要戴着一项斗笠闯进京城的李自成,因为借了富绅的"驴打滚"无力偿还,此刻正被木枷铁镣地绑在毒烈的太阳下示众。而山海关外,努尔哈赤正在调动他攻无不克的八旗子弟,向着宁远——这座明王朝在关外的最后一座据点——悄悄地完成了战略包围。

杨涟被打死时,"土囊压身,铁钉贯耳",打手们又故意拖到几天以后才上报。当时正值盛夏溽暑,赤日炎炎,尸体全都溃烂,等到收殓时,仅得破碎血衣数片,残骨数根。"六君子"中的魏大中死后,魏忠贤拖了六天才准许从牢中抬出,尸体实际上已骨肉分离,沿途"臭遍街衢,尸虫跕跕坠地"。

写下这些惨不忍睹的情景,需要相当大的心理承受力。我实在找不出一个恰当的词句来形容中国文明史上曾经发生过的这一幕暴行,也弄不清这些迫害狂们究竟是什么心态。如果单单为了消灭政治上的对手,那么对一具没有任何意志能力,也构不成丝毫现实威胁的腐尸又何必这般糟践呢?

答案就潜藏在下面这一段更加残忍的情节中。杨涟等"六君子"被残害身死后,打手们遵命用利刀将他们的喉骨剔削出来,各自密封在一个小盒内,直接送给魏忠贤亲验示信。有关史料中没有记载魏忠贤验看六人喉骨时的音容神态,但那种小人得志的险恶和刻毒不难想见。《三国演义》中写孙权把关羽的头装在木匣子里送给曹操,曹操打开木匣子,对着关羽的头冷笑道:"云长公别来无恙?"我一直认为,这是关于曹操性格描写中最精彩的一笔。但曹操这只是刻薄,还不是刻毒,魏忠贤是要远甚于此的,他竟然把"六君子"的喉骨烧化成灰,与太监们一齐争吞下酒。

为什么对几块喉骨如此深恶痛绝?就因为它生在仁人志士的身躯上,它能把思想变成声音,能提意见,发牢骚,有时还要骂人。喉骨可憎,它太意气用事,一张口便大声疾呼,危言耸听,散布不同政见;喉骨可恶,它太能言善辩,一出声便慷慨纵横,凿凿有据,不顾社会效果;喉骨亦可怕,它有时甚至会闹出伏阙槌鼓、宫门请愿那样的轩然大波,让当权者蹀躞内廷,握着钢刀咬碎了银牙。因此,在中国历史上,从屈原、司马迁到那个在宣德门外带头闹事、鼓动学潮的太学生陈东,酿成自己人生悲剧的不都是这块不安分的喉骨吗?禁锢、流放、鞭笞、宫刑,直到杀头,权势者的目的不都是为了最大限度地扼制你的

喉骨，不让你讲真话吗？魏忠贤这个人不简单，他对政敌的认识真可谓深入到了骨髓：你们文人其实什么也没有，就有那么点骨气，这"骨气"之"骨"，最要紧的无非两处，一为脊梁骨，一为喉骨。如今，脊梁已被我的棍棒打断，对这块可憎可恶亦可怕的喉骨，我再用利刀剔削之、烈火烧化之、美酒吞食之，看你还有"骨气"不？

这是一群没有任何文化底蕴的政治流氓，一群挤眉弄眼、捏手捏脚的泼皮无赖，一群得志便猖狂、从报复中获取快感的刁奴恶棍。在种种丧尽天良的残暴背后，恰恰透析出他们极度的虚弱和低能。他们不讲人道，没有人格，更没有堂堂正正可言。当初听说杨涟究论他24大罪状时，拦在宫门外可怜巴巴地以头触地、哀哭求情的是魏忠贤；如今一旦得势，不惜对死尸大施淫威的也是这个魏忠贤。对于他来说，摇尾乞怜与耀武扬威都没有丝毫人格负担。前面提到的那个首先上疏弹劾魏忠贤的周宗建临死前，打手们一边施刑，一边刻毒地骂道：尚能谓魏公一丁不识否？鞭声血雨中飞扬着一群险恶小人的狞笑，这狞笑浸染了中华史册的每一页，使之变得暗晦而沉重……

这帮险恶小人当然忘不了江南的那座书院。

天启六年四月，正是绿肥红瘦的暮春时节，圣旨由十万火急的快马送到江南："苏常等处私造书院尽行拆毁，刻期回奏。"昔日学人云集、文风腾蔚的东林书院被夷为一片废墟，不许存留寸椽片瓦，连院内的树木也被砍伐一空。令人深思的是，所拆下的木料与田土变价作银600两，被全部赍解苏州，为魏忠贤修建虎丘山塘的生祠去了。

此时顾宪成已死,主持讲会的是高攀龙,面对东林废院,他的愤慨是可以想见的。但信念之火并未熄灭,在《和叶参之过东林废院》一诗中,他的声音仍然朗朗庄严,他倔强而自信地宣告:

> 纵令伐尽林间木,
> 一片平芜也号林。

是的,权势者只能废毁有形的构建,<u>但东林的声音已经汇入整个民族精神的浩浩长河,从这里走出去的一代文化精英将支撑起风雨飘摇的晚明江山,上演出一幕幕惊天地泣鬼神的活剧来。</u>

作者巧妙地借助高攀龙之诗讴歌了东林的精神,那是权贵们闻之魂飞魄散、自愧不如、恨之入骨的文化精神,忧国忧民、清正廉明,以天下为己任。

四

后人一般把对东林党人的迫害归结为"阉党矫旨",似乎恨东林的不是皇帝,而是几个弄权的太监,这实在是对魏忠贤太抬举了。殊不知,有明一代,由于朱元璋的苦心经营,皇权已到了至高无上的地步,那一套铁桶似的专制模式也是历朝天子所无法比拟的。臣子尽管有点权势,甚至可以胡作非为,但还是要看皇帝的脸色;皇帝尽管昏愦无能,尽管躺在深宫里抽大烟、泡女人、玩方术,但哪怕无意打一个喷嚏,顷刻之间就是满天风雨。从个人品性上讲,天启皇帝确实懦弱,但在一种极端的独裁体制下,君主的懦弱,却无损于他对政治的影响力,而只会把事情干得更荒唐。毁几处书院,杀几个读书人,这便是小小地

荒唐了一下。偏偏被杀的读书人却不认皇上这笔账，更谈不上怨恨。这就很值得深思了。

我们先来看看高攀龙临死时的那份遗书。

对于死，高攀龙是有思想准备的，风声越来越紧，校骑已经到了苏州，打探消息的家人回报说，老爷也在黑名单内，一时举家惊惶。高攀龙却与几个门生在后园里赏花谈笑，镇静如常。不久，又有人回报，说缇骑将至。高攀龙这才移身内室，与家人款语片刻，打发他们离去后，自己到后园投水自沉。投水前，用黄纸急草《遗表》一封，略云：

> 臣虽削夺，旧系大臣，大臣受辱则辱国，故北向叩头，从屈平之遗则，君恩未报，结愿来生。臣高攀龙垂绝书，乞使者执此报皇上。

外面大概已听到缇骑的哄闹了，只能打住。

如今，高攀龙投水的遗迹尚在无锡市第七中学内，近旁假山错落，林木依依，站在郭沫若所书的"高子止水"石匾前，我很难想象，那么从容的自沉竟发生在这块如此逼仄的小水潭里。一汪涧泉倒映着树影，清则清矣，毕竟不那么浩阔。在离这里不远的五里湖畔，高攀龙不是筑有一所水居吗？在那里，他曾取屈原《渔父》中的"沧浪之水清兮，可以濯吾缨；沧浪之水浊兮，可以濯吾足"之意，吟过"马鞍巅上振衣，鼋头渚边濯足。一任闲来闲往，笑杀世人局促"的诗句，潇洒放达中透出相当清醒的生死观。如果让他选择的话，他大概更愿意在那里完成自己悲壮的一跃，那里包孕吴越的湖光山色正可以接纳自己

陈腐的封建伦理道德葬送了多少官员、文人甚至女子的性命？愚忠、愚孝、节烈等毒害了一代又一代人的思想。从岳飞金牌受死到高攀龙投水自沉，都说的是奸臣当道，试想一想，若皇帝是明君，奸臣怎么能够得逞？

孤傲旷达的情怀，纵然是走向死亡，那也是一种人生
的大手笔，可以毫无愧色地比之于汨罗江畔屈原的
身影。但高攀龙却走向了这块"局促"的小水潭，我
想很有可能是最后来不及选择了。在此之前，他或
许并没有真正想到会死，皇上圣明，宸衷英断，会在
最后一刻觉察阉党的阴谋的。但家人送来的消息终
于粉碎了他虚幻的侥幸，皇上不会救他了，那么就以
死相报吧。因此，当他站在这水潭边时，并不见得很
从容，他会想得很多，而且肯定会遗憾地想到烟波浩
瀚的五里湖。但这不是皇上的过错，"君恩未报，结
愿来生"，到了这时候，想到的仍然是皇上的好处。
读着这样的遗书，真令人不知说什么好，在景仰和痛
惜之余总有一种深沉的困惑，因此，面对着那个跃向
清潭的身影，我们只得悄悄地背过脸去。

　　其实又何必背过脸去呢？我们面对的就是这样
一群历史人物，他们是道德理想主义的献身者，又是
在改革社会的实践上建树碌碌的失败者；他们是壮
怀激烈的奇男子，又是愚忠循礼的士大夫；他们是饮
誉天下的饱学之士，又是疏于权谋的政治稚童。在
他们身上，呈现出一种相当复杂的历史和道德评判
的二重奏，17 世纪的社会环境使他们走到了封建时
代所能达到的最高点，他们却终于未能再跨越半步，
只能以惨烈的冤狱和毁家亡身的悲剧震撼人心，激
励后辈越出藩篱，迎来新世纪的曙光。

　　正是基于这样的认识，我们不得不又一次转过
脸去，理性地审视如下一幕幕令人难堪的场景。

　　杨涟被捕时，当地民众数万人奋起援救，打得缇
骑四处逃生、肩披钮锁的杨涟也跟着东躲西藏，不是

社会的丑恶与
文人的道德理想常
常处于冲突状态，于
是文人才有了愤世
嫉俗的悲凄之叹和
鞭挞之声。

中国封建社会的专制与黑暗可以说登峰造极，无与伦比，但这些文人们一方面发出自己独有的声音，另一方面却固执地坚守着自己的道德准则。民主与法制之路何其漫长！

荀子最早看到了"水则载舟，水则覆舟"，后来魏徵在谏书中亦强调了君与民的关系，后来的封建统治者都认识到了民众力量的重要性，只是有的采取怀柔政策，有的采取愚民政策，更有的采取高压政策。统治者与百姓的关系因为封建君主专制的性质决定其必然是矛盾对立的。

漂没的辉煌 ●

著名中学师生推荐书系

为了逃避逮捕，而是逃避援救他的民众。他老泪纵横地向群众求情，要人们成全他的大节。在他看来，自己个人的生死荣辱无关紧要，万一激起民变，破坏了封建王朝的法统可是塌天大事。这位在金殿上浑身是胆、威武不屈的左副都御史，这位在奏章中一次次为民请命、正气凛然的青天大老爷，此刻却在民众热切的拥戴中胆战心惊。他步履踉跄，狼狈不堪地到处乱跑，唯恐和逮捕他的缇骑走散，也唯恐失去自己身上的锁链。他以自己毫不矫情的眼泪消弭了民众的反抗，跟着缇骑从容就道，一步步走向京城的诏狱。在他的身后，是乡亲们纷飞的泪雨和悠长的叹息。

这种令人扼腕的情节还在不断发生。不少东林党人在被捕前以自尽维护自己的尊严，却留下遗嘱，要家人典当器物，给执行逮捕任务的缇骑作回京的路费，因为他们毕竟是代表朝廷来的，是皇差。更有甚者，抓人的皇差把朝廷开出的"逮捕证"搞丢了，被抓的人却自己穿好囚衣，对着京城叩头谢恩，乖乖地跟着他们上路。江南的民风并不算强悍，苏州人更以其吴侬软语般的清柔著称。但在逮捕东林党人周顺昌时，这里却爆发了撼天动地的"开读之变"，十数万市民自发行动起来，声援东林，抗议阉党的暴政。民情汹汹有如干柴烈火，若是东林中有人站出来振臂一呼，他肯定将是李自成、张献忠一流人物，晚明的政治史也极有可能是另外一种格局。但他们没有，当愤怒的市民号呼蜂拥、追打缇骑时，他们只是坐守庭院与亲朋垂泪话别，大谈其"死于王家，男儿常事"的气节。事后，带头闹事的颜佩韦等五人被残害身死，又砍下头颅悬挂在城墙上。这五位义士都是市井小民，并没有受过诗书礼乐的教育。小民的大义并不示于慷慨高谈，而是凝聚在危难之际的奋然一搏。他们死后，苏州民众花 50 两银子把挂在城墙上的头颅买下来，与尸身合葬于虎丘山塘。复社魁首张溥为之写了墓志铭，这篇很有名的《五人墓碑记》至今依然出现在中学的语文课本里。复社是继东林之后而起的政治团体，其宗旨为"复东林也"，在明清之际的政治舞台上是很有过一番作为的。张溥的这篇墓志铭写得很动情，对五位义士的评价也相当高，但其中有这么一段却颇耐人寻味：

> 而五人亦得以加其土封，列其姓名于大堤之上，凡四方之士无有不过而拜且泣者，斯固百世之遇也。不然，令五人者保其首领以老于户牖之下，则尽其天年，人皆得以隶使之，安能屈豪杰之流，扼腕墓道，发其志士之悲哉！

给人家写墓志铭还忘不了显摆自己那种士大夫的优越感，似乎这五个人之所以有如此大红大紫的荣誉，是沾了东林党人的光，不然，像他们这样的引车卖浆者流，只能"老于户牖之下"，"人皆得以隶使之"。这样说就好没意思了。

真正有点意思的是，五位义士的墓是拆毁魏忠贤的生祠建造的，而魏忠贤的生祠又是当初用拆毁东林书院的钱建造的，在这繁复的拆建之间，不仅隐藏着一段不平常的政治史，而且昭示着一种相当深刻的历史必然性。东林党人不会揭竿而起，这毋庸

湮没的辉煌

◉

著名中学师生推荐书系

苟求;颜佩韦等义士也不会成为李自成和张献忠,面对着一场大规模的血腥报复,他们选择了投案自首以消弭事端,而不是拉起杆子对着干,这也不能简单地归结于江南民风柔弱。李自成和张献忠只能出现在西北的黄土高坡,而东林党那样的文人士大夫,甚至颜佩韦那样的义士,则只能出现在江南的市井巷间。这是一块商风大渐,市民阶层开始显露头角的舞台。但刚刚萌芽的商品经济又深埋在封建经济的土壤之中,市民阶层的脚跟也相当软弱,他们只能立在众人之中隐隐约约地喊出自己的声音。对着皇权喊一声"反",他们大概是想都不敢想的。他们只能枕着一块忠义石碑,在秀色可餐的江南大地上悄然安息。

东林党人和江南的市民阶层不敢想的事,西北黄土高坡的农民却轰轰烈烈地干起来了。就在张溥为五人书写墓碑时,陕西澄城县的农民高举着棍棒锄头冲进了县衙,揭开了明末农民战争的序幕。差不多也就在同时,努尔哈赤的儿子皇太极开始对宁远发动了第二次攻击,与明王朝的最后一位军事奇才袁崇焕激战于松辽大地。兵连祸结,天崩地坼,距紫禁城不远的一棵老槐树上,已经为疲惫的朱家皇帝预备了上吊的环扣。

五

在顾宪成故居的纪念馆里,我还见到了一幅署名"后学韩国钧"的七绝。韩是我的老乡,海安人,民国年间当过江苏省省长兼督军,其一生中最为辉煌的闪光点是垂暮之年不当汉奸,以及新四军东进以后与陈毅的合作。电影《东进序曲》和《黄桥决战》中都有他的艺术形象。这首七绝写得很平朴：

> 东林气节系兴亡，
> 遗墨犹争日月光。
> 二月春风惠山麓，
> 万梅花下拜泾阳。

"泾阳"是顾宪成的号。诗写得不算好，但这位紫石先生站在端居堂前时，鼓荡于心胸的正是东林党人那种高山景行的气节。韩国钧写这首诗时已经64岁，20年后，当他严辞拒绝日寇的威逼时，不一定会想到这四句小诗，也不一定会很具象地以历史上的某位英烈作为楷模。但他那凛然正气中，确实贯注着东林先贤的流风。一个封建遗老，在那个民族垂危之秋闪现了自己生命的光华，他以八旬之躯为抗战奔走呼号，在病情弥笃时仍嘱咐家人："抗战胜利之日，始为予开吊，违者不孝。"陈毅将军曾赠他一联："杖国抗敌，古之遗直；乡间问政，华夏有人。"肯定的也正是他身上所体现的那种堪为民族脊梁的气节。韩国钧也是一个文人士大夫，文人自应有文人的一份真性情。魏忠贤说得不错，文人其实什么也没有，就有那么点骨气。但反过来说，若什么都有，就是没有骨气，那还不成了一堆行尸走肉？

由此我不禁想到，对于任何一个人物或群体来说，历史评价总是有时限的，而道德评价却有着相当久远的超越性。一座小小的东林书院算什么呢？它是那么脆弱，战乱和权谋可以让它凋零，皇上一个阴

《诗经·小雅》："高山仰止，景行行止。"意思是说品德像大山一样崇高的人，就会有人敬仰他；行为正大光明的人，就会有人效法他。汉郑玄注解说："古人有高德者则慕仰之，有明行者则而行之。"司马迁也说过《诗》有之：'高山仰止，景行行止。'虽不能至，然心向往之。"

这就是文人的勇气，就是风骨！

作者穿越了厚重的历史之门，给了我们更为深刻的道德意义上的阐述。题目"东林悲风"的含义也许就在此吧。"风"就是"风尚""风气"，更是"风骨"，东林开创了自由讲学之"风"，倡导了关心时政之"风"，更是延续了自古以来中国古代知识分子不畏强暴的铮铮"风"骨。

冷的眼色可以使它片瓦无存。书声朗朗,似乎很清雅,那只是出自读书人良好的自我感觉;评时议政,似乎很热闹,也只是书生意气,徒然遭人猜忌。但它又那么倔强地坚守在江南的那条小巷里,并在中国文化史上留下了一个相当醒目的坐标。它留给后人的不是当时当地的是非功过,而是为国为民的道义和良知,是中国知识分子那种积极入世、高标独立的人格力量。正是这种人格力量在铁血残阳中鞭霆掣电、拔山贯日,支撑起明末清初一大批雄姿英发的伟丈夫。我们只要随便说出几个,便足以令人肃然起敬。例如,左光斗的节操影响了他的学生史可法,而史可法在扬州殉国的壮举又极大地震撼了江东才俊,松江的陈子龙便是这中间的一个。陈是几社的领袖人物,他和柳如是的交往和热恋不仅是一段才子佳人的风流佳话,更使青楼女子柳如是得到了一次"天下兴亡,匹'妇'有责"的思想升华。陈子龙后来为抗清牺牲,柳如是又用这种思想影响了钱谦益。钱谦益这个人的口碑不怎么好,他身为后期的东林党魁、文坛宗主,却在清兵进入南京时带头迎降。柳如是劝他投水自尽,他说了一句很有意思的话:"池水冰冷,投不得。"他不想死,但降志辱身的秽行一直折磨着晚年的他。他和柳如是后来都为抗清做了不少事情,钱谦益因此几乎丢了性命。郑成功从崇明誓师入江时,如是以蒲柳之躯亲自到常熟白茆港迎候,站在冷风中苦苦地远眺故国旌旗。"还期共覆金山谱,桴鼓亲提慰我思。"这位原先的烟花女子热切地期盼着像当年梁红玉那样桴鼓军前,报效于抗敌救国的战场。山河破碎,民族危亡,东林党人大多死得很壮烈,受他们影响的后人也大多是爱国的,这是历史上的不争之论。

　　文章的开头曾提到一块民国三十六年募捐重修东林书院的记事碑,我留意了一下,在募捐者中,以杨、荣、薛三姓居多,数额也最大。这三个家族不仅是无锡巨富,在中国近代民族工业的发展史上也是很值得一提的。我曾粗略地翻阅过他们的家族史,发现其中有一条大致相同的发展轨迹:最初由读书入仕,而后官商兼备成为儒商,到 20 世纪初叶开始弃绝官场兴办实业,成为中国民族工业的巨子。也就是说,他们都有着相当深厚的文化底蕴。例如其中的薛家,其父辈即清末著名外交家、思想家和文学家,被称为"曾门四弟子"之一的薛福成,这种现象很值得我们玩味。一般的论者认为,明末东林党人的崛起标志着旧时代的终结。这固然是不错的,但我认为这还不是新时代的起点。终结和起点一步之遥,却不是一两代人所能完成的。今天,当我站在东林书院的回廊里,仔细计算着无锡三大家族的捐款数时,突然产生了一种奇特的联想:中国的民族资本主义为什么首先发端于江南,中国近代民族工业的巨子为什么出现在无锡,是不是与面前的这座书院有着某种割舍不开的渊源呢?或者说,这募捐碑上的杨、荣、薛三姓"大款"是不是可以看作东林后学呢?

　　出东林书院的后门便是苏家巷。据无锡博物馆朱文杰先生考证,当年顾宪成起居的小辨斋就在这里。有了这处小辨斋,顾宪成才省去了每天乘着小船来回张泾的辛劳。但后来因家境不好,这所房子

又以四百两银子典当出去了,可见文人都是很清贫的。小辨斋与东林书院近在咫尺,顾宪成主持东林讲会期间经常止息于此,与门人论学议政。如果说东林书院是17世纪初的"江南政治学院",那么这里便是政治学院的"教授楼"。可惜现在知道它的人已经不多了。

我徘徊在这条僻静的小巷里,一边想,忘记了小辨斋不要紧,忘记了文人的清贫也不要紧,只要别忘记这里的东林书院就好。

湮没的辉煌 ◉

著名中学师生推荐书系

30

湮没的宫城

一

近代的文化人看南京，常常会不自觉地带着唐宋士大夫的目光，眼界所及，无非六朝金粉，一如刘禹锡和韦庄诗中的衰飒之景，似乎这里从来不曾有过一个赫赫扬扬的明王朝。他们徘徊在明代的街巷里寻找王谢子弟华贵的流风，拨开洪武朝的残砖碎瓦搜求《玉树后庭花》柔婉的余韵。其实，他们只要一回首，明代的城墙便横亘在不远处的山影下，那是举世瞩目的大古董，一点也不虚妄的。作为一座城市，南京最值得夸耀的历史恰恰是明代，它的都市格局也是明洪武朝规模建设的结果。因此，近代人看到的南京，实际上是一座明城，在这里访古探胜，亦很难走出朱明王朝那幽深阔大的背影。

那两年，我在南京大学的一个进修班挣文凭，住在离学校很远的后宰门。宿舍是大家凑份子租来的，"顶天"的一层楼统包了。开学第一天，大家正忙着洗扫收拾，忽听到一个南京本地的同学在阳台上叫起来："这下冤了，把我们打进冷宫了。"起初我不曾介意，以为他是冲着校方发什么牢骚。等到跑上阳台，顺着他手指的方向望去，心头便不由得打了个冷颤：天，竟有这么巧的！

提起古都南京，总是令人悠然神往，继而发思古之幽情。这座建城将近二千五百年之久的古城，曾是六朝胜地，十代名都。它，被诸葛亮形容为龙盘虎踞，真是东南的形胜之区；历代的文献记载着无数动人的史迹。

作者从都市格局出发探究明朝的"幽深阔大"，这里通过"大古董"的比喻形象地概括出明城的悠久历史。

湮没的辉煌 ●

著名中学师生推荐书系

没错,这里大体上就是明代的冷宫,而西南边不远处那片烟树葱茏的所在,便是明故宫的前朝三大殿——自然是已经废圮的了。我由于关注过明代的史料,对明故宫的大体格局还算比较熟悉。可以想见,600多年前,这里曾浸透了多少深宫女子的血泪,在那一个个幽冥的静夜,当知更太监懒懒地用檀木榔头敲击着紫铜云板时,这掖庭东侧的角落里,该是怎样的落寞凄凉。

当然要去看看明故宫。

当年朱家皇帝面南而坐的金銮宝殿,现今连废墟也说不上了,只剩下几许供人凭吊的遗迹,绿树茂草,游人如织,一派宁和的秋景。那巨大的柱础和断裂的青石丹墀,使人想起当初宫宇的壮丽崇宏,也给人以无法破解的疑团:以600多年前的运输条件,这样的庞然巨物是怎样从产地运往宫城的呢?唯一可以看出点立体轮廓的是金水河前的午门,但上部的城楼也已殒毁,现存的只有城阙和三道门洞,中间的一道是供皇上通行的,巨石铺就的御道被车轮碾出了深深的印迹,不难联想当初銮驾进出时,那种翠华摇摇的威仪。午门前还应该有一个广场,所谓的"献俘阙下"大抵就在这里,但那样的场面不多。更多的场面是杀人,在旧小说和传统戏中,每当"天威震怒"时,常常会喝一声"推出午门斩首"的,自然是极刑了。但平心而论,在明故宫的那个时代,因触犯朱皇帝而被推出午门杀头,实在算得上一种优待。那时候杀人的花样多的是,抽筋、剥皮、阉割、凌迟,甚至用秤杆从下身捅烂五脏六腑,总之不能让你死得那么爽快。最常见的是按倒在地,噼里啪啦一阵死打,直打成血肉模糊的一堆，称之为廷杖。而相比之下，"喀嚓"一刀便了结性命，无疑是最舒服的了。因此，临刑的那位跪在阶下高呼"臣罪当诛兮，谢主隆恩"时，那感情可能是相当由衷的。

这就是明故宫，<u>一座因杀人无数而浸漫在血泊中的宫城</u>，也是中国历史上唯一从南方起事而威加海内的封建王朝的定鼎之地，如今却只剩下一片不很壮观的遗迹，陈列在恹恹的秋阳下。

出明故宫遗址公园，遥望东去仅一箭之地的中山门（明代称为朝阳门），我心中不由得升起一团疑云：皇城这样鳞次栉比地紧挨着外城门，这于防卫无疑是一大禁忌，即使在当时，若将火炮架在城外，也是可以直接威胁大内的。那么，公园出口处的石碑上，关于明故宫不止一次地罹于兵火的记载，自然是与此有关的了。但令人费解的是：朱元璋是马上得天下的开国之君，以他的雄才大略，当初为什么竟疏于考虑呢？

二

公元 1368 年，寂寞了差不多 400 年的应天府又风光起来。自从南唐后主李煜在这里仓皇辞庙以后，这座城市便一直不曾被帝王看重过，他们来到这里大多只是暂时驻跸，歇歇脚，对着六朝遗物发几句感慨，然后又匆匆忙忙地启驾离去。在他们看来，这儿的宫城里充满了兵气和血光，历来在这里停留的王朝没有一个不是短命的。南宋初年，那么多的大臣要皇上在这里建行都，"抚三军而图恢复"，但鬼精

"浸漫"两字点题，"浸"字照应杀人无数的史实，"漫"字写出了时间的久远；而"宫城"正是在如此残酷的杀戮中渐渐"湮没"，暴力可以是一个王朝的开始，也必是专制时代的终结。

灵的赵构最终还是跑到临安去了。如今,一个束着红头巾的草头王却看中了这里,他要在这里长住下去,定都称帝。这个其貌不扬,脸盘像磨刀石似的黑大汉就是明太祖朱元璋。

他是从淮北皇觉寺的禅堂里走来的,带着满身征尘。当然,和差不多所有马上得天下的开国帝王一样,他也带着一股王霸之气,这一点,只要随便看看他写的那些打油诗就可以知道了:

> 百花发时我不发,
> 我若发时都吓杀。

粗豪到了蛮不讲理的程度,也不能说没有一点气韵。再看:

> 杀尽江南百万兵,
> 腰间宝剑血犹腥。

几乎是瞪着眼睛吼出来的,活脱脱一个山大王的形象。现在,你看他站在钟山之巅,朝着山前的那片旷野作了个决定性的手势,作为帝祚根基的皇城就这样圈定了。

毋庸置疑,在朱元璋的这个手势背后,包含着一种洋洋洒洒的自信。自汉唐以来,历朝都城皆奉行"皇城居中"的格局,这既符合帝王居天地之中的封建伦理信条,又有利于现实的防卫。而现在,他手指的那个地方紧挨朝阳门内,偏于旧城一隅,一旦敌方兵临京师,坐在乾清宫的大殿里也能听到城外的马蹄声。这些年来,朱元璋打的仗不算少,有好几次几乎是从死人堆里爬出来的,因此,对皇城的防卫问题,他不能没有深远的战略考虑。不错,皇城偏于一隅,于防卫是一大禁忌,但古往今来,有几个王朝是靠皇城的坚固而长治久安的呢?大凡让人家打到了京师脚下,这个王朝的气数也就差不多了,即使据皇城而固守,又能苟延多少时日?在金陵作为京师的历史上,这座城市从来就像纸糊一般的脆弱,艳情漫漫,血海滔滔,一旦强敌迫境,大都一鼓而下。只有南梁侯景之乱时,梁武帝固守台城,撑了100多天,但最后还是没有守住,梁武帝倒始终没有退出宫城——他饿死在里面。到陈亡以后,隋文帝杨坚害怕南人再起,一把火烧了六朝宫阙。其实他也太多心了,一座宫城能顶啥用?

在中国的历代宫城中,明故宫的摆布具有相当的特殊性,防卫高于一切的主导思想被淡化,"皇城居中"的传统格局遭到摒弃——虽然朱元璋的子孙后来迁都时,又把宫城严严实实地藏到了京师的中心。但至少在洪武初年,当朱元璋站在钟山上规划宫城时,他显然对刀兵之争看得不那么重要。他有这样的气魄。

那么,重要的是什么呢?

我们先来听听宫城上的"画角吹难"。

据明人都卬《三余赘笔》、董毅《碧里杂存》等史料记载,明宫城建成后,每天五鼓时分,朱元璋便派人在谯楼上一边吹着画角,一边敞喉高歌。画角是一种古老的乐器,其声激昂旷远。歌词凡九句,中间三句为"创业难,守成又难,难也难",史家称为"画角

皇城居中,体现了中国古代所特有的一中四方文化观念。"左祖右社,前朝后市",是中国传统建城的理想模式。《周礼·考工记》中说:"匠人营国,方九里,旁三门。国中九经九纬,经涂九轨。左祖右社,面朝后市。市朝一夫。"

对于这名从皇觉寺走来的农民的儿子来说,面对在一场场的战斗中从马背上得来的浩大天下,的确会发出"创业难,守成又难"的喟叹,正是他要有所作为才会如此宵衣旰食。

吹难"。可以想见,站在谯楼上的当是一位老者,声调嘶哑而苍凉,带着一种穿透力极强的沧桑感。那旋律也许不很复杂,但反复强调的"难难难"却不屈不挠地浸漫得很远。寒星冷月,万籁俱寂,"画角吹难"颤悠悠的尾音在熹微的曙色中抑抑扬扬,有如历史老人深沉的浩叹。

这声音传入帝枕深重的后宫,君王惊醒了,他把温柔和缠绵留给昨夜,抖擞精神又坐到龙案旁。当他用握惯了马缰和刀剑的手批阅奏章时,这位开国雄主又似乎不那么自信了,你听那九句歌词,每三句就有四个"难"字,这皇帝也不好当呢,特别是开国皇帝更不好当,马上得天下而又不能马上治之。他不敢有丝毫懈怠,全国大大小小的政务,他必要亲自处理,不仅大权不能旁落,连小权也要独揽,那宵旰操劳的身影,该是何等疲惫? 请看他自己记叙的一件琐事:

刑部主事茹太素以五事上言,其书一万七千字。朕命中书郎中王敏立而诵之,至字六千三百七十……未睹五事实迹……于是扑之。次日深夜中,朕卧榻上,令人诵其言,直至一万六千五百字后,方有五事实迹,其五事之字止是五百有零。朕听至斯,知五事中,四事可行。当日早朝,敕中书都府御史台著迹以行。吁,难哉!

也真是难为皇上了,一篇万言书,读了 6 370 字,还没有听到具体意见,说的全是空话,于是龙颜大怒,把上书人打了一顿。但万言书还得看下去,累了,躺在床上听人读。到了 16 500 字以后,才涉及本

朱元璋对历史的功与过,都是值得人们深思的。朱元璋从社会最底层而登上天子大位,虽然是时代的造就,而他个人的奋发与天资是少有的。时势造英雄,英雄也造时势。

"梦绕神州路。怅秋风、连营画角,故宫离黍。底事昆仑倾砥柱,九地黄流乱注。聚万落千村狐兔。天意从来高难问,况人情老易悲难诉! 更南浦,送君去。"宋人张元幹的这首送别词《贺新郎》传递浓浓的离别悲情以及对时政的愤懑。"画角"这一古老的乐器自此添上了悲凉的感情色彩。

湮没的辉煌 ◉ 著名中学师生推荐书系

题,建议五件事,其中有四件是可取的,即刻命令主管部门施行。本来用 500 字就可以说清楚的事,却啰啰嗦嗦地说了 17 000 字,惹得朱元璋一怒之下打了人,后来又承认打错了,并表扬被打的人是忠臣。在当时的条件下,一切政务处理、臣僚建议,都得用书面文件的形式上奏下谕,当皇帝的一天要看多少文件?"吁,难哉!"这叹息中透出一种与攻城略地的雄健完全不同的疲惫,一种如临深渊、如履薄冰的谨慎,一种忧危积心、日勤不息的自觉。这叹息出自一位有作为的帝王之口,便相当流畅地演绎为每天清晨谯楼上的"画角吹难"。歌吹呜咽婉转,沸沸扬扬,越过王公贵族的朱红府第和苔藓湿漉的寻常巷陌,于是舟船解缆了,车轮驱动了,炊烟升腾了,市声人语在雾露凝滞中嫩嫩地扩散开来……

但"画角吹难"毕竟只是一种相当形式主义的宣传,谯楼上浪漫色彩的歌吹也不可能传遍王朝的每寸疆土。实际上,朱元璋更注重铁的手腕,他狠狠地把玉带揪到肚皮底下——据说这是他杀人的信号——于是午朝门外人头滚滚,弥漫着一片血腥气。

历史上有哪一个王朝不杀人呢? 特别是一个新王朝开始运转的时候,总是需要足够的人血作为润滑剂的。战场厮杀、自相残杀、谋杀、冤杀、自杀、误杀、鬼鬼祟祟背后捅刀子杀、明火执仗堂而皇之地杀、为了借几颗人头作交易而闭着眼睛杀……杀杀,直杀得血雨飘零,浸润了厚厚一本史书。但翻开这本史书,明故宫恐怕算得上杀人最多的宫城,这一点,连朱元璋的大儿子皇太子朱标也看不下去了,多次劝父亲刀下留人。朱元璋听烦了,把一根棘杖扔

一句话连续十三个杀字,越发写出了历史原本的残酷,朱明王朝暴虐的滥觞就是这弥漫着血腥味的午朝门吧。

在地上，叫儿子拿起来，见儿子面有难色，朱元璋当下有分教："你怕有刺不敢拿，我把这些刺给你砍掉，再交给你，岂不是好？"

朱元璋扔在地上的那劳什子，无疑象征着朱家王朝的权杖，而他眼中的"刺"则不外乎三种人：勋臣贵族、贪官污吏和知识分子。他认为正是这三种人对朱家王朝构成了现实和潜在的威胁，因此要大杀特杀。仅在所谓的明初"四大案"中，倒在血泊中的死鬼便有十数万，流放者更加不计其数。平心而论，这中间确有该杀的，但杀得这样滥，这样残酷，这样不分青红皂白，这样株连灭族瓜蔓抄，却不能不归结于一种心理变态。这一杀，开国元勋和军界勇武几乎无一幸免，稍微有点名气的文人也差不多杀光了。青年才子解缙算是比较幸运的一个，当时朝野噤声，每个人的头上都悬着一把达摩克利斯之剑，不知什么时候就会要了自己的脑袋，他居然敢于上万言书，对杀人太滥提出批评，所谓"天下皆谓陛下任喜怒为生杀"，这话说得够重的了。但朱元璋看了，反而连夸："才子，才子！"在文字狱的罗网和大屠杀的恐怖气氛中，解缙何以能这样如鱼游春水呢？当然，他有才气，在文坛上有影响，这是本钱。但比他才气大影响大的人（如"吴中四杰"的高启、杨基、张羽、徐贲），不是照样做了刀下之鬼吗？这实在是很值得玩味的。据说，一次朱元璋在金水河边钓鱼，半天也没钓到一条，令解缙赋诗解闷。解缙应声吟成七绝一首，其中后两句为："凡鱼不敢朝天子，万岁君王只钓龙。"这种马屁诗实在蹩脚透顶，特别是出自才华横溢的解缙之口，实在令人报然，但朱元璋听了很高兴,这就够了。中国的文人——特别是明清的文人——就是这般可悲,你得先学会保护自己。一般认为,解缙是个相当狂放亦相当富于正义感的人,绝非吹牛拍马、趋炎附势者流,他那种只图博取君王一笑的帮闲马屁之作,大抵不会收进自己的文集,也不会示之于圈子内的文友,这点廉耻感和艺术良心他还是有的。《四库全书总目》中说他"才气放逸",其根据也肯定不会是这种马屁诗。但问题是,没有这种马屁诗,他能上万言书批评时弊吗?他能搞自己那些成名成家的"纯文学"吗?他能活到若干年后主持编撰中国文化史上破天荒的皇皇巨制《永乐大典》吗?这是中国文坛上的一种悖论:文学的前提是伪文学,而正义感的伸张则要以拍马屁作为代价。中国的文人就在这种悖论的夹缝中构建自己的文化人格。这样的时代,文人可以坐在书斋里勘误钩沉做学问,也可以根据民间传说和话本编杂剧、写小说(例如罗贯中和施耐庵那样),却绝对出不了真正的诗人。真正的诗人,绝对需要心灵的解放和个性的恣肆张扬,因为诗说到底是一种生命的符号,诗情的勃动有如早春初绽的花瓣,每一点微小的翕动都极其敏感而娇慧,"南园满地堆轻絮,愁闻一霎清明雨",那肯定不消生受。因此,诗往往最直接地体现了一个时代的气象。李白仗剑浩歌,绣口一吐就是半个盛唐;而即使像苏东坡那样的浪漫派大师,从他雄奇豪迈的行吟中也不难发现宋王朝衰微的阴霾。可以断言,一个让文化人谨小慎微,整天战战兢兢地仰视政治家眼色的时代,是断然出不了大诗人的,它只能出小说家、戏剧家和学者。而诗人解缙恰恰生

解缙(1369—1415),字大绅,江西吉水人。明大臣。洪武进士。曾上万言书,批评太祖杀戮过多、政令屡改等弊。罢官八年,建文时复官。成祖初任翰林学士,与金幼孜等人值文渊阁,预机要。明代内阁议政,从此时开始。主持纂修《永乐大典》。永乐五年遭贬广西,又改交阯。八年以"私覗太子"、"无人臣礼"罪被杀狱中。有《解文毅公集》、《春雨杂述》等。

当文学沦为政治的工具时,当知识分子依附于政权时,处处看主子脸色行事的御用文人就粉墨登场了。

太白的豪放、东坡的旷达,这人世间又有几人能及?大才子纵然聪明过人、才思敏捷,但成天待在君侧,小心谨慎、如履薄冰,哪里来的石破天惊之作?

活在这样一个时代。

　　另一个叫袁凯的诗人采取的方法和解缙不大相同。这个少年得志，以一首《白燕》诗走上诗坛，从而被人们称为"袁白燕"的怪才，为了逃避朱元璋的迫害，只得假装疯癫，自己用铁链锁了脖子，整天蓬头垢面，满嘴疯话。但朱元璋还是不相信，派使者去召他做官，却见袁凯趴在篱笆下大嚼狗屎。使者据以回报，才不曾追究。其实这一回朱元璋受骗了，原来袁凯料定皇帝要派人来侦察，预先用炒面拌糖稀，捏成段段撒在篱笆下，好歹救了一命。但作为诗人的袁凯却永远地消失了，消失在封建专制的罗网下。一个脖子上套着锁链、满口疯话的诗人，纵有旷世才华，也绝对写不出诗来了。与之相比，当年的陶渊明倒是幸运得多，他不愿为五斗米折腰，家门前的竹篱下还有一方属于自己的天地。你看，"欢言酌春酒，摘我园中蔬"，生存空间有了；"采菊东篱下，悠然见南山"，文化空间也有了。他的田园诗也因之写得相当精致，还有什么不惬意的呢？而到了袁凯这个时候，竹篱下早已失却了清新闲适的意趣，零落芜秽，一派阴森肃杀之气。那根血迹斑斑的铁锁链，不光是套在袁某人的脖子上，而是套在一个时代，套在整整一代中国文人的脖子上。

　　一个诗人，就这样疯疯癫癫地走在大明的京城里，脚下是六朝碑板（朱元璋曾下令用六朝碑板铺街，以致"城内自宣圣庙以外，绝无宋元之刻"），这是一种多么惊心动魄的奢侈！真草隶篆，琳琅满地，走在上面，每一步都踩着一截历史、一阕绮丽风华。远处的宫城在烟雨凄迷中只剩下一抹淡淡的影子，景阳钟响起来了,是不是又要杀人呢?

三

　　冤死在宫城下的还有一些女人。在一个男性的世界里,她们大都因为是罪臣的家属而受株连。但有时也不尽然,例如有个叫硕妃的女人——她自然是当今皇上自己的家属了——也死得很惨。她的罪过是为朱元璋生了个儿子,朱元璋算算妊娠期只有八个月,怀疑不是龙种,但又仅仅是怀疑,查无实据,只得采取双重标准,儿子还是承认的,老婆却被打入冷宫,受铁裙之刑。今天我们已无法想象铁裙是一种什么刑具,而一个女人日夜穿着铁裙是什么滋味,反正硕妃被活活折磨死了,她留下的那个儿子叫朱棣,几十年以后,他率领大军攻进了南京城。

　　他当然不是来为母报仇的,因为他从来不承认自己是庶出:"朕,太祖高皇帝嫡子也。"他到南京来是为了争夺皇位,而当时的皇帝是朱元璋的孙子建文帝朱允炆。这场朱家叔侄之间的战争史称"靖难之役"。结果侄子失败了,在宫城的一片大火中,建文帝不知所终。朱棣堂而皇之地登上奉天殿,改元永乐——仅这个年号,就是足以令人想起中国历史上许多大事的。

　　作为悲剧人物的建文帝,其下落一直是历史上扑朔迷离的疑案。说法颇多的是,他并没有在大火中烧死,而是从地道出了城,流落川康云贵当和尚去了。前两年,我又看到某学者的两篇考证文章,说建文帝出家的地方就在苏州附近的穹窿山,旁征博引,

建文元年(1399)七月,朱棣在他的封地起兵,发动了"靖难之役",借口是"清君侧",其实是以声讨齐泰、黄子澄为名,矛头直指建文帝。建文四年,燕王朱棣攻下南京,建文帝下落不明,一说焚死,一说逃亡,究竟如何,众说纷纭,这就是建文帝生死之谜的由来。

41

言之凿凿。这样的结论即使从史料角度能自圆其说,也根本有悖于人物的性格特征。试想,苏州与南京近在咫尺,建文帝居然就在朱棣的眼皮底下悠游了几十年,如果真有这样的胆量,当初何至于失败得那样一塌糊涂?一般来说,后世的文人对建文帝倾注了相当大的同情,这个性格仁柔的皇太孙登基以后,从科举场中起用了一批儒生,试图对朱元璋的"严猛之政"有所调整,但因此也激化了和分封在各地的一大群叔叔之间的矛盾。这种矛盾,说到底是江南文人集团和贵族亲王军事集团的矛盾,结果是,文人的清谈敌不过藩王的铁甲长戈。秀才遇到兵,有理说不清,倒霉的永远是文人。

朱元璋当年的那种心态现在又轮到朱棣来体验了。进入南京以前,他还比较自信,因为在军事上他比较有把握。但自从跨入皇城的那个时刻开始,一种危机四伏的感觉便时时侵扰着他,皇帝也不好当呢,特别是一个背着"篡"字的皇帝更不好当。心理上的虚弱往往转化为手段的残酷,还是老办法:杀人!

杀什么人?杀文人。

中国的文人又面临着新一轮的屠杀。所不同的是,洪武年间的文人面对屠刀一个个都想躲,他们或装傻卖乖,或遁迹山林。但躲也难,终究还是丢了脑袋。这次却一个个伸着脖子迎上来,有几个甚至身藏利刃与朱棣以死相拼(例如御史大夫景清、连楹),因为建文帝对他们有知遇之恩。文人其实是很脆弱的,他们容易受宠若惊,容易因一句"士为知己者死"的古训而豁出去。本来,在战场上和朱棣拼死作对的是武人，但武人反倒比较聪明，谁胜谁负，横竖都是姓朱的当皇帝（用朱棣的话说："此朕家事"），因此，势头不对，干脆倒戈迎降。只有魏国公徐辉祖象征性地抵挡了一阵，然后跑进父亲徐达祠中静观事态。他不怕，家里有老皇帝当年赐的"铁券"，可以免死；自己又是朱棣的"孩子他大舅"，估计朱棣也不会拿他咋的。这样，剩下的便只有一群认死理的文人，等着吃人家的打击报复。

朱棣的打击报复毫不含糊。作为建文帝股肱重臣的齐泰、黄子澄皆磔死——关于这个"磔"，我不得不翻了一会儿词典，才弄清是由秦始皇那时候的车裂演化而来的一种酷刑。全国知名度最高的大学者方孝孺诛十族。礼部尚书陈迪一家被戮前，朱棣竟然叫人将其几个儿子的舌头和鼻子割下来炒熟，强塞给陈迪吃，还丧心病狂地问他"香不香"……

午朝门前这些血淋淋的场面实在过于阴森恐怖了，那么，把目光移向冠盖云集的朝堂，看看御案上那些堂皇的圣旨吧。

副都御史茅大芳被杀后，其妻张氏年已 56 岁，仍被发送教坊司"转营奸宿"，不久死去。有关方面负责人奏请处理，朱棣下旨云："着锦衣卫吩咐上元县抬去门外，着狗吃了，钦此！"

齐泰的妹妹和两个外甥媳妇及黄子澄的妹妹，也被发送教坊司。四名无辜妇女，每天被 20 多条汉子看守，都被轮奸生下孩子。有关方面又奏请旨意，朱棣下旨云："由他不的，长到大便是个淫贱材儿，钦此！"

原北平布政使张昺的亲属被押赴京师后，朱棣

李贽在《续藏书》卷五中对方孝孺之死一事做了明确的解说："一杀孝孺，则后来读书者遂无种也。无种则忠义人材岂复更生乎？"则所谓读书种子断绝，实在是对忠义操守的放弃，此乃靖难之役留给明王朝的最大损失。

下旨云:"这张昺的亲是铁,锦衣卫拿去着火烧。"

当然又是"钦此"!

这种流氓气十足的丑行秽语,竟然出现在堂堂正正的圣旨中,实在令人毛骨悚然。我们不知道朱棣在写下这一个又一个"钦此"时是一种什么心态,他濡濡墨,望着宫城巍峨的殿角,或许有一种报复狂的快感和胜利者的洋洋自得。"钦此",君王潇洒而果决地在杏黄色的桑皮纸上笔走龙蛇;"钦此",宣旨太监那充分女性化的嗓门在宫城内拖着尖利的尾声;"钦此",带着铁环的鬼头刀在夕阳下划出一道道血色的弧线……

"钦此"代表着一种为所欲为而不可抗拒的权威。

但至少有一个女人对这种权威提出过挑战。

在一行行的"钦此"背后,小丑的灵魂暴露在光天化日之下,难道这是"庶出"的自卑心理能够解释的吗?

她是朱棣的"孩子他阿姨",也就是中山王徐达的小女儿徐妙锦。朱棣的妻子徐氏早亡,他看中了小姨子,这本来是不成问题的问题。但徐妙锦偏是个有思想有骨气的女人,她对朱棣的人格极为反感。朱棣的"钦此"可以遮天盖地,却遭到了一个女人毫不含糊的拒绝,他的泼皮无赖相立时暴露无遗:"夫人女不归朕,更择何等婿耶?"意思很明显,天下都在我的手里,你不嫁给我,还有谁敢要你? 这种讹诈当然是很现实的。好一个徐妙锦,当下铰去满头青丝,走进了南京聚宝门外的尼姑庵。

对徐妙锦的抗婚显然不应作过高的评价,她不是祝英台和刘兰芝,甚至不是在金兵薄城时毁家纾难的李师师。在她出家为尼的动机中,羼杂着众多的政治和个人恩怨的情绪因素。例如,她大抵是从封建正统观念出发,对朱棣的夺位持激烈的否定立场;例如,她的父亲徐达实际上是被朱皇帝以一盆蒸鹅赐死的,她的长兄徐辉祖也因抵抗燕师入城而被削爵幽禁,郁悒而死;例如,朱棣是她的姐夫,她从姐姐那里有可能知道一个表面堂皇的形象的另一面;等等。而所有这一切深层次的情绪积累,都因浸渍了午朝门外过多的鲜血而膨胀发酵,促成了一个贵族少女的终极选择。为了逃避那座充满了血腥味的宫城,她义无反顾地走进了青灯古佛的庵堂。

宫城内外的血腥味,朱棣自己也感觉到了。在这里他杀人太多,积怨太深,冥冥之中总见到一双双怨忿的眼睛包围着他,他要冲出这种包围。于是,他一次又一次地出巡、亲征,把宫城作为一堵背影冷落在身后。对这座江南的宫城,他有一种本能的隔膜感,虽然这里是父亲的定鼎之地,但他自己的事业却是从北方开始的。"人人尽说江南好,游人只合江南老",这都是文人的屁话。这里的山水太小家子气,连气候也令人很不开心,一年四季总是潮滋滋的,午门前杀几个人,血迹老半天也不干;多杀几个,便恣肆张扬地浸漫开去,銮驾进出,车轮碾出一路血红,沿着御道迤逦而出,一直延伸得很远,这似乎不是圣明天子的气象。因此,无论是出巡还是亲征,他总是往北方跑。那雄奇旷远的大漠,好放缰驰马,也好尽兴杀人。黄尘滚滚,风沙蔽天,纵是尸山血海,顷刻间便了无痕迹。在这期间,他先是选定了昌平黄土山的一块风水宝地为自己经营陵墓,又下令在北平建造新的宫城。几年以后,他下诏迁都,回到他"肇迹之地"的北平去了。

离开南京之前，朱棣还心思念念地惦记着江南的文人。当初从朱元璋的屠刀下得以幸存的才子解缙，前几年因得罪朱棣被囚于锦衣卫狱，朱棣查看囚籍时发现了这个熟悉的名字，皱了皱眉头："缙犹在耶？"语气中流露出显而易见的杀机。锦衣卫的官员和解缙有点私谊，破例采取了一种比较有人情味的做法，让解缙喝醉了酒，埋在积雪中捂死了。这是朱棣对江南文人的最后一次报复。

但这一次绝对没有流血，午朝门外只有一堆晶莹的白雪，埋葬着一个正直狂傲的文人。在他的身后，那座在潇潇血雨中显赫了半个多世纪的明宫城的大门，缓缓地关闭了。

第三章几乎全都浸在血光之中，面对血腥的往事，作者通过"潇潇"表明同情之心，更用了"缓缓"两字催人思考：宫城的坚不可摧究竟是靠强大的武力、儒家的伦理，还是皇上的专权。

四

主角一走，南京宫城便有如一座被遗弃的舞台，立时冷落下来。但场面还不能散，生旦净末也都按部就班地预备着，因为这里仍然是南北两京之一，六部内阁一个不少，只是少了一个皇上。当然，这里的尚书、侍郎们大都属于荣誉性的安排，他们可以看相当一级的文件，可以领取一份俸禄，可以使用相应品级的车马品服，却没有多少实际权力。京城离他们太远，皇上的声音通过快马传到这里时，已经不那么朗朗威严。留守官员们与京官虽然免不了那种千丝万缕的瓜葛，但毕竟不在政治斗争旋涡的中心，因此，只能从邸报上揣测京师那边的连台好戏：某某倒台了，某某新近圣眷正浓，京城的米价看来涨得挺厉害，等等。放下邸报，他们感慨一阵，说几句不痛不

皇帝走后，安邦定国之策更说与谁听？南京的文官们失去了施展治国抱负的舞台，如同不见阳光的向日葵迅速地枯萎了。

痒、说了等于没说的官话,然后早早地打道回府。京城里的事情太多,乱哄哄你方唱罢我登场,皇上很少顾得上向这里看几眼。而且自迁都以后,历代的皇上都没有永乐大帝那样的精力,一个个病恹恹的,因此也根本不会想到巡幸南都。南都在冷落和无奈中已见出衰颓的样子,大树砸坍了殿脊上的龙吻,廊柱上的金粉一块一块地剥蚀了,午朝门正中那专供銮驾进出的宫门年复一年地紧闭着,黄铜门钉上的锈迹正悄悄地蔓延开来,如同老人脸上的寿斑。值宫太监迈着龙钟的步态在宫城内踽踽独行,夕阳下拖着长长的身影。

皇上大概是不会再来了。

南京宫城的大门整整关闭了 100 年,正德十五年,皇上终于来了。

来的自然是正德皇帝朱厚照,他是朱棣的六世孙。大概有愧于几代先人的脚头太懒、欠债太多,他在这里一住就是一年,并且在午朝门外导演了一场相当具有观赏价值的好戏。

中国历史上的皇帝,什么样德性的都有,好玩的也不少,但是像正德这样玩得出格,玩得豪爽阔大,玩得富于浪漫色彩的恐怕绝无仅有。他是皇上,富有四海,这份大家业足够他挥霍的。但皇上自有皇上的难处,那一套从头管到脚的封建礼法也实在令人不好受。正德的潇洒之处在于,他既充分张扬了家大业大手面阔绰的优势,又把那一套束缚自己的封建礼法看得如同儿戏。七八年前,我看过一本台湾作家高阳的历史小说《百花洲》,写的是唐伯虎在南昌宁王府的一段经历,也涉及正德,内容提要第一

句这样写："正德是个顽童。"说得很有意思。这位顽童虽贵为天子，却颇有几分真性情，他并不很看重自己的身份，也不大拿架子。且看《明良记》中的一段记载：

> 武宗在宫中，偶见黄葱，实气促之作声为戏。宦官遂以车载进御，葱价陡贵数月。

这种以黄葱或芦膜之类"实气促之作声"的儿戏，相当多的儿童都玩过。但作为皇帝来玩，且玩到"以车载进御，葱价陡贵数月"的程度，算不算有点出格呢？

这还只是在宫城内小玩玩。

要大玩就得走出宫城。他常常简装微服。一声不响，一个人一走了之。如果有什么人来劝阻，对不起，那就请他吃家伙——廷杖。去得最多的地方是口外的宣府大同，据说那里的女人水色特好，这正对寡人的口味，什么样的女人都像皮匠的针线逢着就上。京戏《游龙戏凤》所演的，就是他在宣府的一段艳遇。既然上了后世的舞台，可见是盖棺论定的了。戏中的那些调情场面自然意思不大，却有一段台词相当不错：正德说京城里的皇宫是"大圈圈里的小圈圈，小圈圈里的黄圈圈"，他一概住不惯——倒很有几分个性解放的味道。

现在，他到南京来了，带着一个从口外嫖来的叫"刘娘娘"的妓女。

正德这次南下，有一件很风光的事，不久前，宁王朱宸濠伪称奉太后密诏，在南昌起兵反叛。这场闹剧来得快去得也快,前后不过43天,赣南都御史王守仁只用3 000人马,就把朱宸濠捉进了囚车。但正德却偏要小题大做,下诏御驾亲征,他是想借机到南方玩玩。大军刚出了京师,就已经得到了王守仁的捷报。正德怕搅了南游的好事,命令封锁消息,继续前进。一路上旌旗蔽日,翠华摇摇,十数万大军实际上成了皇上的仪仗队,这样的大排场真是少见。

凄清冷落的南京宫城立时冠盖如云,午门正中那锈迹斑斑的大门打开了,阳光喧嚣而入,铺满了苔藓阴湿的御道。六部的官员们翻箱倒柜,寻找自己的补服和朝笏。平日闲得无聊的太监忙得颠儿颠儿的:皇上要在这里导演一场"献俘阙下"的好戏哩。

那么,就拉开帷幕,轰轰烈烈地开场吧。

"献俘阙下"本来有一套固定的程式:俘虏从前门经千步廊、承天门、端门解至午门,沿路禁军森严、刀剑林立,呼喝之声如山鸣谷应,那种凛然生威的威慑力令人不寒而栗。皇帝则在午门城楼上设御座,一面展示天威,亲自发落敌酋,一面嘉奖有功将士,这场面不消说是相当威武壮观的了。但正德还觉得不过瘾,他是大玩家,玩就要玩个刺激,而不仅仅满足于一幕走过场的仪式;他自己也应该走下城楼,做一个威风八面的参与者,而不仅仅是呆坐在城楼上审视裁判。于是,他设计了这样的场面:朱宸濠等一干叛臣从千步廊外押过来了,只见当今皇上戎装罩甲,立马于旗门之下,喝令将叛臣一律松绑,任他们满场奔逃,皇上则策马扬旗,指挥将士分兵合击,在惊天动地的金鼓和呐喊声中一举将其抓获。这样一铺排,自然精彩且绝伦矣。可正德兴犹未尽,又别出

着力分析"献俘阙下"背后折射出的文化心理,从明朝历史的角度,从正德皇帝个人的性格出发,一一进行分析。

49

心裁，要移师玄武湖，把朱宸濠投入湖水，让自己亲自生擒活捉（那个倒霉鬼是在鄱阳湖中被俘的），因是日风浪太大，臣下再三劝阻，才不得不作罢。

尽管如此，午朝门前的这一幕活剧，从创意到表演，从排场到气氛，都玩得相当圆满。经国伟业，治平武功，竟如此轻松地演化为一场游戏，当今皇上总算让南都的臣僚们开了一回眼界。

明代的皇帝，大体上是麻布袋草布袋，一代不如一代。到了正德皇帝朱厚照这个时候，开国之初那种叱咤风云、雄视高远的自信已经消磨得差不多了，内忧外患，危机四伏，整个王朝的架子虽没有倒，内囊却空了。正德既然没有中兴振作的能耐，便只能借助于午朝门外这种虚张声势的表演，来作为自己脆弱的心理支撑，这实在算得上一个时代的气象。可以设想，在朱元璋和朱棣那个时代，对献俘大概是不会这么看重的，他们打了那么多的仗，有些仗甚至在中国战争史上都是很值得一提的。俘虏进京了，很好，该杀头的杀头，该流放的流放，一道朱批便发落了。他们也不缺乏参与意识，一次又一次地亲征，骑着烈马，操着长戈，在血雨腥风的搏杀中展示自己的豪强和雄健，根本用不着在午朝门前来一番表演，那没有多大意思。因为他们有一种喷薄跃动的自信，而正德恰恰失却了自信。一座行将倾颓的舞台，一群底气不足、强打精神的演员，一幕纯粹属于表演性质的儿戏，这就是16世纪初期的明王朝。

是的，明王朝已经相当疲惫慵倦了，这从皇上离开南京时的步履可以看出来。一年以后，当正德回跸京师时，远没有他的祖先朱棣北上时那样虎虎有

用一组排比句点明了朱明王朝的气数将尽，"行将倾颓"是从历史发展观来看，"底气不足"是从统治者角度来看，"儿戏"则更是一种讽刺了，如同前面所写的"活剧"，令人发笑。

生气,虽然他比朱棣当年整整年轻了30岁。而就在他离开南京三个月后,这位浪荡子就在他寻欢作乐的豹房里"龙驭宾天"了。

南京宫城的大门又关闭了,午朝门前的那一幕好戏,成了一茬又一茬的留守官员们永恒不衰的话题。不管怎么说,这是一次堪称空前绝后的壮举,因为从此以后,即使作为一种表演,这种机会也再不曾有过,从战场上送来的大多是一败涂地的塘报,从来只有自己的总兵、督抚被人家杀头俘房的份儿。在后来的几代君王眼里,那标志着圣朝武功的献俘大典,已经成了一种相当奢侈的憧憬,一个沉埋在风尘深处的遥远的梦。

看似平淡的笔墨中渗透着作者的叹惜,驰骋疆场、笑对强房是多少男儿的梦想啊。

自正德以后,明王朝又经历了六代帝王共120余年。这中间,除亡国之君崇祯而外,没有一个不是玩家。但说来可怜,国事日非,风雨飘摇,世纪末的靡废感年复一年地浸淫着宫城,这几位君王的人格精神也日趋宵小委琐。他们已玩不出正德那样阔大的气派,而只能演化为深宫一隅的自虐,一种心理变态者的怪癖。嘉靖玩方术,最后把自己的老命也搭上去了;万历亲政38年,竟有25年是躺在烟榻上的;天启本是个懦弱无用的窝囊废,便只能玩玩斫削雕琢之类的把戏,他似乎有希望成为一个不错的木匠,国家却治理得一塌糊涂。至于玩女人,这个绝对古典主义的保留项目,玩到啥时候也是新鲜的。反正国事已经不可收拾了,管它怎的,豁出去玩个痛快了。这样,到了不大会玩的崇祯执政前,前人欠下的烂污账却一齐要他承担,他只得去上吊。好端端的一份大家业终于玩光了。

这是公元1644年春天北京的一幕戏。

封建帝王专制对于一个国家乃至一个民族都不能说是一件幸事。

51

五

接下来轮到南京的戏了。

对于中国历史上的好多王朝来说，南京可不是一处"吉宅"，这里演惯了凄婉动人的亡国悲剧，一个个短命的王朝在这里落下收场的帷幕，一队队"面缚舆榇"的末代君臣从这里的宫门鱼贯而出。本来，明王朝已经曲终人散了，可偏偏还要到这里来续上一段不绝如缕的尾声。

皇上在煤山吊死了，不碍，三只脚的蛤蟆难找，朱家宗室里想当皇帝的凤子龙孙多的是。不久，一个从河南洛阳逃难来的藩王进入了南京城。这位整天哈欠连天、委靡不振的藩王叫朱由崧，他坐上了南明弘光小朝廷的金銮殿。

这个弘光实在糟糕透顶，国事已经到了这步田地，他念念不忘的仍旧是玩。他当皇帝总共不过大半年时间，这期间干得最起劲的一件实事就是发动老百姓抓蛤蟆，为了用蛤蟆配制春药，闹得全城鸡犬不宁、怨声载道，他自己也因此得了个"蛤蟆天子"的称号。朝政已经败坏到了极点，群小弄权，鼠窃狗偷，宫城内弥漫着一股黯淡柔靡的陈腐气息，有如一座阴森森的古墓。这里没有议政的庄严，没有御敌的慷慨，甚至连几句欺世盗名的高调和清谈也没有。每到夜晚，宫墙内笙歌低回，舞影凄迷，与宫墙外捉蛤蟆的灯火遥遥相望，常常有被奸死的女孩子被扔出宫门。新鬼烦冤旧鬼哭，任何人都会感到这种末世的不祥气象。弘光自己倒是坦然得很，他的思维

湮没的辉煌

著名中学师生推荐书系

方式相当实际：反正这皇帝是捡来的，不玩白不玩。再说清兵已经饮马淮河，说打过来就打过来了，到那时想玩也玩不成了。就这种德性，送他一句"荒淫误国"也太抬举他了，因为国家本来就不是他的，他是在挥霍别人的家业，所以唯恐来不及。这是南京历史上任何一个末代皇帝也不曾有过的腐朽。陈后主昏聩，还能写出相当不错的《玉树后庭花》，让后人传唱；李煜即使在肉袒出降前，还留下了一首未完成的《临江仙》词，那种对艺术的痴迷，亦令后人感慨不已。弘光什么也没有，他已经完全蜕化成了两脚兽，只有近乎变态的肉欲。这样一个皇帝，这样一个南明小朝廷，当年那么要强的朱元璋也只能躲在钟山一隅暗暗饮泣吧。

　　南京宫城坍塌了，坍塌在"窝里斗"的闹剧和笙歌舞影之中。事实上，从袍笏登场的那一天开始，南明的权力中心就不在这里的朝廊和大殿里，而在远离宫城的鸡鹅巷和裤子裆。这是两条偏僻的深巷，名字都不怎么雅，但在当时是很显赫的，<u>因为这里住着两个权倾一时的大人物：马士英和阮大铖。</u>马阮联手，把弘光朝的政坛搅得乌烟瘴气。其实这两位倒也是文人的根底，马瑶草的书法和诗文都说得过去；阮大铖甚至可以列入戏剧家的行列，他的《燕子笺》《春灯谜》等剧作在当时达到了相当高的水平，对后世的影响也不可低估。"谭兵夜雨青油幕，买笑春风锦瑟房"，这虽说有点王婆卖瓜的味道，但不可否认，他确实是很有才气的。<u>如果把他算作一个文人，那么便是坏文人的典型，在某种程度上，坏文人比其他的什么坏人都更可怕，因为他们有才，更懂得</u>

这两个人把持朝政，一方面他们大肆排除异己，迫害东林党人，还把史可法排挤出南京，令其督师扬州，有人气愤地指出，这是"秦桧在内，李纲在外"。高弘图、姜日广、张慎言等许多忠贞大臣愤而相继辞政，马、阮趁机将亲信安插进去。另一方面他们又以筹集兵饷、建造宫殿为借口，大卖官爵，搜刮民财，激起极大的民愤。连三尺小儿都站在街头唱道："中书随地有，都督满街走，监纪多如羊，职方贱如狗……扫尽江南钱，填塞马家口。"

马、阮之流拥立福王的原因只有一个：荒淫无耻的皇帝同昏庸无能或者年幼无知的皇帝一样，都是最好摆布的，于是至高无上的皇权如入我辈之手。

怎样钻营，怎样整人。这个阮大铖，早年和魏忠贤贴得很紧，却"内甚亲而外若远之"，这可不是一般人所能做到的。至于"每投刺，辄厚赂阍人毁焉"，这就更厉害了，既上书讨好权贵，又不留下把柄，马上买通门人把效忠信给毁掉，所以后来魏忠贤事败抄家时，就抓不住他投靠的证据。在那个民族危亡的多事之秋，城南聚宝门外的那条深巷里却每每流泻出抑扬宛转的歌吹和苏白，矮胖而多须的阮大铖一边拍着檀板，导演家伎上演自编的剧本，一边盘算着怎样整人，怎样敛财，以至于日后怎样改换门庭投靠"建房"。这是当时宫城外的一幅相当富于时代感的画面。

但真正站在南明政治舞台中心的，是一群有骨气的文人，他们每个人的身边大抵还站着一位深明大义的青楼女子。在这里，他们的聚会超越了痴男怨女的小悲欢，呈示出慷慨嘹亮的主调。一辆辆马拉的青油包车或轿子在秦淮河畔的青楼前停下，晚明政治史上的一系列大情节也由此悲壮地展开。包车和轿子里走下侯朝宗、陈子龙、冒辟疆、方以智等复社名流，他们大抵披着那个时代的贵公子所流行的白裕春衫，极是倜傥潇洒。门楣下则迎出李香君、董小宛、柳如是等秦淮名姬，于是脂香粉腻，说剑谈兵，才子佳人的艳歌中流动着民族复兴的宏大主题。这中间，最为哀艳动人的莫过于《桃花扇》的故事。孔尚任真是大手笔，把一个天崩地解的时代浓缩于笙歌红裙之中。上上下下都在忙着卖国求荣，卖友求荣，卖身求荣，只有那椒兰红粉、烟花世界之中还保存着一腔未被污染的气节，这是多么深沉的悲哀。

复社是明末的一个非常有名的文社，主要领导人为张溥、张采。主张"兴复古学，将使异日者务为有用"，因名曰"复社"（陆世仪《复社纪略》）。复社的主要任务固然在于揣摩八股、切磋学问、砥砺品行，但又带有浓烈的政治色彩，以东林后继自任，代表了江南地主、商人的利益，又与这一带市民阶层的斗争相呼应，因而具有相当广泛的群众基础。

《桃花扇》是中国清代著名的传奇剧本。此剧表现了以复社文人侯方域、吴次尾、陈定生为代表的清流同以阮大铖和马士英为代表的权奸之间的斗争，揭露了南明王朝政治的腐败和衰亡原因，反映了当时的社会面貌。作者的创作意图是"借离合之情，写兴亡之感"，表现了丰富复杂的社会历史内容。

这种悲哀只有受到近代或现代民主思想、平等观念影响后才可能产生。

一般来说,在中国的古代社会中,女人面对的永远是男人,选择新主子还是旧主子,主要是士大夫的事情,即使国难当头,女人所感受的痛苦,一般还是以家难的形式表现出来的。李香君的不同"一般",就在于她的爱憎具有更为广阔的时代和社会的内涵。"桃花扇底送南朝",当一个青楼女子倒地撞头,血溅扇面时,这就不仅仅是对权贵的抗争,同时也撞响了南明小朝廷灭亡的丧钟。

弘光的预计大致不差,清兵说打过来就打过来了。不过人家没用得上怎么"打",是堂而皇之地开进南都的。城门两侧跪满了迎降的南明显贵,当年朱元璋耗费了那么多的人力物力所筑的城墙,到这时纯粹成了一圈纸糊的摆设。而紧挨着朝阳门的大内宫城,这时也根本用不着担心防卫问题了,这一点似乎早在朱元璋的预料之中。当然,这位刚愎专横的老皇帝也有始料未及的:当年自己最不放心,因而也杀得最多的文人,在明王朝人去场空时,却成了送葬队伍中最为哀戚的一群。

六

清兵过了长江,很快就把明宫城丢在身后,又马不停蹄地向南征讨去了。据说迎降的南明官员为了拍马屁,曾请豫亲王多铎下榻于明宫城,被多铎以"僭越礼法"而拒绝。这里是皇权的象征,岂是可以随便住得的?他怕引起摄政王多尔衮的疑忌。因为清廷已经有了一座北京的宫城,不再需要宫城了。

那么,就把它冷落在一边,让它慢慢地圮毁湮

《桃花扇》的不凡之处就在于在才子佳人的俗套中揭示出多方面的社会矛盾,一把纤巧的扇子,在孔尚任手中不仅串络着纷乱的历史人物与事件,并雄辩地展示出它们破灭的必然性。在民族沦落、社稷倾圮的时代,作者把高尚的人格给予身为妓女的李香君,把一个屏弱的灵魂赋予了享有盛名的才子。而将最深沉的同情寄予在社会地位卑微的民间艺人身上。孔尚任借助他们之口,抒发了对末世既临的无可奈何、无可挽回的叹息。

灭吧。

过了差不多200年,到了清咸丰二年的三月,随着凤仪门下的一声轰然大响,又一个束着黄头巾的草头王进入了南京城,这位从广东来的私塾先生叫洪秀全。

现在轮到洪秀全站在钟山之巅来规划宫城了,在可供选择的方案中,明故宫无疑具有相当的竞争力,但洪秀全断然否决了这座没落的宫城,其原因恰恰是当年朱元璋所不屑考虑的:宫城位置太偏,不利于防卫。

历史似乎在磨道上蹒跚了500年,又兜回到原来的地方。500年后的洪秀全挥手之间否决了朱元璋的选择,在重提"防卫问题"的背后,朱元璋那种透着王霸之气的自信和进取意识早已成了历史的陈迹。

洪秀全是到南京来当皇帝的,站在这里,他看到的只有江南一隅的富庶繁华和城高池深,所谓经营八表以取天下的念头已经相当淡薄了。因此,他下令把新建的天王府深深地藏进京城的腹地,这样,他在金銮殿里可以清静些。

明故宫拆毁了,一座座当年由江淮工匠营造的崇宏巨殿,被一群来自广西、湖南的农民闹哄哄地肢解,那些巨大的梁柱和石料被运往天王府工地,去构建一个新王朝的仪仗。龙吻依旧,鸱尾威严,只是廊柱上重新涂上了一层金粉。

但清静却从来不曾有过。几乎所有的攻防都围绕着天京而展开,奔腾湍急的农民战争巨流,一下子汇成了以天京为中心的回浪浅滩。定都以后,太平

洪秀全领导的太平天国运动是中国历史上规模最大的农民起义,除了我们熟知的《天朝田亩制度》之外,利用宗教成立"拜上帝会",宣传"平等""民主",学习西方文化的精髓也是洪秀全为中国革命做出的杰出贡献。

轰轰烈烈的太平天国运动换回了洪秀全的一个天王府,他胜即骄,骄则堕,幽居深宫,远离战场。打着"平等"的旗号,却依然受到了恶性膨胀的封建帝王思想的主导,浮封滥赏、用人唯亲等,最终让他和太平天国革命运动走上了早衰早亡的道路。

天国虽曾有过北伐、西征之举,但西征意在经营上游,屏障天京;而北伐则是以偏师孤悬险地,与其说是犁庭扫穴,不如说是以攻为守。造反而以战略保守为能事,这是令后人不能不为之扼腕叹息的。与此同时,六朝罗绮滋长了天朝内部的安富尊荣意识,随之而来的是人间天国的急剧封建化。忠王李秀成似乎比较清醒,面对清军潮涨潮落般的围攻,他曾多次提出放弃天京,以运动战经略东南的建议,所谓"陛下在外,犹能腾骞天际。若守危城,譬处笼中",无疑是很有见地的。但是洪秀全已经尝到了坐在宫城里当皇帝的滋味,根本不愿再骑上战马颠儿颠儿地"运动"了,他已经失去了那种席卷天下的锐气。完蛋就完蛋吧,天京龙盘虎踞,足够守一阵子的,死了就埋在宫城下,好歹当了一回皇帝。但"清妖"却不肯让他入土为安,曾九的湘军进城后,洪秀全被掘尸焚灰,又和以火药,入炮轰散。然后一把火烧光了天王府。黄钟毁弃,天倾东南,大火七日不绝。

所有这一幕幕悲剧,早已成了一片废墟的明故宫都看在眼里,它静静地躲在京师一隅,没有悲哀也没有迷惘。世事如棋,天道轮回,转来转去总转不出那个小圈圈。远望着天王府里冲天的火光,它叹息一声,更加深深地藏进荒烟茂草之中。

时在公元 1864 年 7 月,甲子当头。

又过了两轮甲子,我到南京来挣文凭,在明故宫的东北角住了两年。考证下来,那地方当是明代的冷宫。那两年过得很平淡,百无聊赖,就去看看明故宫遗址,其实现今已没有什么可看的了,只有一座午朝门,当年杀人的地方。

人生如棋,因为一个小小的失误可能招来满盘皆输的结局,也因为看似无关紧要的一招,却隐藏着无限生机;世事亦如棋,棋局百变,棋势无定。

照应开头,结尾处"杀人"遗址的特写令人触目惊心:当你凭借帝王的权力把富有个性的思想掐灭了,把正直博学的文人驱逐了,一个个忠臣贤士全都杀光了,那么接下来的一个就必定轮到金銮殿上的你了!

走进后院

明末清初之际,诗以江南为盛。而江南诗人以娄东为宗。以吴伟业为代表的江苏苏州太仓诗人被历史称为"娄东派"。吴伟业,字骏公,号梅村,又号梅村居士,梅村叟等。吴伟业的诗歌多伤世感慨之作,有强烈的时代特质。他的歌行体诗歌是"元白"之后的又一个高峰,后人称为"梅村体"。他的七言歌行婉转流丽,以当时的事件入诗,往往在无事可叙的地方峰回路转。《永和宫词》从田妃入宫专宠到病逝,题面已尽,忽然侧面入笔:"宫草明年战血腥,当时莫向西陵哭"。他的《圆圆曲》、《松山哀》、《悲歌赠吴季子》都是以当时发生的政治事件为题目,大胆地刻画明末清初人民的苦难和当时政治的严酷,以史实入诗在整个清代吴伟业堪称独步。

湮没的辉煌◎

著名中学师生推荐书系

一

回顾明末清初的历史,很难避开吴三桂这个人物,在中国历史上为数不多的几个特级汉奸中,他大概也是可以排在前几位的。其实,吴三桂的名声,很大程度上得之于他和陈圆圆的那段风流韵事。一个赳赳武夫,后来又当了汉奸,身边却伴着一个绝代佳人,这就很有点意思了。而这佳人又似乎并不讨厌他,甚至死心塌地追随他,终于演出了那场天崩地坼的大波澜。"恸哭六军俱缟素,冲冠一怒为红颜",吴梅村的《圆圆曲》是写实的,有点怜香惜玉的味道,自然也揭了吴三桂的老底。吴三桂那时已经当了清朝的平西王,权势日隆,对文人的几句小诗却奈何不得,只好派人悄悄送一千两黄金过来,请求作者把这两句删去或改掉。一千两黄金买两句诗,可见当时的文化人创作还比较自由,在社会上也挺吃得开,以至于权势者也不得不有几分买账。但吴梅村并不缺钱花,他以那种典型的名士派头拒绝了馈赠(其实是贿赂),相当潇洒地维护了作者的正当权益,也维护了自己的文化人格。

吴梅村和陈圆圆都是江苏人,江苏出文士、出美女,这是水土使然。可直到最近我才听说,原来吴三桂也是江苏人，这很使我惊讶。当下查对资料，没错，果真是江苏人，祖籍高邮，这就更使我惊讶了。

他怎么会是高邮人呢？

高邮，就是那座隐映在运河烟柳和芙蓉帆影中的古驿站吗？就是那首甜糯诙谐，听醉了南来北往的艄公船娘的《鸭蛋谣》吗？就是那个站在文游台上低吟"山抹微云"的婉约派词人秦少游吗？就是那群从大淖边走来，挑着紫红的荸荠、碧绿的菱角、雪白的连枝藕，风摆柳似的穿街过市的姑娘小媳妇吗？那明明是一块女性的乡土、文化的渊薮，清纯得有如荷叶上的水珠一般，怎么会走出那个粗悍奸诈的吴三桂呢？如果把吴某人的籍贯再往北挪上几百里，说他来自那个曾产生过《大风歌》，走出过一个无赖皇帝和屠夫大将的丰沛之乡，那还勉强说得过去，他怎么会是高邮人呢？

单凭这一点，就应该到高邮去走一趟。

城市的性格大抵都不在通衢大街上，那里往往被铝合金、霓虹灯、广告牌和玻璃幕墙包装得千篇一律。就有如晚会上的女人，一个个都脂香粉腻、彬彬有礼，而所谓的真性情只有在寻常居家的陋室里，在女人洗尽铅华、系上围裙走进厨房的一颦一笑中才能领略。城市的真性情则潜藏在小巷深处。高邮的小巷固然是古色古香的，一式的青灰瓦檐，门楣上嵌着老气横秋的牌匾，不时可以见到几个世纪以前的遗物，令人想起农耕时代一个小州府里那种自足平和的生活情调。徜徉其间，你几乎不敢把脚步放得很重，生怕惊醒了那个温馨的旧梦。但仅仅用古色古香来形容高邮的小巷又显得太宽泛、太缺少个性。

吴三桂祖籍江苏高邮，他本人却是在风霜凛冽的辽东长大。南方的水汽和塞外的长风同时溶进了他的气质。他的外表兼具北雄南秀。白皙的面庞上两道爽朗的眉毛和一条挺拔的鼻梁十足地挑起了男子汉的英风飒气。明天启末年曾带二十余名家丁救其父于四万满洲人之中，孝勇之举遍闻天下；后中武举，以父荫袭军官；明末被破格提拔为辽东总兵、提督，总领关外军事。吴伟业称其为"白皙通侯最少年"。

用问句加强语气，突出高邮作为南方历史文化名城的阴柔之美和吴三桂作为辽东总兵一员武将具有的刚猛气质之间的不和谐，正是这种不和谐催生了作者的探访高邮的念头。

比之于江南小巷的古色古香，这里多了几分朴实坦率，较少雕琢的典雅和小家子气。就有如里下河与江南同为水乡，也同样称得上风情绰约，但这里的水似乎更注重气势而疏于色调。即使同是一条古运河，在这里也是恣肆浩荡的，一俟过了长江，才变得纤巧柔媚起来，所谓"江枫渔火对愁眠"和"夜半钟声到客船"的意境，也只有在姑苏城外的古运河边才能领略，如果有了惊涛裂岸，诗人还能把渔火和钟声体味得那样冲淡空灵、富于烟水气吗？不信你到高邮去看看，"望中灯火明还灭，天际星河淡欲无"，境界就开阔多了。切莫以为萨都剌不解婉约，人家也是坐过江南的乌篷船，吟过"吴姬荡桨入城去，细雨小寒生绿纱"的。

那么，就走进这条叫西后街的小巷，去看看两个高邮人的故居吧。

二

这两个高邮人是王念孙、王引之父子。王氏父子都做过中央部长级的大官，因此，高邮人习惯上把他们的故居称为"王府"。新近开放的王氏纪念馆就是在"王府"的基础上兴建的。说是故居，其实仅存几间厢屋、一口古井而已。房子的进深很逼仄，用料也不大，可以想见当年的王府并不怎么富丽高敞。事实上，一个穷京官，又喜欢钻故纸堆，不懂得把精力用于钻营和聚敛，是很难发财的。好在旧式的官僚在乡下大都有一份田产，足以维持家用，每年收了租子，还可以折换出几百两银子送往京师，补贴老爷

先用比喻点出高邮的真性情在小巷深处，再用比较的方法把高邮小巷的朴实坦率之气质、纤巧空灵之韵味表现出来。

写吴三桂是为了引出高邮，写高邮是为了写高邮的历史文化名人王念孙、王引之父子。

湮没的辉煌

●

著名中学师生推荐书系

60

做学问及著书刊刻之用。因此,那京官便不至于囊中羞涩,可以心态平和地把学问做得很精深。

一门父子或兄弟,同领一代风骚,这种现象在中国文化史上并不多见。王氏父子在学术上的成就,历代的评价实在不少,其中最精当的无疑是章太炎的那几句大白话,他认为:古韵学到了王氏父子,已经基本上分析就绪了,后人可做的只不过是修补的工作。太炎先生也是国学大师,而且生性狂傲,但面对着王氏这样的学界巨人,他就像当年李白站在黄鹤楼下一样,有点"崔颢题诗在上头"的味道。他这么一总结,别人再跟着说什么"大师"、"绝学"、"博大精深",就没有意思了,因此梁启超干脆把训诂学称为"高邮学",将整个一门学问都包给了王氏父子,这种推崇大概也是绝无仅有的了。

对于历史上的王氏父子来说,后人推崇与否并不重要,重要的是他们要对浩如烟海的中国文化负责,并在这种负责中把自己生命的意志力张扬到最大限度。王氏父子都不是职业学者,他们在公众前的身份是政府官员。我们很难想象,他们是如何一边应付枯燥冗繁的政务,一边潜游于浩浩学海之中的。这完全是两种世界:一边是繁文缛节,站班叩头,政潮起伏,祸福无常;一边却是朗月清风,曲径通幽,天马行空,神游八极。据纪念馆里的有关资料介绍,王念孙为《广雅》作注时,每日注三字,十年成书,嘉庆六年,著成《广雅疏证》20卷。每日注三字,看起来似乎下笔颇为矜持,但若把这三个字置于中国文化的特定情境之中,却每个字都支撑着万卷书的学养和异常坚挺的文化人格。这是怎样力重千钧的

"负责"二字是沉甸甸的,特别对于深受儒家文化影响的王氏父子而言,他们理应为朝廷呕心沥血,但是却钻进故纸堆中,难道不是一种"责任"的转移吗?

宦海沉浮怎比得上学海遨游,"日注三字"需毅力支撑,更需情趣和追求,借贾宝玉的一个字就是"痴",王氏父子就是"字痴"。

三个字啊,和他白天处理的那些官话连篇的公文相比,和朝廷发布的那些洋洋洒洒的诏书谕旨相比,和同僚之间那些辞藻华丽的应酬诗词相比,这所注的三个字的重量肯定远远超出了它们的总和。如果说白天的官场政务只是一种被动性的生存手段,那么,只有到了晚间,在摘去顶戴花翎,布衣便鞋地走进书房以后,他那潜心面壁的苦思和神采飞扬的吐纳才充满了人生的主动精神。这时候,一个个僵硬古板的文化符号,经过他小心翼翼的求证和梳理,渐次变得鲜活灵动起来,而博大古拙的经典史籍,也在他的笔下折射出云蒸霞蔚的万千气韵。

现在我们可以认定,对于官,王氏父子是看得很淡的。因为看得淡,他们才能超脱于逢迎、巴结、标榜、拉拢,超脱于派系倾轧、攻讦排挤,超脱于伴君如伴虎的惶然拘谨。这种超脱说到底是由于无所谓和不用心。有些把官场技巧玩得很圆熟的政客也可能表现得相当超脱,这和王氏父子绝对不是一回事。但"不是一回事"的初衷却可能有大致相同的结局,即他们的官运都比较畅达。平心而论,王氏父子在仕途上都没有经历多大的颠簸,王引之先后担任过工部、户部、吏部和礼部尚书。六部都堂,只有兵部和刑部没有坐过,大概那两个所在都带着点血腥气,文人不宜。这些职务大多是显赫而抢手的肥缺,可见他绝非那种不识时务的书呆子,朝野上下对他的印象也不错。超脱不等于无为,不等于阿弥陀佛的老好人。王念孙当给事中时,曾带头参倒了权倾一时的奸相和珅,他那道奏章写得相当精彩,一时天下争传,从中我们亦可以看出王氏为官的机敏练达。

本来,嘉庆对和珅的讨厌是明摆着的,只是因为太上皇乾隆的庇护,和珅才有恃无恐。乾隆一死,和珅的倒台便只是时间问题了。但尽管如此,王念孙的一道奏章仍旧功不可没,因为他摸准了嘉庆的一块心病:先帝尸骨未寒,就迫不及待地杀他的宠臣,会给天下人落下不孝的名声,《论语》中不是有"三年无改"之意吗?那么,就给皇上找一条理论根据好了。且看王念孙在弹劾和珅的奏章中是怎么说的:

　　臣闻帝尧之世,亦有共、骥,及至虞舜在位,咸就诛殛。由此言之,大行太上皇帝在天之灵,固有待于皇上之睿断也。

　　这个王念孙不简单,他这么一比附,和珅就成了上古时代的奸臣共工和骥兜,而乾隆和嘉庆则无疑是帝尧和虞舜。打倒和珅,嘉庆只不过是完成先帝的未竟之志而已,不这样干倒反而是大大的不孝了。这下和珅的脑袋还保得住吗?

　　当官其实并没有太大的学问,无非揣摩上司,投其所好。以王氏父子的智商,他们都可以在官场上玩得相当潇洒。但他们不愿把过多的精力泡在那里面,而要用于做学问。训诂也是一种揣摩,只不过这种揣摩需要学富五车和矢志不移,一般的官僚自然没有这样的根底;与之相伴的又往往是清贫和寂寞,这就更不是一般的官僚所能忍受的了。王氏父子的选择是基于一种睿智清醒的价值判断。历史也似乎感到官场上的芸芸之辈太拥挤了,有意要把两个完全可以有所作为的行政官员成就为学术界的一代宗

官场中很重要的一条就是要能够揣摩上级的心思,倘若王念孙没有足够的智慧洞悉嘉庆皇帝的意图,纵有满腹才情,纵有雄辩口才,也不可能参上这一本的。

师,让后代的文人学子在官僚面前也多了几分自信,不至于总是卑躬屈节看人家的脸色。

到王氏纪念馆参观的人不多,庭院里静得很,这没有什么不好。这里本来只是一处学者的憩息之地,本来就不是车马喧腾、前呼后拥的所在,应该这样静的。就这么一所庭院,曾经包容和消化过那么多古拗深僻的诗书典籍,让浩浩茫茫的中国远古文化在这里变得清澈流畅,变成既可以濯吾缨,又可以濯吾足的沧浪之水,这就够了,用不着再有摩肩接踵的游人来捧场。如果也和别的旅游景点一样,一样的红男绿女,门庭若市,那就不是王氏纪念馆了。王氏父子生前向往的其实只是一处宁静的书斋。宁静不仅仅是一种外在的氛围,更是一种让千般意韵渗发其间的世界。最伟大的精神总是宁静的,宁静是一种积贮和酿发,一种默默的冶铸,一种与浮嚣悖然有别的大家风度。同时,也只有虔诚地膜拜历史和自然,善于总体地把握人生的思想者,才能从容地进入这一境界。

京城毕竟不是做学问的好地方,那里太嘈杂,又太死寂,一个学者的情怀在那里很难自由地吐纳。那么就乘上官船,沿着大运河南下,回老家住几天吧。中国的士大夫大抵都把衣锦还乡作为一种很风光的事,但王氏父子只不过是为了寻找一处宁静的后院。事实上,他们有相当一段人生是徜徉在这后院里的。在中国文化史上,高邮西后街的这座庭院其实比京师堂皇的王氏官邸更具光彩。今天我们漫步其间,仍能感到200多年前那种流溢着书香的宁定和超逸。这中间,虽然世事沧桑,故居的大宅深院

苏子早就吟过"高处不胜寒",但是做学问倘若没有这样一种寂寞,就无法达到炉火纯青的境界,也无法陶醉在"起舞弄清影"的自我中。

漂没的辉煌 ●

著名中学师生推荐书系

"后院"是属于心灵的,它往往深藏在故乡,那里有母亲吟唱的摇篮曲,有赤足小伙伴快乐的游戏,这些儿时最纯真的记忆让"后院"变得博大而温馨。

只留下了几处破壁苍苔，但那种气韵却一直深潜在庭院的每个角落。在这里，你会想到淡淡的月色，树影婆娑生姿，秋风轻轻拂动着主人背后的辫梢，他踏着沙沙的落叶向前走去。这是闲散的时刻，他把京城的呵斥和哄闹扔在一边，把那汗牛充栋的典籍扔在一边，独自享受着这片刻的悠游。于是他来到了这口古井旁，此地甚好！<u>如果说后院是宁静的，那么这里则体现着宁静的深刻和理性。</u>他或许要在井栏四周盘桓少顷，或许会留下一些关于人生的思考。是的，就这么一口古井，它深潜不显，平朴无争，自觉地收敛了突兀的外部张扬。它生命的价值在于地层的深处，在于深处那千年不枯的水脉和一方安闲静谧的小天地。那是一方深邃而充满活力的天地，但任何人也不会觉得它碍手碍脚，也不会招致那些猜忌和防范的目光；那又是一方同样可以领略天光云影的天地，但外界的凄风苦雨却离它很远，或者说，它相当乖巧地避开了凄风苦雨的侵凌。你看，这该多好。

这口古井，至今仍然悄悄地藏匿在故居的一角。王氏纪念馆本来就门庭冷落，到这里来的游人就更少了。虽然是早春的下午，斜阳也有了些许暖意，但景况却很萧索。<u>我抚着井栏向下看去，冥冥深处的一汪清泉泠然无声，仿佛一只幽怨的眼睛正怅望苍天，那是一种压抑已久喷薄欲出的幽怨，真令人不寒而栗。</u>在这一瞬间，我突然想起了现代物理学中的一个名词：黑洞。黑洞不是空洞无物，那是一个超级星体在抵达演化末态时的畸形坍缩，坍缩的引力凝聚了巨大的物质和能量，甚至连光线也不能逃逸。

"黑洞"代表的是神秘的宇宙，是科学的魅力；古井乃生命的源泉，也是孩子心中深不可测的秘密通道。作者巧妙的联想让古井平添几分奇特。

那么,这口百年古井中究竟凝聚着什么呢?难道是那穿透世纪的幽怨吗?

<h1 align="center">三</h1>

王氏父子的一生都在京城的官邸和高邮的故居之间奔波徘徊,往往是官运相当畅达时,却激流勇退,回到故居的书斋里做学问;学问做得很投入时,又不得不打点行装去京城做官。在有些人看来,这或许相当不错。但对于两个纯正的文人,这毋宁说是一种尴尬。不难想象,官场人格和文化人格的冲突,是如何铸就了他们终身性的困顿。正是在那悄然归来的帆影和匆匆赴任的车轮背后,隐潜着中国文人的大悲哀。

乾隆四十年,王念孙考中二甲七名进士,被选为翰林院庶吉士。"春风得意马蹄疾,一朝看遍长安花",这种万人期羡的风光历来被渲染得十分张扬。这一年,王念孙才30岁出头,在翰林院堂皇的仪门下出入时,他有理由自负而潇洒。然而几个月后,这位新科进士却突然乞假归里,回到了高邮西后街的这座庭院。

为了探究当事人的心灵历程,我们不妨先走出这座庭院,稍稍巡视一下那个云蒸霞蔚和昏天黑地的乾隆四十年。

乾隆是中国历史上福气最好的太平天子,但太平天子当腻了便要寻开心。乾隆一生最起劲的是两件事:一是做文人,一是杀文人。做文人的是他自己。就数量而言,这位皇上无疑是中国历史上最了

湮没的辉煌

著名中学师生推荐书系

不起的诗人,以他名义发表的诗词总数超过 4.2 万首,这是个相当惊人的数字,就算他生下来一落地就会写诗,平均每年也有 500 多首。这中间究竟有多少出自圣躬我们且不论,单就这一点,便足以证明他是很推崇文人的,不然自己何苦硬要往那里面挤呢?杀文人虽然是从顺治四年的函可《再变纪》案便开始了,其后历经康熙、雍正两代雄主,文字狱愈演愈烈,但真正杀得深入持久、史无前例的还是乾隆。乾隆一朝,全国大小文字狱 130 余起,真可谓砍头只当风吹帽,横扫千军如卷席。而从乾隆四十年开始的那几年又恰逢杀得兴起,现在有案可查的文祸达 50 余起。这是清代文字狱乃至中国古代文字狱的空前高峰,也是最后一个高峰,其中最具轰动效应的当数栟茶徐述夔《一柱楼诗集》案。

栟茶这个地名,人们肯定会相当陌生,但若是提起"清风不识字,何故乱翻书",稍有历史知识的人立即会毛骨悚然地想到那场血雨腥风的文字狱。那场由微不足道的小事引起,最后以一大堆人头和浩浩荡荡的流放者作结的文坛巨祸,就发生在这座小镇上。

栟茶和高邮同属扬州府,相去大致不远。案件发生时,王念孙已回到高邮,当他在书斋里疏证《广雅》时,外面的驿道上,成群结队的案犯正押解北去。冤鬼呼号,牵衣顿足,想来他是很难潜心入定的。

我们先来说说这个《一柱楼诗集》案。

事情的起因很简单,有一个姓蔡的无赖想讹诈徐家的田产,便以徐家曾私刻禁书相要挟,在当时的政治气候下,这种要挟是相当厉害的。徐家因确实

藏有先祖徐述夔的《一柱楼诗集》，胆气便不足，只得赶紧把诗集包扎好送到东台县衙门，先占一个自缴的主动。又通过官府出面调停，让出有蔡氏墓地的10亩田产，以求息事宁人。徐氏本是官宦之家，又是栟茶首富，这样割地求和已经相当不容易了。岂知对方的目的原在于狠敲一把，哪里看得上区区10亩墓地？当下又跑到江宁布政使衙门投递控状。为了浑水摸鱼，他索性把东台县吏也作为徐家的庇护人一并打进去。这样，事情就闹大了。

这个徐述夔原是一方名士，乾隆初年中过举人，也当过七品知县。像好多读书人那样，官场不很得意，便将才气和情怀倾注于诗文。到了晚年，他把自己的苦吟所得编为《一柱楼诗集》雕版付印。一般来说，这是很风光的事。他根本不会想到，在他死后多年，这本诗集会惹出一场塌天大祸。

其实他应该想到的，早在康熙元年，因庄氏《明史》案而被问罪的钱塘才子陆圻就对子女说过：终身不必读书。这样的忠告既令人心碎，也足以令人警醒。但中国的文人都是天生的"贱骨头"，你叫他不读书、不吟诗，真比杀了他还难受。徐述夔大小也算是个官场人物，偏偏就一点不识时务。

事情闹大了，那就查办吧。

查办并不困难。其一，徐家缴书在前，蔡氏告发在后，根据乾隆三十九年下达的查办禁书的谕旨，只要主动呈书到官，即可免予追究。其二，诗集中有没有"悖逆言词"，也就是有没有辫子可抓，这是关键。一个失意文人的情怀小唱，无非吟风弄月，感时伤事，有些则纯粹是无病呻吟，似乎找不出什么违碍之处。

以上是江苏巡抚的奏报，基本上是实事求是的。但皇上并不需要实事求是，他需要的是一颗具有轰动效应的"政治卫星"。自三十九年他通谕全国查办禁书以来，人虽然杀得不少，但那些首级大都不够分量，不足以震慑士子人心。很好，来了个《一柱楼诗集》案，作者是个举人，又恰恰发生在人文荟萃的江苏，拿来开刀，且杀他个桃红柳绿杏花春雨，给江南的才子们一点颜色看看。此案中又有官吏包庇的问题，这更合朕意，一并杀将过去，让封疆大吏们清醒清醒，看他们以后还敢空言塞责！

来人哪，刀斧伺候！

且慢，不是说徐家缴书在先，蔡氏告发在后吗？鸟用！谁先谁后，那只是枝节问题，无须纠缠。乾隆问道：为什么早不自首晚不自首，在知道人家要告发时才去自首？可见是存心匿书不报。于是，徐家自首无效。

不是说几首吟风弄月的情怀小唱，无关大碍吗？屁话！吟风弄月中难道没有政治？且看这两句："明朝期振翮，一举去清都。"这"明朝"就不消说了，自然是指朱明故国（果真不消说吗？），至于"去清都"，乾隆又问道：为什么用"去"，而不用"上"清都，"到"清都呢？"去"就是除去，就是反清复明，用心何其险恶！

还有，诗集的校对者叫徐首发、沈成濯。首发，头发也；成濯，语出《孟子》："牛山之木……若彼濯濯"，雕落也。首发，成濯，孤立地看并无深意。但若把两人的名字连起来，便成了"首发成濯"，自然是

统治者要表现出自己的高明，更要证明权利的至高无上，他们不惜滥杀无辜、践踏文化，这可能是官本位思想对古代文化最大的戕害。

"诋毁本朝剃发之制"。乾隆再问道：为什么徐首发不同别人合校，偏偏要找这个"成濯"联手，这中间大有文章，两人显系逆党无疑。

这个乾隆，真不愧是诗词产量达洋洋四万余首的"文章巨擘"，能把中国的语言文字玩得这样随心所欲，造化无穷，也不愧是人海之中取书生首级如探囊取物的超级杀手，能问出这样具有政治杀伤力的"为什么"。毋庸置疑，在我们文明古国的历史上，能问出这样高水平"为什么"的，乾隆大帝即使不是千古一人，也是千古几人之一。

可以想见，在这一连串泰山压顶般的"为什么"之下，那些卑微羸弱的文人是何等诚惶诚恐、噤若寒蝉。要知道，当乾隆在问这些"为什么"时，也许那御案上还放着他墨迹未干的诗稿，一个自己也在苦吟"平平仄仄仄平平"，以至不惜遣人捉刀代笔往文学圈子里钻的人，怎么会这样恶作剧地作贱文字、作贱文人呢？若笼统归结于一种近乎神经质的政治敏感，这固然是不错的。但在我看来，深层次的心理动机恰恰是一种铭心刻骨的自卑，以及由这种自卑而生发的嫉妒，感到自己这方面不行，才猜忌和作贱比自己行的人。试问，唐明皇会猜忌文人吗？他文采风流，诗书琴棋无所不通，和当时第一流的文学艺术大师们坐在一起，也照样可以进行层次不低的对话，他自信得很，用不着去暗算人家。正是在这种宽松的气氛下，李白才能笔下生辉，流出那样文采瑰丽的《清平调》。你看诗人在皇上面前何等放浪形骸，一会儿要这个脱靴，一会儿又要那个磨墨，架子搭得够可以的了。平心而论，那三首《清平调》在满目辉煌

的《李太白全集》中，虽算不得上乘之作，但其中的
"借问汉宫谁得似，可怜飞燕倚新妆"，倒是很有点讽
喻意味的。以玄宗的文学素养，不可能看不出。但
他只是一笑置之，照样给他官做，给他酒喝，可见当
时的文人不仅自由，甚至有点"自由化"了。应该感
谢大唐天子那宽容而温煦的一笑，因为正是那种相
当"自由化"的宏观环境，孕育了恢宏瑰丽、气象万千
的盛唐文化，让中华民族的子孙能够千秋万代地为
之神采飞扬。

在此作者通过心理分析，用唐朝统治者作对比，剖析了清朝统治者作为征服者的深层次心理动机，言之有据，言之有理。

　　就文化心态而言，清初的爱新觉罗家族显然比
不上李唐王朝那样洒脱放达。他们是从白山黑水的
蛮荒之地走出来的，入关以后，虽然也把汉文化奉为
正统，潜心研习，但正如胡适所说，那只是"一个征服
民族迅速屈服于被征服民族的文化"。既然是"屈
服"，便带有相当程度的不得已。例如，多尔衮一介
武夫，又不通晓汉文，却和当时颇富文名的桐城派诗
人李舒章过从甚密，因为李曾替他"捉刀"写过著名
的致史可法的劝降书（李舒章把那封劝降书玩得相
当不坏，几乎可以作为诡辩术的范本）。而多尔衮的
侄子顺治刚开始执掌朝政时，竟看不懂向他呈递的
汉文奏折，因此，他不得不以极大的毅力学习汉文
化，这位少年天子后来甚至对中国的小说、戏剧和禅
宗佛教文化也有相当的兴趣。这样，到他24岁病故
时，居然留下了15部以汉文撰写的著作。但"屈服"
是一回事，真正做到同化却不那么简单。和从小就
泡在章句小楷中的汉族士大夫相比，乾隆及其先人
们终究只能算是半吊子。"皇帝挥毫不值钱，献诗杜
诏赐绫笺。千家诗句从头起，云淡风轻近午天。"这

这个时刻的拿破仑就显出了无赖的嘴脸！

野蛮和文明的对抗，失败的往往是文明；正如卑鄙者和高尚者之间的较量，吃亏的常常是后者。

惹不起，我还躲不起么，于是一大批文化精英就躲进了后院——心灵栖息地，钻进了故纸堆；既然"济世"危险，那么就修修身、养养性吧。

湮没的辉煌 ●

著名中学师生推荐书系

是雍正初年文人汪景祺的几句诗，他显然很看不起这种"半吊子"。皇帝的诗文"不值钱"怎么办？杀人！你比我行，杀了你，我不就是天下第一了吗？拿破仑的个子有点委屈，面对一位身材比自己高得多的将领，他说得很干脆："我和你的差距只有一个脑袋，但是你如果不服从我的指挥，我可以马上取消这种差距。"砍掉人家的脑袋，以求得平等，甚至让自己超出，就这么一种心态。

《一柱楼诗集》案的结局是可以想见的。徐家满门被祸，杀头的杀头，流放的流放，那年头此类事太多了，操作起来相当熟练。跟着倒霉的还有一大批官吏和与诗集有关的人。徐述夔及其儿子已死去多年，仍按大逆凌迟律，锉碎其尸，只留下首级挂在城门上示众。当年，那个讥讪皇上诗文"不值钱"的汪景祺被杀后，其头颅在北京宣武门外的菜市口整整挂了10年，直到雍正驾崩，才得以取下来归葬。徐述夔父子的头颅究竟挂到什么时候，史无记载，但大概总要有些时日的。两颗书生的骷髅就这样高悬在城门上，日日夜夜地昭示着圣明天子的文治和武功。

这是乾隆四十三年的十一月，王念孙回到高邮已经三个年头了。高邮是古运河畔的重要驿站，由江南北上进京的必经之路。江南文风腾蔚，那里的文人也因此格外被皇上所猜忌。这几年，江南的文人犯了事，从这里押解北去的络绎不绝，王念孙实在看得太多了。时令已是深秋，芦荻萧萧，有如祭烛千丛；水天苍苍，恰似惨白的尸布。王念孙长叹一声，更加深深地钻进后院的书斋里。

四

遗憾的是,在关于《一柱楼诗集》案的材料中,我一直没有见到那两句广为流传的"清风不识字,何故乱翻书",这大抵由于我无法看到全本的《一柱楼诗集》,全本当是早已被付之一炬了。我只能从封疆大吏们小心翼翼的奏报和皇上雷霆震怒的朱批中有所窥测,而那些"违悖"词句,无论是在奏报或朱批中都不可能透露得太多。当然,也可能根本就没有这两句诗,只是人们的一种误传。误传自有它深刻的历史必然性,当时的统治者对"清"、"明"这样的字眼,其敏感几乎到了神经质的程度,而文人又喜欢吟风弄月,一下笔,风则"清"风,月则"明"月,都是千百年来写熟了的套路,像这样,在"清风明月"下无意丢了脑袋的文人自然不少。金圣叹临刑前感慨道:"断头,至痛也,而圣叹以无意得之,大奇。"那么,无意中因一句"清风明月"而得之,则大概可以说得上风雅了。

乾隆四十六年发生的《忆鸣诗集》案,是"清风明月"的一种变奏。"忆鸣"不就是"忆明"吗?这还了得!光凭这两个字,就足够杀个落花流水的,何况诗集中还有"明汝得备始欣然"这样的句子。其实只要看看诗的题目——《题扇头美人》,便可以知道属于所谓的香奁诗,是文人的一种艳情趣味。但香奁艳情怎样写都可以,写得玉体横陈也无妨,像韩偓笔下那样"扑粉更添香体滑,解衣唯见下裳红",直可以写出那种"滑"的抚摸感和"红"的色彩感都无妨,为

什么偏偏要触犯那个"明"字呢？这种咎由自取也许太残酷了，本来只是有点小无聊，对着团扇上的美人怜香惜玉，结果却把自己的妻妾女儿都一并推进了火坑。那时候，一旦抄家问罪，男人们倒也罢了，无非是杀头流放，至多也不过凌迟。最痛苦的还是女人。顾炎武诗中的"北去三百舸，舸舸好红颜"，大概就是罪臣的妻女，通常的发落是"给披甲人为奴"，对于这些千娇百媚的大家闺秀来说，其屈辱和痛苦是可以想见的。在这里，我又得说到那个汪景祺了，汪被"立斩枭示"以后，其妻亦连坐发往黑龙江。这位贵妇人据说是大学士徐本的妹妹，"遣发时，家人设危跳，欲其清波自尽，乃盘躄匍匐而渡，见者伤之"。凄惨之状令人目不忍睹。我们无需责怪家人的残忍，因为这种残忍实在浸渍了太多的无奈和悲怆，一个弱不禁风的名门淑女，与其让她远流朔北，去承受那永无尽头的蹂躏和凌辱，还不如让她一死了之，落得个干干净净的名媛之身。因此，清波一跃无疑是一种诗化的解脱。<u>在这里，黑色的残忍演化为相当真诚的超度，而搭在江边的那一危跳，倒反而辐射着人性和人情的温煦</u>。我们也无需责怪女人的苟且偷生，她或许只是想在北去的途中，有机会再看一眼丈夫挂在京师的头颅，日丽风和，天阴雨湿，那头颅仍然是旧日容颜吗？

写到这里，我不得不停下笔来，稍稍抚慰一下战栗的心灵。这就是文字狱，<u>一种极富于中国情调的文化现象</u>。当一个弱女子在江边的危跳上"盘躄匍匐"，走向漫天风雪中的屈辱和苦难时，这是多么惊心动魄的悲哀。在我看来，那些"见者"中，肯定会有相当一部分是文人,目睹了这样的场景,他们还能狂傲得"天子呼来不上船"吗?还能执着得"语不惊人死不休"吗?还能豪放得"淡妆浓抹总相宜"吗?还能婉约得"衣带渐宽终不悔"吗?还能闲适得"采菊东篱下,悠然见南山"吗?统统不能,他们只能战战兢兢地交出自己的文化人格,猪狗般蜷曲在专制罗网的一角。

　　作出这样的结论,绝不是我的主观臆断,而是对一代又一代文化菁萃和士人风骨无可奈何的祭奠。上面说到的那桩《忆鸣诗集》案,在一大堆杀头流放者后面,还跟着一个为诗集写序的查慎行,但案发时,其人已死去多年。说来可怜,查慎行后半生一直谨小慎微,但死后仍脱不了一个"倒霉鬼"的下场。想当初,这位宁海查家的贵公子何等风光,他受学于名满海内的大学者黄宗羲,诗文和人品都相当奇崛。康熙三十二年,当时还叫查嗣琏的他,便被"钦赐"进士出身,入南书房行走,相当于皇帝身边的机要秘书。南书房历来是个万人瞩目的所在,在这里韬晦几年便可以飞黄腾达。却不料查嗣琏无意之中触了霉头,他的一位朋友为庆贺自己的生日在家里设宴,并演出自编的《长生殿》传奇。酒也喝了,戏也看了,这一班文人都有点头脑发热,没想到当时正值皇太后去世的"国丧"期间。结果,查嗣琏和在场的观剧好友全被革职拿问,担任编剧的主人和那一班演员的下场就更不消说了。

　　这是中国戏剧史上的一次大事件。那位做生日的主人,即清代剧坛上被称为"南洪北孔"之一的大戏剧家洪昇。查嗣琏虽然是个配角,他的悔恨却是

可想而知的。他从此退隐故里,并改名慎行,字悔余,寓有"痛悔之余,谨言慎行"的意思,有人写诗揶揄道:

竿木逢场一笑成,
酒徒作计太憨生。
荆高市上重相见,
摇手休呼旧姓名。

仅仅是"摇手休呼旧姓名"吗?更重要的是,昔日那个傲骨棱棱、风采熠熠的传统士人的影子已荡然无存。这以后,作为"过来人"的查慎行便有如初进贾府的林黛玉一样,处处存着小心。但小心也没用,到了雍正四年,他弟弟查嗣庭典试江西,因试题涉嫌谤讪被拿问(这件事后来被人们演绎成相当离奇的"维民所止"案,与事实相去甚远)。慎行一支亦阖门被逮,锁押解京,后因得到鞫审大臣回护,才幸免于难。当时的人们深有感慨,认为查慎行之所以能脱身奇祸,皆因为能适时掉首于要津,但他们哪里会想到,若干年以后,冥冥黄泉之下的查慎行,却因为又一桩文字狱而成了名副其实的"倒霉鬼"呢?

我们无法知道查慎行在退隐期间是如何打发时日的,但肯定不会写诗著文(偶尔给人家的诗集写了一篇小序大概是例外),即使像别人揶揄他的那种打油诗也不会去凑热闹的。"避席畏闻文字狱,著书都为稻粱谋。"到了龚自珍那个时代,文字狱已经基本结束了,他的这两句诗应当带有痛定思痛的结论色

压制的时代不能出诗人、不能出哲学家,那么就出一大批的学者。过去普列汉诺夫曾经说过,学者就是"他懂得并且善于'旁征博引'";现在也有人说,学者的长处在于"咬文嚼字"。这话倒是蛮适合乾嘉之学的。

湮没的辉煌 ●

著名中学师生推荐书系

彩。但是像查慎行这样的书香门第,似乎还用不着自己去作稻粱之谋。一个文人,总期望能有所建树,在青史上留下点什么。经过短暂的消沉以后,所谓的文化意识便悄悄地苏醒过来,这种文化意识植根于读书人冥顽不化的优越感:我们在精神上是最高贵的一群,总不能就这样无所事事地混日子吧。既然不敢从事敏感的经世致用之学,不敢吟诗著文,甚至不敢研究历史,不敢读书,那就只有远离现实的文网,钻进泥古、考据的象牙之塔,用死人的磷火来照亮活人的精神世界。起初,这只是一种无可奈何的个体性追求,但几代人的无可奈何渐次演化为一种历史的自觉,络绎不绝的个体性追求,终于汇聚成一个时代的整体性功业。于是,万马齐喑中崛起了一座奇峰秀挺的文化景观,这就是中国文化史上的乾嘉之学。只要看看这一串熠熠生辉的名字,后代的任何一位文化人都会肃然起敬的:惠栋、戴震、段玉裁、龚自珍、魏源……

当然,还有高邮西后街的王氏父子。

五

面对着乾嘉大师们超拔卓绝的建树,后代的文化人心情比较复杂。

在高邮的王氏纪念馆里,陈列着诸家名流的题咏,其中有这样一首:

> 平生讲话喜夸张,
> 到此锋芒尽收藏。

莫道如今拘促甚，

此是乾嘉大师乡。

　　一位生性狂傲的老教授，到了这里居然连话也不敢讲了，那是怎样一种震慑心灵的崇拜！他是河南大学的于安澜教授，年过八旬，是由人搀扶着来到高邮瞻仰王氏故居的。从中州风尘仆仆地南下，对于老教授来说，这恐怕是他有生之年最后一次远足。他是用自己生命全部的意志力来朝圣的。

　　同样是朝圣，另一位老教授的题咏似乎更耐人寻味：

为仰大师行万里，

白头俯作小门生。

　　这似乎是一幅古意翩然的水墨画，气韵相当不错。但真正有意思的是题咏上的一枚闲章，曰："我与阿Q同乡。"作为著名的园林建筑专家，陈从周教授的闲章大抵不会少，为什么单单选中了这一颗呢？难道仅仅为了标明自己的籍贯？或仅仅是一种幽默的噱头？恐怕不像。站在这里，他的心境可能比上面的那位要复杂一些，在仰慕和崇敬中是不是蕴含着某种苦涩和酸楚，我不敢妄加揣测。

　　这种苦涩和酸楚，至少我是体验过的。

　　那一年我在鲁迅文学院进修时，听北京大学吴小如先生讲古典文学。吴是名教授，讲课如行云流水，毫无学究气，却于平白晓畅中见韵味，让在下等听得如痴如迷，可见真正有大学问的其实用不着卖

湮没的辉煌

著名中学师生推荐书系

弄辞色。在讲《战国策》中的《触龙说赵太后》时,顺便提及一桩文字公案,即清代乾嘉年间的大学者王念孙用大量确凿的证据考定,原文中的"左师触詟愿见太后"应为"左师触龙言愿见太后",原因很简单,人们把"龙言二字误合为詟耳"。王念孙的考证纠正了沿袭 2 000 多年的一个错误,但在当时由于缺少权威性的证据,只能作为一家之言。1973 年,在马王堆三号汉墓出土的帛书中,人们发现果然是"触龙",不是"触詟",这才想起 200 多年前王念孙父子的考证。讲到这里,一向不假辞色的老教授突然作出了一个相当强烈的姿态,喟然感叹道:"把学问做到这种地步,王念孙父子不简单!"

吴小如教授的感叹,我至今历历在目,那神色和语调中流溢着史诗般的激情和高山仰止的崇拜。这种崇拜不仅是面对着一种超拔卓绝的建树,更是面对着一种人生风范。恕我浅薄,在此以前,我还从未听说过王念孙和王引之这两个名字。但自那之后,尽管岁月蹉跎,风尘垢面,宠辱无常的人生际遇使人很容易健忘,这两个名字却很难从我的记忆中消失了。课后,同学中有人曾感慨地提到另外两个名字,这两个名字维系着一段全世界中学以上文化程度的人差不多都知道的科学史话。19 世纪中期,法国的勒威耶和英国的亚当斯根据天体力学的理论进行推算,肯定了太阳系中另一个行星的存在。若干年以后,借助于望远镜的进步,人们果然在轨道上发现了那颗行星,它被命名为海王星。王氏父子和这两个外国人大体上生活于同一时代,他们的科学发现客观上似乎缺乏可比性,但是就其在

面对前人的建树,今人的膜拜更增添了前人的伟岸。大师,乃人所仰视者也。德,能光照天下;才则溢满神州。

各自的领域所达到的超越性高度,就治学的精深严谨而言,都同样令人叹为观止。然而悲哀的是,除去在中国,除去搞古典文学中训诂专业的少数人而外,还有多少人知道王念孙和王引之这两个名字呢?

这种同代人的类比随口还可以说出一些。例如,当乾隆大帝祭起一连串攻无不克的"为什么",罗织《一柱楼诗集》案时,当一群书生的后代身受凌迟哀号震天时,在遥远的欧罗巴洲,一个叫瓦特的青年刚刚捣鼓出了一种叫蒸汽机的玩意,给这个世界带来了一种不同寻常的喧闹。例如,当王念孙钻进书斋,开始著述《广雅疏证》时,他绝对没有听到法兰西人攻占巴士底狱的欢呼和宣读《人权宣言》的朗朗之音。还有……

这样的类比给人太多的感慨,人们有理由提出这样的设想:以乾嘉学派中那一群文化精英的智商和治学精神,如果让他们去捣鼓蒸汽机和轮船,发明电灯,研究《人权宣言》,中国将会是什么样子呢?

在这里,我丝毫没有对乾嘉大师们不恭敬的意思,他们中的不少人,即使放在中国文化史的长轴画卷中,也堪称第一流人才;他们所达到的某些高度,后人几乎无法企及,因为从个体上讲,他们有着后人无法企及的学养和毅力,在这种学养和毅力面前,我们永远只能诚惶诚恐,顶礼膜拜。我只是觉得,从宏观上看,他们的色彩似乎过于单调,因为他们毕竟生活在那个色彩相当繁复亦相当辉煌的 18 和 19 世纪。这种单调当然不能由他们自己负责,更何况,他

后院,是温馨的,却是逼仄的;作者由深深后院哺育的中国文化联想到同时代西方世界诞生的人类文明,两者类比,发人深省。

湮没的辉煌

著名中学师生推荐书系

们中已经有人在大声疾呼了：

九州生气恃风雷，
万马齐喑究可哀。
我劝天公重抖擞，
不拘一格降人材。

　　龚自珍是很有历史眼光的，只可惜他死得太早了一点。在我看来，如果让他再活上 20 年，中国近代的思想史和洋务运动史都不会是现在这个样子。

　　王引之卒于道光十四年，谥号文简。给谥号并不是因为他文化上的建树，而在于他当过工部尚书，是一种政治待遇。那时儒臣的谥号大都用这个"文"字，皇上只是信手拈来，并没有什么深意。

　　王氏生前交谊落落，相知多在文人的小圈子里。早在嘉庆二十三年，当时的浙江和云南乡试都以"清榜"而闻名全国。两位主考官亦声名鹊起，他们一个是王引之，一个叫林则徐。两人同在翰林院任过事，又都是干练而清廉的文人，自然声息相通，算是比较谈得来的。

　　王引之死后不久，林则徐领钦差大臣衔去广东禁烟。这位以饱学睿智著称的清廷干员，此时对西方世界也几乎一无所知。为了通晓"夷情"，他到达广州越华书院钦差行辕的第一桩事，就是尽可能地搜集外国人用中文编的每一种出版物，摘录其中有关外国情况的点滴资料，然后整理成"内参"附在奏章中送给道光皇帝御览。这些鸡零狗碎的资料竟荣幸地成为中国人真正用功夫研究世界的最早文献。

西方文明同东方文明究竟有哪些区别呢？蓝色的海洋文明同黄色的内陆文明相比，到底有哪些不同？各民族的文化在今天全球化的大背景下该如何进一步发展？

而就在道光皇帝一边呷着香茶,一边漫不经心地翻阅这些从传教小册子、商务指南和中文日报中摘录的"内参"时,大英帝国的三桅战舰正耀武扬威地鼓帆东来,鸦片战争的阴云已经笼罩在南中国海的上空……

时在 1840 年,距乾隆皇帝发问那些"为什么"大约 70 年,距王引之去世才 6 年。

单元链接

我们自古以来,就有埋头苦干的人,有拼命硬干的人,有为民请命的人,有舍身求法的人……虽是等于为帝王将相作家谱的所谓"正史",也往往掩不住他们的光耀,这就是中国的脊梁。

——鲁　迅

路漫漫其修远兮,吾将上下而求索。

——屈　原

吾不能为五斗米折腰,拳拳事乡里小儿!

——陶渊明

安能摧眉折腰事权贵,使我不得开心颜!

——李　白

人生自古谁无死,留取丹心照汗青。

——文天祥

我自横刀向天笑,去留肝胆两昆仑。

——谭嗣同

民族的气节,知识分子的骨气不仅仅是表现在诗文中,无数可歌可泣的历史都书写了这种精神。在同学们熟悉的《五人墓碑记》、《左忠毅公逸事》等高中课文中也揭露了明、清时期黑暗而血腥的社会现实,倘若想进一步认识和思考,黄仁宇的《万历十五年》(三联书店)、杨向奎的《清儒学案新编》(齐鲁书社)不可不读。

第二单元

DI ER DAN YUAN

深沉而委婉的叙述,热烈而绵长的抒情以及跌宕有致的章法让本单元的几篇文章绚丽多姿,令人爱不释手。追寻三块"石头"的由来,在"知府碑"、"花石纲"中寻找历史;在瓜洲渡头让"琵琶女"和"杜十娘"对视;在"驿站"题诗、寺庙题诗和酒楼题诗的比较中强调"驿站"的文化内涵;而"小城"中相隔着整整三百年,在冒辟疆和董小宛的水绘园上演了一出"文革"知识青年的悲剧……

■ 石头记

一

到开封去,顶着初冬的寒风,踏着衰草披离的小径,在相国寺霜钟苍凉的余韵中登吹台、攀铁塔,探幽访胜,六七天的奔波,就是为了带回关于几块石头的记忆么?

开封的脚下,沉淀着一个镂金错彩的北宋王朝,它的名字该和《东京梦华录》、《清明上河图》联系在一起,该和"官家"、"洒家"、"客官"、"勾当"、"端的"、"瓦子"这些中国俗文化中的特殊语境联系在一起,该和欧阳修的"庭院深深深几许"、晏几道的"舞低杨柳楼心月"联系在一起,该和李师师高楼卖笑的倩影以及鲁智深倒拔垂杨柳的身姿联系在一起,怎么单单剩下了几块石头呢?

本来,开封是与石头无缘的。它背靠黄河,面南而坐,雍容大度地吐纳着莽莽苍苍的中州沃野。在中国的历代古都中,它是少数几个周遭没有山岳拱卫的城市之一。这于防卫无疑是不利的,北宋年间,天下兵额为一百二十五万九千,而其中禁军就有八十二万六千之众。《水浒》中的林冲原是八十万禁军教头,可见这头衔并非小说家言。禁军的任务是戍守京师,自然要驻扎在开封附近。北宋大概是在京

开篇总起点题。借用一个个人人皆知的名字,翻写一段人未尽知的历史,文章的名字往往就是"文眼",凝聚着作品的主题。

从开封的地理条件写起,先说开封"与石头无缘",再写开封的"河防战略",为后面重点写城中的三块石头张本。

城驻军最多的朝代。开封的特色在于水,所谓"四达之会"是指流经其间的汴河、黄河、惠民河和广济河。四水沧浪,既是开封赖以繁荣的温床,又是赖以防卫的天堑。宋王朝定鼎之初,鉴于开封的地理形势无崇岳名山之限,曾一度发生徙洛的争议,之所以最后定都开封,大概也是考虑了水的因素吧。因此,北宋的国防政策基本上是一部"河防战略"。乾德五年(967),朝廷即令沿河地方官吏兼本州的河防使。如果留意一下当时军政严格分开、抑制边臣权威的立国方针,不难想象朝廷注视河防的目光是何等殷切。真宗时又规定:沿河官吏在夏秋发洪期间虽任期已满,亦须待水落以后始可移职他任。且严令禁止私渡黄河,"民素具舟济行人者,籍其数毁之"。那注视河防的目光不仅是殷切,而且带着忡忡忧虑了。

"河防战略"还引出了北宋政坛上关于"北流"与"东流"的大论战。因为从庆历八年黄河决口到靖康二年北宋灭亡的 80 年间,黄河河道不时变迁,时而东流,时而北流,如是者往复三次之多。围绕着如何修堤治河,也就是"北流"与"东流"孰优孰劣,上层领导集团内部各有各的高见。政坛上的一些风云人物,例如范仲淹、富弼、文彦博、王安石、司马光、苏辙等,都义无反顾地卷入了这场争论。他们之间到底争什么?又为何争得如此旷日持久,弄得仁宗、神宗、哲宗三代帝王寝食难安?本来,因东流河道年久淤积,河床日高,河水改向北面低处流淌,乃自然之势。大略翻翻那些连篇累牍的奏章,原来无论主张北流还是东流的官员,都无一例外地站在黄河大堤上向北瞭望,认为自己的主张更有利于抵御辽兵的进犯。在他们沸沸扬扬的争论声中,每每透出几声低沉的叹息:开封四平,没有一块可以据险以守的石头,他们面对的是一片正好供契丹铁骑驰骋的旷野。

是啊,没有石头的开封,从九重君王到子民百姓,只能把目光注视着那一脉雄浑的黄水。水是一切的生命线,除了这句最原始最质朴的常识用语外,开封人还能说什么呢?

但开封也不是绝对没有石头,我这次就看到了几块,确实都是北宋年间的遗物;不仅看到了,而且一直沉重地压在我的心上。

二

坐落在小西门内的包公祠现在是开封名胜之一,祠内陈列着一块石碑,上面镌刻着北宋王朝历任开封知府的名字,所以也称"知府碑"。

"知府碑"上的名字,有不少人们相当熟悉,例如寇准、范仲淹、蔡襄、蔡京、吕夷简、欧阳修等,无论其忠奸贤愚,都是北宋政坛上有影响的人物。这是很自然的,对于深宫里的帝王来说,首都市长是个既不可须臾或缺,又相当危险的人物,只有信得过且有一定威望的重臣才能担任。即使如此,皇上也不会让你在这里呆得太久,"卧榻之侧,岂容他人酣睡",当然也容不得有人在这里一直弄权的。北宋167年间,担任过开封知府的竟有183人,平均每人不到一年。屁股还没有坐热就请你开路,这是主子控制权臣的一种游戏规则。

这种心态还体现在那两个令一般人费解的题

名上。"知府碑"上的 183 任知府中,有两个只标着头衔而没有名字的人物:晋王和荆王。原来这二位即宋太宗赵光义和宋真宗赵恒,他们在当皇帝前都曾以亲王身份做过开封府尹。因此,后来的大臣知开封府,前面都得加个"权"字,叫"权知开封府",含意是不敢僭登先王之位,但实际上都是正式职位,并非临时差遣。但一个"权"字却多少道出了南衙主人那种如履薄冰的拘窘。在皇上的眼皮底下当差,要格外小心哩,弄得不好,随时都可能被撸掉。

"知府碑"上的题名琳琅满目,亲王也有了,大忠巨奸也有了,一些不大不小、来去匆匆的庸常之辈也有了,却偏偏没找到那个本该有的名字。

那个名字叫包拯。

怎么会没有包拯呢?那个天不怕、地不怕,当官敢为民做主的包黑子;那个一手举着乌纱帽,一边喝令"开铡"的包龙图;那个至今仍在电视和舞台上频频亮相,令亿万观众为之击节赞叹的包青天,怎么会没有呢?从某种意义上说,开封府的名字是和包拯联系在一起的,因为有了包拯,开封府才成了平民百姓们心中的圣殿,成了"清正廉明、执法如山"的代名词,也成了让一切贪赃枉法的恶徒们为之胆战心惊的符咒。

包拯的名字是有的,导游小姐指点着石碑中间的一块告诉我:"包拯的名字在这里。"千百年来,由于人们敬仰包公的大名,在观赏石碑时经常指指点点,天长日久,竟将包拯的名字磨去了,只留下了一处发亮的深坑。

我不禁肃然。是一些什么样的手指，竟将坚硬的石头磨出了这么深的印痕？要知道，那些手指不是戳，更不是抠，只是轻轻地指点。而且可以肯定的是，在所有的指点中，有相当多的指头并没有接触到石碑，但就是这些接触到石碑的手指，在轻轻一点，至多也不过是轻轻一抚之后，竟形成了这样令人惊叹的奇迹。这中间究竟经历了多少人的指点和抚摸，用"千万"当然远远不够。可以想见，在每一次的寻找、指点和抚摸中，都传递着一份景仰和感慨，传递着一份心灵的温煦和沟通，也传递着一种呼唤——对公正、清廉和神圣法律的呼唤。不少人在指点这个名字时，也许对包拯其人并没有多少了解，但这并不重要，因为石碑上的这个名字已超越了具象化的人物和事件，也超越了历史和时代，成了一种人类精神和秩序的化身。那么，就让他们轻轻地指点、轻轻地抚摸吧，但愿在这无数次的指点和抚摸中，人类社会变得有如春水般平和安详，支撑社会的每个灵魂亦变得有如晴空般明净美好。

　　当然，也有见了"知府碑"上的名字而畏缩不前的，例如，金末元初的文学家王恽在一首《宿开封后署》的诗中感慨道：

> 拂拭残碑览德辉，
> 千年包范见留题，
> 惊乌绕匝中庭柏，
> 犹畏霜威不敢栖。

　　包即包拯，范指范仲淹，将包、范英名喻为"霜

（旁批）通过几个近义的动词辨析，强调出"指点"这个动作所隐含的景仰之意。

作者用抒情性的笔调生发议论，使得"知府碑"这块石头产生了深远的意义。

百姓渴望的是平和安详的生活，包青天为百姓撑起了一把巨大的保护伞；而贪官污吏面对包拯的铁面无私和范仲淹的"先天下之忧而忧，后天下之乐而乐"，哪一个还敢昂首挺胸？在高尚的灵魂面前，卑鄙者只能自惭形秽。

胡适曾说过："包龙图——包拯——也是一个箭垛式的人物，古来有许多精巧的折狱故事，或载在史书，或流传民间，一般人不知道他们的来历，这些故事遂容易堆在一两个人的身上。在这些侦探式的清官之中，民间的传说不知怎样选出了宋朝的包拯来做一个箭垛，把许多折狱的奇案都射在他身上。包龙图遂成了中国的歇洛克·福尔摩斯了。"

湮没的辉煌 ◉

著名中学师生推荐书系

威"，而"惊鸟"则是天下的贪官污吏。虽然时隔200余年（诗中的千年是夸张语），贪官污吏见了石碑仍惶恐惊惧，不敢正视那两个天下争传的名字。因为这对他们是一场灵魂的审判，走近审判台，他们的目光是那样的恍惚游移，步履亦是那样的踟蹰畏怯。包拯和范仲淹真是不简单。

这是一个正直的文人士大夫的感慨。但实际上，平民百姓们在瞻仰"知府碑"时，寻找的只是包拯，对范仲淹却相当陌生，当然也就相当淡漠。这也许不很公平，在冷峻的历史学家那里，包拯的名字远不及范仲淹响亮，范仲淹不仅是身居高位的宰相，不仅是饮誉北宋文坛的散文家和诗人，不仅具有道德的勇气和高迈的情怀，也不仅是名噪一时的政治改革家——他在庆历初年发起的那场改革虽然没有掀起多大波澜，却为后来的王安石变法起了投石问路的先导作用——单凭他面对水光山色的一篇《岳阳楼记》，或者单凭他在《岳阳楼记》中的一句"先天下之忧而忧，后天下之乐而乐"，就足以令同时代的志士豪杰兴高山仰止之叹。正因为如此，后人认为，像范文正公这样的人物，如"求之千百年间，盖不一二见"；而身后不远的朱熹则称他是天地间"第一流人物"，这些恐怕并非谀词。再看包拯。正史上的包拯其实并没有传说的那么神，他的那些为后人所称颂的政绩，例如微服私访、放粮赈灾、弹劾权臣直至皇亲国戚，只能说明他是一个勤勉而刚正的实干家。他任开封知府一共只有一年半，这期间基本上没有什么石破天惊的举动，也没有断什么有广泛影响和震慑力的大案。平心而论，作为一个政治人物，包拯的名字不仅比不上范仲淹响亮，即使和"知府碑"上的其他有些人物相比（例如寇准、蔡襄等），他也不能算是最出色的。

那么，人们为什么只寻找包拯呢？

答案在于，包拯虽然不是挥手起风雷的政治改革家，也不是落笔惊风雨的文章高手——他似乎不长于诗赋，流传后世的诗歌总共只有一首《书端州郡斋壁》，颇有点板着面孔说教的味道，艺术上并不见佳——却以他的峭直清廉和刚正无私而名世。人们寻找的正是这种在现实生活中所渴求的品格。<u>民众的渴求和这种有着金属般质感的坚挺品格的碰撞，激起了黄钟大吕般的共鸣</u>。渴求愈是强烈，共鸣也愈加亢激，中国老百姓心底的"包公情结"亦生生不息，愈演愈烈。

一位西方哲学家说过："产生英雄的民族是不幸的。"我想，<u>膜拜清官的人民大概就更不幸了，因为这种膜拜大抵不会是幸福的舞蹈，而是痛苦中的祈求</u>。在中国，反腐败永远是一个既古老又现实的话题，至少在小民百姓的生活空间里，它的分量要比那些经邦济国的改革纲领重要，也比那些不管产生了多大"轰动效应"的诗文辞章重要。小民百姓们关心的只是自己的衣食温饱，他们的旗帜上只有两个用黑血写成的大字：生存。因此，为官的清廉与贪酷，往往成为他们对政治最朴素的评判。民众对腐败的切肤之痛和切齿之恨，集中反映在舞台上那些以包拯为题材的戏文中，且看看那些剧名：《铡美案》《铡赵王》《铡郭槐》《铡国舅》《铡郭松》。为什么都是"铡"？因为这些坏蛋太不像话了，不铡不足以解心

在有些人看来，包公在中国百姓心目中的地位和影响，相当于西方人心目中的福尔摩斯。其实远不止如此，福尔摩斯是虚构的人物，只擅长推理破案；而包公不仅善于断案，而且两袖清风、铁面无私，千百年来在百姓心目中一直是为官的楷模。包公、包龙图、包青天……诸如此类的称呼表现了老百姓对这位北宋清官的敬爱；而包腊梨、包黑子等近于谩骂的称呼，则反映了权臣贵戚、贪官污吏对他的惧恨心理。

头之恨。再看看铡刀下的那些头颅，差不多都是炙手可热的皇亲国戚、达官显贵。反腐败就是要敢于动真格的，就是要从这些有分量的头颅铡起。那么就一路铡下去吧，铡他个血溅簪缨、尸横朱门、谈贪色变、大快人心。随着包拯那一声回肠荡气的"开铡"，民众心底的情绪也得到了淋漓酣畅的宣泄和释放。

看罢了包拯在舞台上的最后一个亮相，再到"知府碑"上找出包拯的名字，指点着感慨一番，除此而外，中国的老百姓还能怎么样呢？他们不知道舞台和历史之间的距离是多么遥远，这中间隔着一代又一代人的装点、涂抹、净化和渲染，他们塑造了一个脸谱化的包拯，包拯也成全了他们"清官崇拜"的悲剧心理。

正史上的包拯是个"面目清秀，白脸长须"的儒雅之士，他的性格展示主要不是在开封府的大堂上，而是在担任监察御史和谏官期间。他也没有杀多少人，只是上了不少奏章，弹劾过不少人。其中地位最高的，一个是宰相宋庠，另一个是国丈张尧佐。宋庠并没有什么违法乱纪的大罪过，只是平庸无能。这个人很识趣，包拯的弹章一上，他马上请求离职，并且在辞呈还未得到皇帝恩准时，就主动到中书省政事堂去站班了。国丈张尧佐并不是张贵妃的父亲，而是伯父，因此这个国丈是带水分的。他的问题也是平庸无能。包拯要把他从三司使的位置上拉下来。弹章上去了，仁宗皇帝想了个变通的办法，叫张到下面去当节度使，这自然引发了包拯等人的谏争。这场谏争倒是很激烈的：

仁宗没好气地说:"岂欲论张尧佐乎? 节度使粗官,何用争?"

谏官们不客气地顶撞道:"节度使,太祖、太宗皆曾为之,恐非粗官。"

仁宗一时张口结舌,无言以对。

于是包拯等人争相上前,与仁宗抗辩不已。包拯言词激烈,口若悬河,竟将唾沫星子喷了仁宗一脸。

张尧佐的节度使终于没有当成。

<u>包拯和仁宗的关系很微妙。</u>在宋代的帝王中,仁宗还算是比较清醒的,单凭谏官们敢于在金殿上对他反唇相讥,甚至把唾沫星子喷他一脸,就可见他是比较富于民主色彩的。他了解包拯,知道包拯喜欢犯颜直谏。因此,凡能够接受的,他都尽量接受;一时接受不了的,就不理不睬,我行我素,但对提意见的人并不打击,有时还安抚有加。这一点在帝王中相当难得。包拯也了解仁宗,因此,一段时间以后,当仁宗再度起用张尧佐时,包拯见好就收,让仁宗下台。

应该说,包拯和仁宗算得上是君臣际会,他们都有一种大局观,这种大局观不是为了官场中的一团和气,而是为了王朝的长治久安。在那场关于张尧佐的谏争后,仁宗回到后宫,对他所宠爱的张贵妃说了一句很有意思的话:"汝只知要宣徽使、宣徽使①,汝岂知包拯为御史乎?"这说明,他对下面的意见还是很在乎的,甚至有点小小的惧怕。

包公一生没有留下多少破案的资料(仅有一则"割牛舌"见诸《宋史》),也没有什么"三口铜刀"、"打王鞭"、"势剑金牌",更不曾被国太认作御儿干殿下,但他确实受到仁宗皇帝赵祯的信任和赏识。他和仁宗吵过嘴,甚至"唾其面",但君臣从未反目。三十五年,依如股肱,死则亲莫,恩礼有加。上溯到比干、屈原,下至海瑞、于谦,没有哪位贤臣清官比他运气好。通观整个封建历史,也只有刘备与诸葛亮、李世民与魏微等少数几对君臣可以达到这样君臣无间的关系。

---

① 据史载,当时仁宗情急烦躁之下,把节度使说成了"宣徽使"。

一个对下面的意见很在乎,甚至有点惧怕的王朝,大致不会太惧怕外面的强敌。仁宗一朝,宋帝国的国力还相对强盛,在与契丹的对峙中也不很怯阵,他们能够把目光望向更远的幽燕大地,而不至于只盯着眼皮底下的黄河。

三

到了开封不能不看大相国寺,看了大相国寺不能不想到那个倒拔垂杨柳的胖大和尚。鲁智深是在大闹五台山之后来到大相国寺的。五台山也是天下名刹,宏丽堂皇自不必说,鲁智深既从那里来,眼界自然很高,但站在这里的山门前也不由得称赞:"端的好一座大刹!"大相国寺之"大",《燕翼诒谋录》中有一段记载:

> 僧房散处,而中庭两庑可容万人,凡商旅交易皆萃其中。四方趋京师以货物求售、转售他物者,必由于此。

这是北宋时的景观,当时大相国寺大体上已成了自由市场,兼营批发和零售,而香火倒在其次了。我不知道当时寺院方面要不要向这些个体摊贩收取管理费,如果收,那当是一笔相当可观的收入。大凡寺院都喜欢选择在深山静地的,但大相国寺却置身于闹市中心,这里离皇城太近,离人间烟火太近,色货琳琅、红男绿女,礼佛的钟磬声中,弥漫着世俗红尘的铜臭气和功名欲,置身其间,寺僧们恐怕很难入

大相国寺历史悠久,原为魏公子无忌——信陵君的故宅,北齐文宣帝天保六年(公元555年)始创建寺院。在北宋时期是全国最大的皇家寺院,占地30多万平方米,面积为现在的18倍,辖64个禅院、律院,僧人1 000余人。位于开封闹市中心的自由路西段,是我国著名的佛教古刹。千百年来,许多神奇的传说和戏剧、小说的渲染,使其驰名中外,更有相公相婆、千手千眼观音、鲁智深倒拔垂杨柳的故事,使它更具有传奇色彩。

湮没的辉煌 ◉

著名中学师生推荐书系

94

定参禅的。这次我在相国寺，正赶上一个国际佛教界的书画展，其中有一幅草书"难得糊涂"。我想，这大概是寺僧们内心骚动的一种曲折反映吧。不然，为什么要强制自己装"糊涂"呢？所谓"禅心已作沾泥絮，不逐春风上下狂"，说到底是很难的。本来，相国寺的佛，是入世的佛，你看八角琉璃殿里的那尊千手千眼观音，显得多么能干、繁忙，整个一副女强人的架势。

当我一边徜徉，一边胡思乱想时，无意间在大雄宝殿前看到一块石头———一块极普通、极不起眼的石头，上面有填绿楷书的一行小字：艮岳遗石。

我心中一惊，在几乎每一本关于北宋政治史的书中，都会提到这个名字：艮岳。与之相连的还有另外一个奇特的名词：花石纲。中国的山岳可谓不可胜数，但我敢肯定，绝对没有哪一座像艮岳这样短命的，它的存在大致只有十几个春秋，而正是这座短命的艮岳，却成了中国历史上一根永远的耻辱柱，上面钉着一个腐朽得光怪陆离的末代王朝。

这一切都是从那个风流皇帝赵佶开始的。赵佶是个极富于浪漫气质的帝王。对于苏东坡和柳永那样的文人来说，浪漫气质是一种灵魂的燃烧和开掘艺术至境的斧钺；而对于一个拥有无限权力的帝王来说，浪漫气质则很可能导引出令人瞠目的大荒唐来。有人说，开封四面无山，若把京城东北隅增高，可多子多寿、皇图永固。赵佶信奉的是"只怕想不到，不怕做不到"，当即诏令天下献石垒山。当然，艺术家的赵佶并不缺乏审美目光，首先，造山的石头要用江南的太湖石，这种石头玲珑剔透，有如苏杭美女

所谓"纲"，最初是唐代玄宗朝设立漕运的"纲运之法"，以十船为"一纲"。到北宋末年，赵佶大肆搜刮民脂民膏，纲的名目也就多起来了，而花石纲乃专门供奉徽宗无度挥霍的"御前纲"中最大的一种。

一般婀娜多姿；其次，光有山还成不了景，还得有奇花异卉来装点，这样，皇上用不着出汴京城，就可以受用如诗如梦的江南山水。这座费时十数载，周遭十余里的假山就是艮岳。

一座周遭十余里的艮岳要用多少石头呢？我相信，这中间的每块石头都该有一段值得书写的故事。营造艮岳成了宋帝国建国百余年来最大的暴政，一时间，从中央到地方羽檄交驰，闻风而动，"花石纲"成了压倒一切的大事。官员们一个个都人模狗样地成了皇差，带着士兵到处乱窜，任何人家的寸草片石都可能突然之间被指定为"御前用物"，当即加上标识，令主人小心看护。如果看护的程度稍稍令官员们皱眉，那就是"大不敬"，按律主犯处斩，全家流放。即使看护得很好，运走时的那种排场也实在让人受当不起。因为是御前用物，要把房屋墙垣拆掉，焚香膜拜，恭恭敬敬地抬出来。于是，"花石纲"成了官员们最简单而有效的勒索法宝，他一指手或一皱眉就可以叫你家破人亡——这使我们想到4世纪石虎时代"犯兽"的怪事。在从崇宁到宣和的十几年里，千里古运河上舳舻相衔、帆樯联翩，那景观和当年隋炀帝下江南的龙舟相比恐怕毫不逊色。"花石纲"剪江北上，一路逶迤而行，两岸是凋敝的村落和荒芜的田野，饥寒交迫的乡民也许对这样浩大的船队感到迷茫：皇上要这么多石头干什么呢？他"御前"有普天之下的美女、普天之下的珍玩、普天之下的锦衣玉食，难道还不够受用吗？

是啊，皇上要这些石头干什么呢？黑土地上的子民是永远无法理解的。他们只知道普天之下，莫非王土,皇上有受用不尽的好吃的、好玩的、好挥霍的,但他们不知道皇上有着多么奇特的想象力,他不仅要占有"普天之下"所有的好东西,而且还要把这些都集中在自己的围墙里,变成伸手可及的"御前用物"。如果有一天盛传屎壳郎也是一种美物,且以此作为时尚,他肯定要在后宫里营造一座世界上最堂皇的粪坑,并用他那漂亮的瘦金体书写一块"大宋宣和天子御用"的匾牌,那么,天下的屎壳郎也就大致可以"尽入彀中"而渐至绝迹矣。

在中国的历代帝王中,赵佶大概算得上艺术素养最高的几个之一。一个帝王有很高的艺术素养,这是很不幸的,不仅是他本人的不幸,也是民族和历史的不幸(只有曹氏父子是个例外)。这种不幸是从元符三年的那场宫廷风波开始的。那一年,宋哲宗赵煦病逝,他没有儿子,继承者将在他的两个弟弟赵佶和赵似之间产生。帝王的宫廷历来是天下是非最多的地方,尤其是事关皇位继承,不闹得你死我活是不会罢休的。宰相章惇首先向赵佶投了不信任票,形势一开始对赵佶不很有利。但这时一个叫向太后的女人发表了决定性的意见。女人的天性似乎和艺术有着某种相通,她欣赏赵佶的才华。我们大致还记得,就是这位向太后,以前对苏东坡也是很不错的。在元符三年的这场风波中,向太后作出了两项具有深远影响的决定,一是把艺术家的赵佶捧上了皇位;一是赦免流放在海南、已经垂老濒死的大文豪苏东坡。把这两件事并列在一起,实在不是滋味,但作为当事人的向太后,却是出于相当真诚的动机,她或许希冀把一种清朗洒脱、带着激情和灵气的文化

从蒲松龄的《促织》中我们也同样可以看到皇帝的个人嗜好对百姓生活的干扰。"屎壳郎"一句是对此的绝妙讽刺。

人格引入政治生活。

赵佶上台后，章惇即被辗转流放，死在距首都千里之外的睦州。这是预想中的事，谁当皇帝本是赵室的家事，你去掺和什么呢？但他对赵佶的评价却不幸被后来的历史所证实，他的评价是：赵佶轻佻。

轻佻是什么意思呢？章惇是官场人物，他口中的"轻佻"自然带着一种政治色彩，大抵是指不负责任、感情用事、缺乏政治头脑和深谋远虑吧。当然，这中间也应包括对文学艺术的过分痴迷。但赵宋是一个崇尚文化的王朝，这话章惇不好说，只能用"轻佻"一言以蔽之。章惇显然意识到，一个整天沉湎于艺术感觉和笔墨趣味的皇帝，对国家未必是幸事。

赵佶是以改革家的面孔出现在政坛的，他觉得王安石实行的那一套"国家资本主义"很有诱惑力，把天下的财富集中于中央政府和皇室，何乐而不为呢？他上台的第二年，就废除了向太后摄政时定下的"建中靖国"年号，这个年号太沉闷，他要大刀阔斧地干一番改革大业，岂能满足于"靖国"的小安稳？于是改年号为"崇宁"。崇宁者，尊崇王安石的熙宁新法也。旗帜打出来了，很好！那么就着手改革吧。首先是废黜旧党（章惇虽然不是旧党，也照样在贬黜之列）、起用新党。风流人物蔡京就是这时候脱颖而出的。有了蔡京这样不可多得的人才，赵佶可省心多了，他乐得整天钻在深宫里，今天画一对鸳鸯，明天填一首新词，或心血来潮，出一个别致的题目——"雨过天青云破处，这般颜色做将来"，令汝窑的工匠们烧出一批上好瓷器供自己玩赏。在这些方面，他无疑取得了极大的成功。至于改革的事，让蔡京去干吧。

蔡京的改革就是不择手段地敛财。敛财的目的,一是供皇上挥霍,二是让自己从中贪污。如果说赵佶的挥霍还带着某种艺术色彩的话,蔡京的贪污则完全是一种动物性的占有欲。光是一次征辽,数十万禁军的衣甲由他批给一个姓司马的成衣铺承包,从中拿的回扣就很可观。至于卖官衔、卖批文、卖人情、卖宫闱秘事之类就更不用说了。这样改革了四五年,"改"得蔡京家里的厨师有人只会切葱丝而不会包包子,半碗鹌鹑羹要宰杀数百只鹌鹑,一个蟹黄馒头价值 1 300 余缗。皇上便宣布改革取得了洋洋大观的成果,又把年号改为"大观",公开摆出了一副高消费的架势。因此,可以当之无愧地说,营造艮岳正是"崇宁改革"和"大观消费"的一项标志性工程。

但艮岳修成,北宋王朝也灭亡了,它最大的审美功用就是让赵佶站在上面,检阅金兵如何潇潇洒洒地渡过黄河,直薄开封城下。

后来,在开封保卫战中,那些由江南万里迢迢运来的、有如苏杭美女一般婀娜多姿的太湖石,被开封军民拆下来作了守城的武器。

再后来,赵佶在被掳北去的路上苦凄凄地填了一首《眼儿媚》词,其中有"家山何处"的句子,这"家山"中的"山"想必也应包括艮岳的,因为他差不多以玩掉了一个国家为代价才成就了那样一堆好石头,自己却没来得及受用,想想也太亏了。

离开大相国寺的时候,我一直在想,这块艮岳遗石为什么要放在这里的大雄宝殿前呢? 放在曾作为

清人赵翼有诗云:"国家不幸诗家幸,赋到沧桑句便工。"宋徽宗《眼儿媚》在艺术上也堪与李后主的《虞美人》相媲美:"玉京曾忆昔繁华,万里帝王家。琼林玉殿,朝喧弦管,暮列笙琶。花城人去今萧索,春梦绕胡沙。家山何处,忍听羌笛,吹彻梅花。"

北宋皇宫的龙亭前不是更合理吗？也许人们认为，放在这里更有一种宗教般的祭奠意味吧。

是的，它们是值得祭奠的，在这里，任何一个有良知的炎黄子孙都会感到一种灵魂的战栗——为了那一幕幕关于石头的故事，为了我们民族的历史上确曾发生过的那一段荒唐。

四

这是一条逼仄的小街，从龙亭公园蜿蜒向东，大约数里之遥。两边是未经改造的旧式平房，挤满了挑着青布帘子的小店铺，没有霓虹灯，也没有迪斯科的噪声，清静得有如梦幻一般。偶尔见到一棵孤独的老槐树伫立巷头，令人想到"城古槐根出"的俗语。是啊，体味开封的苍老，并不一定要到博物馆去看那些青铜古瓷，走在这斑驳古朴的小巷里，不是照样可以听到它悠远而蹒跚的足音吗？据说在这类深巷小店里，至今店家还称顾客为"客官"，那种淳朴古雅的人情味，真如同走进了宋代东京的瓦子和《水浒》中的某个场景。

开封人都知道这条小街的名字：棚板街。而我要寻找的，正是这条小街因之得名的那种石头。

这种寻找带着很大的盲目性，我是从一本介绍开封历史文化的出版物中看到棚板街的，连带的是一段相当流行的传说。传说当然与正史相距甚远，但尽管如此，我还是固执地走进了这里，因为我知道，我是在寻找一种感悟，即使传说中的那种石头并不存在，但那种被传说中的石头所压迫的历史氛围却是巨大的真实。

　　棚板街的一端连着皇城，一端连着镇安坊的青楼，这两处的主人分别是风流皇帝赵佶和艳帜高悬的名妓李师师，因此，这条小街的由来似乎不那么光彩。皇帝玩女人算不上什么新闻，他后宫里佳丽如云，怎样玩都无妨。但一旦走出皇城，而且是到妓院去玩，那就不大好听了。赵佶是崇尚个性解放的，镇安坊的野花他又一定要采，于是便有了这条风流蕴藉的棚板街。据说北宋末年的某一天，御林军突然宣布对临近皇城的这条小街实行戒严，公开理由是开挖下水道。大批民工日夜施工，在街心挖开一条深沟，然后以青砖铺底，玉石砌墙，顶上架设一色的长条青石板。一条阴沟何至于如此豪华？京师的百姓们当然不知底细，只能简单地归结于一种皇家气派。他们不会想到，当街面上市声熙攘，小民们在为生计而匆匆奔走时，在他们脚下的秘密通道里，大宋天子或许正在太监的引导下前往镇安坊，一边盘算着如何讨得那个女人的欢心……

　　赵佶在镇安坊的艳遇大致是不假的，《宋史》中还特地为李师师立了传，李师师也肯定没有入宫，那么就只有让赵佶往镇安坊跑了。至于跑的途径，有的传说是"夹道"，有的传说是"隧道"，反正得避开公众的目光，不能堂而皇之地去。之所以有这样的种种传说，自然是因为人们对这个风流皇帝太了解了，为了一个可心的女人，他是会不择手段的。而对于赵佶来说，这无疑是一场心劳日拙的远征，其艰辛程度并不亚于征辽、剿寇或经邦济国的冗繁政务。本来，皇帝嫖妓并不是什么新鲜事，在

于是棚板街下的秘密通道牵引着宋徽宗，开始了对青楼名妓李师师长达17年的缠绵征程。

中国历史上,明代的正德和清代的同治都是这方面的行家。但同样是逛妓院,正德和同治完全是赤裸裸的皮肉交易,谈不上有什么感情投入。赵佶则不同,他喜欢玩点情调。情调当然不等于调情,帝王的后宫里有的是调情,用不着跑到镇安坊去。情调是一种可遇而不可求的精神和谐,一种心灵感悟和艺术趣味的双向沟通,一种宛如尘世之外的舒展和愉悦,一种略带点伤感却相当明亮的生命气息。它是需要时间慢慢地去泡、慢慢地去品的。而李师师恰恰也是个很"情调"的尤物。这样,赵佶只能一趟又一趟地通过幽长的棚板街,去进行一场旷日持久的远征。

关于这场远征,宋人笔记中记载如是:

第一次去镇安坊,赵佶隐瞒了自己的身份,但出手相当阔绰,见面礼有"内府紫茸二匹,霞氍二端,瑟瑟珠二颗,白金廿镒"。尽管如此,李师师还是搭足了架子,她先是迟迟不肯出来,让赵佶在外面坐冷板凳。待到出来了,又一脸冷色,连交谈几句也不屑的。李姥还一再警告赵佶:"儿性颇愎,勿怪!""儿性好静坐,唐突勿罪!"其实赵佶哪里敢责怪,又哪里敢唐突呢?最后看看天色将晓,师师才勉强鼓琴三曲,多少给了一点面子。以帝王之尊屈驾妓家,又花了大把的银子,只领略了三段琴曲和一副冷面孔,不知大宋天子该作何感想。

事实上,大宋天子的感觉并不坏。在深宫里,他每天都被女人包围着,一个个争着向他献媚讨好,他感到腻烦,也感到孤独——尽管身边花枝招展,莺声燕语,他仍然孤独。有时,他甚至觉得自己是世界上最不幸的男人。孤独常常是情爱的催化剂(不在孤独中爆发,就在孤独中灭亡),很好,现在遇到了一个把他不怎么放在眼里的李师师,面对她的高傲和冷艳,这个拥有无限权力的帝王第一次感到了自卑,同时也感到了一种渴望,他渴望走近对方,也渴望得到对方的接纳和理解。他已经很久没有这种渴望了,对于一个男人,这是很悲哀的。一次,一个姓韦的妃子充满醋意地问他:"何物李家儿,陛下悦之如此?"

赵佶回答得很坦率:"无他,但令尔等百人,改艳妆,服玄素,令此娃杂处其中,迥然自别。其一种幽姿逸韵,要在色容之外耳。"

这是一个帝王的"女人观",也可以说是一个艺术家的"审美宣言"。他欣赏的是一种"幽姿逸韵",这中间当然还谈不上平等意识,也并未超出猎艳和占有的男性心理,但比之于那些只看到"色容",甚至只看到一堆肉的嫖客,这种眼光还是值得称道的。

作为青楼名妓,李师师自有一套对付嫖客的心理学。她知道以色事人总难保长久,只有把对方的胃口吊上来,自己才能处于主动地位。吊胃口不能只靠巴结逢迎,在一个男性中心的世界里,一个女人如果只知道"爱的奉献",其下场大抵不会太妙。"南国新丰酒,东山小妓歌。对君君不乐,花月奈愁何",这是诗仙李白携妓宴游时的感慨,看来那位"东山小妓"也知道使点小性子来吊男人胃口的。李师师当然要玩得比这大气,她创造了一种冷色调的诗情画意来对付赵佶,让他可望而不可即,只能一直围着她的石榴裙转。

把宋徽宗和李师师的故事渲染成一场真正的战争,也许对于八百年以前的古代君王爱情是妥帖的,而对于今天在男女平等意识中长大的高中生来说就有些骇人听闻。

平心而论,作为文人的赵佶,可谓书画兼修,独成一体的大家;作为凡人的他,也是一名风流倜傥、充满艺术情怀的才子;而作为男人的他,对李师师也当得倾心以对,情意绵绵、情深意长。单单就凭"十七年"这一数据就可以想见这对情侣的不同寻常。

这是一场真正的战争,情感世界里的征服和反征服,令双方精疲力尽而又难解难分。试探、迂回、相持、攻坚、欲擒故纵、积极防御、有节制的退却,所有这些关于战争的用语,在这里都同样适用。应该说,李师师取得了相当大的成功,因为从根本上讲,她无疑是处于劣势的,但她长袖善舞,始终以自己的魅力和清醒控制着局势。她多次拒绝了赵佶要纳她入宫的请求,因为她知道那是一个美丽的陷阱,在镇安坊,是赵佶和其他男人一起来讨好她;而一旦入宫,将是她和其他女人一起去讨好赵佶。这是必须坚守的最后一道防线,只要不越过这道防线,她有时也会作一点局部的退让,让对方有所得手。她希望在镇安坊和皇宫之间有一块战略缓冲地带,这就是棚板街。"冷"是李师师的总体色调,但僵化不变的"冷"是没有持久震慑力的,她有时也会有妩媚地一笑,正是这冷若冰霜中的嫣然一笑,往往使战局急转直下,本来已经无心恋战的赵佶又被挑逗起来,抖擞精神投入新的一轮感情游戏。也不能说李师师在这场游戏中完全没有感情投入,平心而论,作为一个嫖客,赵佶并非凡夫俗子,他是那样风流倜傥,在感情上又很善解人意,这对女人,特别是对一个具有唯美主义倾向的青楼名妓来说,还是很有吸引力的。他对李师师的追求主要不是靠帝王的权杖,而是在心灵的坦露中寻求理解。如果只是一场情感世界里的侵略和被侵略,剃头的挑子一头热,双方都难免倦怠,战争是无论如何不能维持那样长久的。

宋人笔记在记载赵佶第一次去镇安坊入幕的最后,顺便写道:"时大观三年八月十七日事也。"这也许是极随意的一笔,却令我心头好一阵惊栗。我原来一直以为,赵佶和李师师的风流韵事只是宣和末年的一段插曲,现在算起来,从大观三年开始,竟整整进行了 17 年。在这 17 年中,宋王朝内外都发生了一些什么事呢?难道泱泱大国,内政外交,竟一点都不曾稍微干扰一下他的兴致? 其实,事情是有的,而且也不能算不大,例如,方腊在睦州揭竿起义,东南半壁为之震动;对辽和西夏的"输款"不断增加,大量绸缎、茶叶和白银从本已枯竭的国库中源源流出;崛起于白山黑水之间的金帝国羽翼渐丰,宋王朝采用古老的"远交近攻"战略,与他们签订"海上之盟",联手消灭了正在走向衰落的宿敌辽帝国,却把自己丰腴而虚弱的胴体袒露在一个更强大也更贪婪的敌人面前。山雨欲来,胡气氤氲,王朝倾覆已不是遥远的预言。但对于赵佶来说,这些似乎都不屑一顾,只有棚板街尽头的镇安坊才是他心灵的圣殿,他在那里所耗费的才华和心智,比几十年帝王生涯中经纶国事所耗费的总和还要多。在宫城的金殿上,他是个抱残守旧的无为之君;在镇安坊的琴台畔,他的人格却展示得相当充分,他是个具有感情强度和富于魅力的男人。棚板街就这样联结着赵佶生命本体的两个侧面,它成就了一个风流皇帝锲而不舍的风流业绩,也成就了一个让至高无上的帝王围着她的眼波旋转的绝代名妓,而背景则是风雨飘摇中的末代江山。

最后,我们仍不得不把目光移向黄河——那一脉维系着北宋王朝生命线的泱泱之水。当金兵逼近黄河时,北宋的御林军从开封出发前往守卫黄河渡

桥。首都万人空巷,市民们以极大的热情欢送自己的将士出征。车辚辚、马萧萧,那景况当是相当悲壮的,但人们却惊骇地看到,这些平日里耀武扬威的御林军竟然窝囊得爬不上马背,有的好不容易爬上去了,却双手紧抱着马鞍不敢放开。这"悲壮"的一幕让热情的市民们实在目不忍睹。

靖康元年(1126)正月,金军东路兵团抵达黄河,那些双手抱鞍的宋军将士,刚刚望见金兵的旗帜便一哄而散。南岸的宋军相对勇敢些,他们在纵火烧毁渡桥后才一哄而散。在这里,历史不经意地玩了一出小小的恶作剧,因为北岸宋军溃散的地方,正是宋太祖赵匡胤黄袍加身的发祥之地陈桥驿。赵匡胤当年定鼎宋室的系马槐尤在,如今却只能供女真军人挽缰小憩,盘马弯弓了。

1995年初冬的某个下午,我走进了棚板街深处的一座小院,力图和一位老者探讨他屋檐下那块青石板的历史。老者茫然地望着我,似乎点了点头,又似乎无动于衷。阳光闲闲地照着,青石板上跃动着几个女孩子跳橡皮筋的身影。门外传来小贩沙哑而悠长的吆喝声,是那种韵味很足的中州口音,当年在东京街头卖刀的杨志大概也是这样吆喝的吧?

后来我才知道,老者原来是个聋子。和一个聋子去探讨历史,当然不会有什么结果。其实,历史本身不就像这样一位岿然端坐的老者吗?他心里洞若观火,装满了盛衰兴亡的沧桑往事。但他不屑于理会后人那些寻根究底的打听,宁愿让你由着性子去胡思乱想。

走出棚板街的小院时，正传来大相国寺苍凉的钟声，我心中一惊，这里离大相国寺的艮岳遗石很近，离包公祠的"知府碑"也不远，至于棚板街因之得名的那种石头存在与否，已经不重要了，重要的是，如果把这几块石头——载入史册和见诸传说的——拼接在一起，不是可以读出一部北宋王朝的衰亡史吗？

用大相国寺的钟声来收束全文，雄浑的钟声里蕴含的满是苍凉，国家、民族、命运、时代这些沉甸甸的字眼一齐聚集在缓慢而悠长的钟声里。结尾再次写到三块石头，一首一尾遥相呼应，与题目《石头记》浑然一体，结构上相当精致，读来令人掩卷长思。

瓜洲寻梦

一

我对瓜洲的印象,是由于那两句民谣:人到扬
州老,船到瓜洲小。前一句极富于色调和情韵,杜牧
诗中的"楚腰纤细掌中轻"说的就是扬州人;后一句
则张扬着气势和动感,令人想见那帆樯云集、艨艟联
翩的景观。瓜洲是个渡口,有好多好大的船,这是儿
时的幻影,相当久远了。

家乡离瓜洲不算远,但在老辈子人的眼里,瓜洲
似乎是一个遥远而缥缈的梦。那时候,在一个闭塞
的乡村里,敢于走出去闯世界的男人本来就凤毛麟
角,他们的第一站大都在泰州,干些引车卖浆的营
生,能当个小老板算是相当出息了。但终于有人又
由泰州向西,去了扬州,那无疑都是些膀子上能跑马
的角色。若干年后,那个男人离家时红着眼睛送到
村头的小媳妇已日见憔悴,孩子也已经满地里摸爬
滚打了,有当初同去的汉子衣锦还乡,说起那一位
时,语气中便流露出些许嫉妒和迷茫:"他呀,开春以
后就过了瓜洲。"

女人一阵黯然,男人心气高,又闯上海的大码头
去了。

在这里,瓜洲已成为一种地理上的极限,"过了

瓜洲"，便意味着一种人生的跨越、一个男子汉强劲的风采。而在那个乡村女人的心头，远方的瓜洲将从此演绎为温馨而苦涩的等待，每每潜入长夜的梦境。

到了瓜洲我才知道，原先的瓜洲，那个曾经维系着多少迁客骚人的情怀和深闺丽人梦境的瓜洲，早在清光绪年间就已经沉入了江底。一座古城的湮没，不仅会引起后人无尽的凭吊和感慨，还会留下一连串关于文化的思考。1900多年前的庞贝古城，柏拉图笔下那座金碧辉煌的神秘岛国亚特兰提斯，都仿佛是在一夜之间遁入了虚无。千百年来，关于它们的追踪论文用汗牛充栋来形容恐怕一点也不过分，有人甚至怀疑那个大西洋中的繁华都市是天外来客的杰作，这种追踪带着无可奈何的沉重和悲凉。瓜洲是坍没，不像庞贝古城和亚特兰提斯的消失那样裹挟着骤然而至的巨大恐怖。<u>但渐进的坍没过程无疑充满了人与自然的拼死搏击，特别是那种心理上的对峙和相持，却呈现出异乎寻常的悲剧美。</u>随着一块又一块的江堤和城垣轰然坍塌，人类的抗争也愈发坚韧峻厉。这是一场前仆后继的拉锯战，生存状态的严酷和生命力的坚挺粗豪在这场拉锯战中体现得淋漓尽致。大江东去，波涛接天，一座弹丸小城的坚守和退却，当会有多少惊心动魄的故事？可惜一切都已经深深地埋沉在江底，留给后人的只有无言的祭奠，还有地方志上这么两行冰凉的记载：

乾隆元年（1736），城东护城堤开始坍卸。

光绪二十一年（1895），瓜洲全城沦于大江之中。

公元前10世纪，古罗马的庞贝只是个小集镇，主要从事农业和渔业生产。后来，它演变成一座繁华的城市。公元79年8月24日，庞贝城遭到了灭顶之灾：城边的维苏威火山爆发了，一声巨响，火山口揭盖了！熔化的岩石以1000度的高温冲出火山口，火红色的砾石飞上7000米的高空。火山灰、浮石、火山砾构成的"阵雨"在庞贝城下了八天八夜。古罗马帝国最繁荣的城市庞贝因维苏威火山爆发而在18小时之后消失……

哲学家柏拉图曾经在2300年前的《对话录》中，叙述了一座古城"亚特兰提斯"的消逝，时间大约是在距今11600年前："猛烈的地震与洪水，在一个不幸的一天一夜之内……整个亚特兰提斯岛消失在深海之中……"亚特兰提斯学的真正经典著作是伊格内修斯·唐纳利于1882年发表的《亚特兰提斯：大洪水以前的世界》一书。

大略算一算,整个过程经历了160年。

地方志上的记载是如此简略,简略得令人惆怅。五万多个昼夜人与自然的较量,无数次江涛裂岸的惊险和疏解,多少转瞬幻灭的生存和繁华之梦,全都化成了这两行冷峻的文字。瓜洲终于坍没了。这种坍没透出人类面对自然的脆弱和无奈,眼前只有无语东流的江水,西风残照,逝者如斯,还有什么可看的呢?

那就只有想象了。

二

是的,瓜洲似乎更适宜出现于人们的想象之中,近看反倒没有多大意思了。

"汴水流,泗水流,流到瓜洲古渡头,吴山点点愁。"这是来自北国深闺的想象。凄凉的月色,独倚高楼的少妇,望穿秋水的凝眸,以及思极而恨的情绪转换,这是一幅古典诗词中相当常见的闺怨图。主人公无疑是一位贵族妇女,她倚楼怀人的地方当在汴水上游的洛阳开封一带,最近也应该在"汴泗交流郡城角"的徐州,离瓜洲自然是很远的。丈夫的身份大抵是远在江南的游子或商人,他们的远行无非为了觅取功名和富贵。在这里,我们无需搜寻诗外的本事,也无须窥探瓜洲的外部神貌,这并不重要,因为它只是妇人心底的一种意象,这意象维系着一片漂泊不定的归帆,今夜朗月清风,丈夫会不会被渡口的船娘羁绊了归来的脚步? 一般来说,远方的游子并不像闺中人这样一味地儿女情长,外面有的是镂

160年的沦没,160年的人与自然的较量,160年的文明重建与毁灭……这个残酷的数字表现出瓜洲不同于亚特兰提斯和庞贝两座古城的特性。

第二章写古典诗词中的瓜洲,那是瓜洲之梦二:游子吟。

"离愁渐远渐无穷,迢迢不断如春水。"面对江水,遥望瓜洲,内心涌起的当然是"剪不断,理还乱"的离愁。

湮没的辉煌

◉

著名中学师生推荐书系

110

金错彩和倚红偎翠，相对于女人逼仄的朱楼和深院，男人的世界要广阔得多。因此，不管妇人有着多么优越的物质生活，也不管丈夫的成功曾引起她多么旖旎的憧憬，她也难以祛除虚度青春的苦恼。"思悠悠，恨悠悠，恨到归时方始休，月明人倚楼。"这样的情感定格会令人联想到一种含义更深广的人生境遇，正是在无数次没有回应的凝眸远望之后，远方的那个瓜洲触发了思妇心中埋藏已久的情结，潜在的失落感一下子明朗起来，现在她才后悔不该让丈夫去觅取那些身外的浮华和虚荣，因为经过了长期的离别，一种不同于传统教义，也不同于男性的价值观正在悄悄地苏醒，丈夫身上的任何光环也抵偿不了她在爱情上的损失，而瓜洲古渡的那一片归帆，则成了妇人心中无与伦比的辉煌。

"楼船夜雪瓜洲渡，铁马秋风大散关"，这是来自浙东山阴的想象，比北方的思妇离瓜洲稍稍挪近了一点，形象也更加明晰。如果说思妇想象中的瓜洲云鬓不整，面带愁容，那么，这里的瓜洲则笼罩着肃杀的兵气和战云。陆游一生与瓜洲的缘分不算浅，早年随张浚巡视江淮，瓜洲是必经之地；后来去四川当夔州通判，也是从瓜洲解缆西行的，这次行踪还载入了《嘉庆瓜洲志》：

乾道六年六月二十八日，诗人陆游午间过瓜洲，江平如镜。

但这几次瓜洲之渡，陆游竟然都没有写诗，这或许是由于戎马倥偬，来不及把眼底风涛梳理成诗句；

据考证，陆游其实没有参加过什么战役，他那些气势磅礴的诗句、对战争的描写，可能都是他臆想出来的。"此身合是诗人未？细雨骑驴入剑门。"终其一生，陆游都只是个诗人，空有满腔报国之志。

111

或许是因为那令人扫兴的"江平如镜",碧波轻舟的浪漫很难触发他那沉雄慷慨的情怀。但不可否认,诗人和瓜洲贴得太近,缺少必要的疏离感也是窒息诗情的重要因素。果然,若干年以后,他在远离瓜洲的山阴老家却写出了有关瓜洲的不朽名句。江流天际,孤帆远影,诗人早已离瓜洲远去了,但他却真正占有了瓜洲,这是一种灵性的占有,一种超越了时空、弘扬着艺术想象力的审美观照。

记得我上中学的时候,语文教师对这两句诗赞叹不已。认为诗中全用名词,没有一个动词,却通体充满了动感。作为中学语文教师,能讲到这个程度已经相当不错了。平心而论,我是很喜欢这两句诗的,不是因为其中精彩的名词组接,那只是一种匠心独运的技法,而是由于诗人选择了一个表现瓜洲的最佳视角,这就是"楼船夜雪"。夜的幽深冷冽加上雪的空蒙,渲染了古战场盘马弯弓的氛围感,我们甚至可以看到夜色中朦胧巨舰那高大的阴影,还有巡夜兵士的灯笼在飞舞的雪花中摇曳闪现。设想一下,如果不是夜雪,而是光天化日,或"月落乌啼霜满天"那样的情境,这种森严冷冽的氛围感绝对要逊色得多。时在淳熙十三年春天,诗人赋闲多年,刚刚接到了权知严州军州事的任命,照例要去临安等待陛见。陛见只是一种程式,没有多大意思;临安歌舞升平,他也看不大惯,他的思绪早已飞到了曾作为宋金主战场的瓜洲和大散关,心头充满了跃跃欲试的冲动。陆游是中国文学史上屈指可数的大诗人,但谁能相信,这位大诗人一生却不愿做诗人,他向往的只是一副战士的戎装。皇上偏又吝啬得很,陛辞的时

湮没的辉煌

◉

著名中学师生推荐书系

宋朝向来就是一个重文轻武的朝廷,在与外民族的战争中,胜利的战役简直是凤毛麟角,何况瓜洲之役的领导者虞允文以一个文官督师而取得了如此重大的胜利,自然更成了陆游的"偶像"了。

候,孝宗对他说:"严陵,山水胜处,职事之暇,可以赋咏自适。"话说得很有人情味,却不怎么中听,人家还是把他作为一个诗人,只是给他一个可以"赋咏自适"的闲差,一份俸禄而已。陆游已经 62 岁了,步履已显出蹒跚踉跄,只能躺在临安的驿馆里听着窗外紧一阵慢一阵的春雨,瓜洲一下子变得那样遥远。连"楼船夜雪"的想象都太奢侈了。"小楼一夜听春雨,深巷明朝卖杏花。"诗句很清丽,却透出难耐的落寞和悲凉。还是回山阴老家去吧,在卖花女嫩嫩的呼叫声中解缆放舟,连北望瓜洲的勇气也没有了。

在此之前,倒是有人走近了瓜洲,他是诗人张祜。但也仅仅走近而已,并没有贴上来泊岸,而是站在江对面,朦朦胧胧地打量:

> 金陵津渡小山楼,
> 一宿行人自可愁,
> 潮落夜江斜月里,
> 两三星火是瓜洲。

这首《题金陵渡》确实不错,寥寥四句,便写尽了夜色下的浸肤冷丽和隔江打量的朦胧美。诗人的情绪似乎不怎么好,他刚从杭州来,带着一肚子怨气和牢骚。在杭州,他本想得到大诗人白居易的赏识,摘取乡试第一名的花环,为赴京应试制造先声夺人的情势。他自负得很,觉得凭自己的才情和名声,区区解元应不成问题。不料钱塘士子徐凝也找到了白居易门下,两个走后门的碰到了一起,又都是自视甚高的青年才子,只得在州府官邸里演出了一幕"擅场之张祜是中晚唐之交的著名诗人。他性情狷介,命途坎坷。然而不平则鸣,他的诗歌却因此而写得风骨遒劲,独具性情,有"建安"遗风,能卓然自立于作者之林。张祜蜚声诗坛之际,唐诗已在它的发展轨道上出现过两个高峰,涌现了一大批个性显见的诗人和风格迥异的诗歌流派。然张祜仍能独辟蹊径,借其独具的性情与遭际,既得陶(潜)孟(浩然)之简淡,又化入李白之神韵,才思精巧、流转自然而仍具雄博之气。

湮没的辉煌 ● 著名中学师生推荐书系

争"。结果白居易青睐于徐凝,张祜郁郁北返,住在镇江的小旅馆里喝闷酒。

白居易没有想到他这次保荐解元,却在中国文学史上触发了一场没完没了的争讼,卷入其中的除几位当事人外,还有杜牧、元稹、皮日休等诗坛大腕,连后世的苏东坡也站出来为张祜打抱不平,认为白居易有失公允。文坛上的这种纠纷从来就是一笔糊涂账,公说公有理,婆说婆有理,莫衷一是。但白居易这次扬徐抑张,看来确实有点问题。张祜的才情胜于徐凝,这几乎可以肯定,就说这一首《题金陵渡》,实在高妙得无可匹敌,不光同代人,即使后人也很难超越。其实张祜并不是着意要写瓜洲,他只是有点失意,有点苦凄凄的冷落,甚至有点心灰意懒,但正是这凄凉落寞中极随意的临窗一望,瓜洲的神韵喷薄而出,沉寂的诗情又在心头澎湃起来,由不得他不写了,而且这一写就成了千古绝唱。诗的性情就是这般乖张,太刻意地追求,往往并不讨好,只落得几分匠气,偏是这有意无意中自然流出来的最见神采。

当然,也有刻意认真写出来的好诗,例如王安石的这首《泊船瓜洲》,其中的"春风又绿江南岸"历来被奉作炼字炼句的经典。据说这个"绿"字原先用过"到、过、入、满"等十几个字,最后才定为"绿"。一般认为,这是王安石第一次罢相后,回金陵故居路过瓜洲时所作,且认为"春风"一句暗喻新法实施后,给国家带来的蓬勃生机,而"明月"则表达了盼望东山再起的热切心情。这种解释似乎太牵强,也太政治化了。其实,《泊船瓜洲》只是一首情韵深婉的小品,从情绪上讲,也不像是从京城罢相归来,倒更像第二次起用从金陵北上赴任。一个经历过宦海风涛的人被重新起用,其心情大概会比较复杂,中国的士大夫们有一种颇值得玩味的心态:久居林下便朝思暮想着过过官瘾;可一旦权柄在握,却又感到不如归去。当王安石站在瓜洲渡口回望江南时,其心境大致如此。

可惜的是,这首诗题为《泊船瓜洲》,其实写的并不是瓜洲。站在瓜洲写瓜洲,从来就没有写得好的。历代的许多诗人,包括李白、苏轼这样第一流的大诗人,都在瓜洲泊过船,写过诗,却没有一首超过张祜的那首《题金陵渡》。王安石是聪明人,他知道贴得太近了写不好,干脆来个长焦距,站在瓜洲遥望江南,这一望果然望出点意思来了。

三

但在更多的人眼里,瓜洲并不仅仅是一种诗意的存在。

中国历代的七大古都,其中有两座在江南:南京和杭州。在相当程度上,它们的生命线就维系在瓜洲渡口的樯桅上。北兵南下,长江天堑是一道冷峻的休止符,瓜洲是长江下游的战守要地,瓜洲一失守,京城里的君臣就要打算肉袒出降,要不就收拾细软及早开溜。东晋的事不去说它,南朝兴衰也不去说它,光是赵宋南渡以后,瓜洲的警号曾多少次闯入西子湖畔的舞榭歌台!绍兴三十一年冬天,金主完颜亮的大军刚刚到了瓜洲,赵构就准备"乘桴浮于海"了,多亏了人家搞窝里斗,完颜亮被部下砍了脑

第三、第四章写瓜洲之梦三:战争之梦。作者不仅写了几场朝廷的民族战争,而且写了一场商人与贵族的夺美之战。能够想到这一点,立意堪称不俗。

袋,赵记龙舟才不曾驶出杭州湾。但在金兵饮马长江的那些日子里,杭州城里的君臣一边往龙舟上搬运坛坛罐罐,一边遥望瓜洲时,那种仓皇凄苦大概不难想见:

> 初报边烽照石头,
> 旋闻胡马集瓜洲。
> 诸公谁听刍荛策,
> 吾辈空怀畎亩忧。
> 急雪打窗心共碎,
> 危楼望远涕俱流。
> ……

陆游的这首诗写于完颜亮死后的第二年,但想起来还觉得后怕。

定鼎北方的统治者似乎要坦然些,这里的艨艟金鼓大抵不会惊扰他们高枕锦衾间的春梦。瓜洲离他们很远,再往北去,大野漠漠,关山重重,仗还有得打的。但瓜洲离他们又很近,近得可以一伸手就把京师的饭碗敲碎。对于长江运河交汇处的瓜洲来说,最浩大的景观莫过于插着漕运火牌和牙旗的运粮船。在李唐王朝的那个时期,江浙和湖广的米粮,就是从这里北上进入关中的。漕运能否畅通,直接关系到金殿朱楼里的食用。如一时运送不上,皇室和满朝文武便只得“就食东都”——跑到洛阳去。这时候,一切高深的政治权谋和军事韬略都变得毫无意义,剩下的只有人类最原始的一种欲望驱动——找饭吃。“衰兰送客咸阳道,天若有情天亦老。”当沿途的官吏子民诚惶诚恐地瞻仰逶迤东去的仪仗时，他们大抵不会想到这堂皇的背后其实简单不过的道理。但达官贵人们掀起车帘遥望南方时，那眼光中便不能不流泻出相当真诚的无奈和关切。

瓜洲所具有的这种生死攸关的利害关系，稍微有点政治眼光的角色都是拎得清的。因此，当郑成功从崇明誓师入江、直捣金陵时，却先要把江北的瓜洲拿在手里，并踌躇满志地横槊赋诗："缟素临江誓灭胡，雄师十万气吞吴。试看天堑投鞭渡，不信中原不姓朱。"诗写得不算好，但口气相当大。其实，从军事上讲，瓜洲当时对于他并不很重要，进占瓜洲，很大程度上是为了给清廷一种心理上的震慑。同样，后来的太平天国在江北的据点尽数失手以后，仍不惜代价坚守瓜洲。在这里，林凤祥的残部与李鸿章的淮军展开了惨烈的争夺，血流漂杵，尸骸横陈，从咸丰三年开始，攻守战历时五年。应该说，太平军在瓜洲取得了相当大的成功，自咸丰初年以后，清政府的漕粮便不得不改由海运。当京城的满汉大员吃着略带海水腥味的江南大米时，一道不吉利的符咒便像梦魇般压在心头：唉，瓜洲！

瓜洲是不幸的，每当南北失和、兵戎相见，这里大抵总免不了一场血与火的劫难。《瓜洲镇志》的编年大事记中，每隔几行就透出战乱的刀剑声。瓜洲又是幸运的，有那么多温煦或惊悸的目光关注着它，上自皇室豪门，下至艄公船娘。春花秋月何时了，这里永远是帆樯云集的闹猛，官僚、文士、商贾、妓女熙来攘往，摩肩接踵。于是，一幕幕有别于锋矢交加的争夺，也在这里堂而皇之地摆开了战场。

明代万历年间,一艘从京师南下的官船在瓜洲泊岸,窗帘掀开,露出一对男女的倩影,男的叫李甲,是浙江布政使的大公子;女的是京师名妓杜媺,不过眼下已经脱籍从良,这一趟是随官人回浙江老家去的。

一个风流倜傥的贵公子携着绝色佳人衣锦还乡,古往今来,这样的情节在瓜洲既司空见惯又相当浪漫。

但接下来的情节就不太妙了。

偏偏对面船上的主儿推窗看雪,把这边的丽人看了个仔细,当下便"魂摇心荡,迎眸注目"。此人姓孙名富,是个盐商,自然也是风月场中的高手。于是一场关于女人的争夺战开始了。

这是一场"贵"与"富"的较量:一方是布政使的贵公子,布政使俗称藩司,大约相当于今天的省长,省长的儿子算得上高干子弟了吧;一方是腰缠万贯的盐商,盐商实际上是一种"半扇门"的官倒,因为他们是揣着两淮盐运使的指标和批条的,这样的款爷摆起派头来几乎无可匹敌。在男性中心的社会里,占有女人的多少常常是力量强弱的标志(皇帝无疑是天下"最有力量"的男人),因此,瓜洲渡口的这场争夺,便带有相当程度的社会典型性。

令人遗憾的是,大款以其咄咄逼人的气势战胜了高干子弟,杜十娘被李甲以千金之价让给了孙富。偏偏这女人又"拎不清",她要追求人格的高洁和人性的自由,竟全然不知道这是一种多么不切实际的奢侈。最后终于演出了那一幕怒沉百宝箱、举身赴江涛的大悲剧。

在今天的瓜洲渡头,"沉箱亭"犹在,芳草萋萋,

漂没的辉煌

●

著名中学师生推荐书系

历史演绎到明代,商人终于在金山银山的帮助下打败了空有一个名声的纨绔子弟;祖上传下来的"士农工商"的排列是否意味着即将到来的颠覆?

118

花木葱茏，四处繁茂静谧得令人压抑，据说这里就是杜十娘投江的地方。伫立在石碑前，我忽然觉得这个"沉箱亭"不仅不恰当，甚至透出一股冷漠的市侩气，为什么不用"沉香亭"呢？这里埋沉的难道仅仅是一箱价值万金的珠宝么？不！一个鲜活明丽的生命在这里汇入了江涛。当一个风尘女子面带轻蔑的微笑，走上船头纵身一跃时，那是怎样一种惊心动魄的大悲哀。她的死不是为了殉情，李甲在酒席上把她让给了孙富，已经情绝义尽，她无须为他去死；更不是为了殉节，一个京师的六院名姝，十三岁就已破瓜，七年之内不知历过了多少纨绔子弟，自不会把一个"节"字看得性命交关。她的死，是源于一种深沉的绝望。江流千古，香销玉殒，留给后人的只有无尽的凭吊和俊男靓女们矫情的感慨……

在这里，我们无须对当事人进行道德层面上的评判。平心而论，李甲对杜十娘还是爱的，正因为爱，他才表现得那样优柔寡断，鼠首两端，甚至表现得相当痛苦。但道德的召唤毕竟是很微弱的，它只会激起几丝有如清晨闲梦般的惆怅，几许苦涩的温情。这是一场真正惨烈的"瓜洲之战"，在孙富那一掷千金的大款派头面前，李甲显得那样羸弱委顿。本来，像李甲这样的世家子弟，一个满身铜臭的商人是不在眼里的。但这位公子哥儿囊中羞涩，更要命的是，他那种家庭偏又讲究所谓的"帷幕之嫌"。相比之下，孙富就潇洒得多了，他不仅有钱，而且用不着考虑那么多的礼法。在他看来，这只是一场买卖，以千金之价买一个绝色佳人，这公平合理，符合市场规律，用不着瞻前顾后。因此，在李甲扭扭捏捏地点

数着腰包里仅剩的几两碎银子,一边想象着父亲的冷面孔时,孙富已相当气派地把一千两白花花的银子掼到了他面前。

"瓜洲之战"的结局标志着商人阶层对封建门阀一次历史性的胜利。人们看到,孙富那一干人已经咄咄逼人地走上了历史舞台,而他们手中的金钱也并非银样蜡枪头的玩意。当杜十娘浓妆艳抹地走出李甲的船舱时,这无疑是商人阶层的一次庆典。

这就不仅仅是杜十娘个人的悲剧了。

四

瓜洲的夜晚显得有点苍老。江流无语,汽笛呜咽,传送着大江的浩茫和空寂。这是一种产生诗情和哲理,产生"逝者如斯夫"之类千古浩叹的大境界。极远的江面上有一盏桅灯,冥冥有如惺忪的睡眼,亦不知是在驶近还是远去。那么就暂时将目光移向别处,等一会儿再给它一个凝眸,才能在更远或更近的定位上坐实它的趋向。在这里,"等一会儿"是必要的。

对一些历史事件的评判也大致如此吧。

杜十娘的故事发生在明代万历年间,那是一个商风大渐,市民阶层开始崭露头角的时代。因此,瓜洲渡口的这场关于女人的争夺,其结局有着深刻的历史必然性。为了这场胜利,中国的富商大贾们几乎苦苦等待了 1 000 多个春秋。

杜十娘钟情于李甲,并不在于他家老头子是个高官。作为京师名妓,这些年她结识的公子王孙恐怕不会少,冠盖满京华,自不会太稀罕一个布政使的儿子。她的情感投入在于李甲是个读书人,也就是所谓的"士"。<u>士是中国封建社会中一个相当特殊的群体,从落拓潦倒的白衣秀士到金榜题名的天子门生,都堂而皇之地麇集在这面杏黄旗下</u>。尽管大部分的士人也许永远没有发达的机会,只能以平民身份终了一生,但"满朝朱紫贵",毕竟是以读书人为主色调的。因此,在中国传统的社会各阶层的序列中,儒服方巾的士人总是风度傲岸地走在最前列。然而,"士农工商"的阶级路线只是一种原则上的界定,一旦进入实际的社会生活,事情就不那么简单了。商人虽然位居"四民"之末,但由于他们能够挣到更多的钱,从而能够活得更滋润,便往往能够僭越原则的界定而享有更高的地位,有时甚至还会向"士"的地位挑战。中国文化历来对"士农工商"序列的强调,对"重农抑商"政策的三令五申,其实也从另一个侧面说明了这种僭越和挑战的存在,强调和三令五申得越厉害的时候,也往往是僭越和挑战越激烈的时候。这样,到了明代万历年间的某一天,瓜洲便成了"士"与"商"决战的奥茨特里斯,而青楼女子杜十娘的人生悲剧,则为士人阶层的溃败画上了一个沉重的感叹号。

在这里,我想起了另一个青楼女子的人生悲剧。也是在江畔的船头,也是士人、商人和妓女三者间的关系,时间却上溯了差不多 1 000 年。唐元和十一年秋天,大诗人白居易在九江湓浦口邂逅了一个弹琵琶的女子,从而产生了传颂千古的《琵琶行》。"浔阳江头夜送客,枫叶荻花秋瑟瑟。"在萧索的深秋冷月

杜十娘和琵琶女虽然在时间上跨越了千年,但是她们的悲剧命运是相仿的:同为京城名妓出身,又都遭遇了始乱终弃,在她们的故事中还都出现了一名商人;但是由于时代背景的差异,作品中对于商人的描写却有很大的差异:前者虽然是批判的口吻,但是在故事中却是一个强者;后者始终是一个被鄙夷、受唾弃的角色。

"同是天涯沦落人,相逢何必曾相识?"凝聚了诗歌的主旨,抒发了作者的心声。

121

下,琵琶女那充满了感伤和浪漫情调的身世倾诉令江洲司马泪湿青衫。该女子的命运之所以值得同情,就在于她原是长安妓女,年轻时曾以色艺名倾京师,占尽了风月场中的虚荣。但随着年老色衰,韶华不再,等待着她的却是"门前冷落鞍马稀,老大嫁作商人妇"。也就是说,她的悲剧就在于最后嫁了一个商人。一般来说,嫁给商人并不算太亏,至少物质生活有相当的保证。白居易在另一首题为《盐商妇》的诗中,曾描写过商人妇的生活,那种奢华足以令人心驰神往。且看,"绿鬟富去金钗多,皓腕肥来银钏窄",这是穿金戴银;"饱食浓妆倚柁楼,两朵红腮花欲绽",这是锦衣玉食。再看,"前呼苍头后叱婢",这是少奶奶的威风;"不事田农与蚕绩",这是贵妇人的闲适。我的天!真是武装到牙齿了。在当今的女孩子看来,这样的日子简直美气死了。一个女人拥有了这些,难道还不该满足吗?但1 000多年前的那位琵琶女偏偏不满足,非但不满足,甚至还从每个毛孔里都渗出嫌鄙。她只是把商人妇的归宿作为一种不得已的选择,一颗终身难咽的苦果。"梦啼妆泪红阑干",这过的什么日子?几乎是以泪洗面了。那么,也许是因为"商人重利轻别离"吧?也不尽然。试问,如果她的官人不是出去经商,而是去赶考,做官,升迁钦差大臣,八府巡按,她会有这种情绪吗?恐怕不会有。

问题的症结是,在唐代中叶那个时候,商人的社会地位还相当低下(至少比士人低下得多),尽管他们很有钱。不难想象,当年琵琶女正值走红时,长安"五陵年少"中的某一位看中了她,要娶回去做小,那位茶叶商是断然不敢掷出银子来竞争的,他只能等着佳人迟暮,将就着到"人肉市场"买一个处理品。不要以为这是白居易笔下生花,有意作践商人,须知香山居士本人就是一个不小的官僚,他的观点在统治阶层中具有相当的代表性。《太平广记》中记载的《间丘子》的故事也很能说明问题:一个巨商之子因为在宴席上谢绝了一个士人(同时也是他的朋友,而且经常接受他的资助)的酒,当场被那士人臭骂了一顿,该巨商之子竟"羞且甚,俯而退……经数月,病卒"。这很使人想起契诃夫笔下的那个因打了个喷嚏而惊惧至死的小公务员。可见唐代士人的傲慢及商人的自卑到了什么程度。

《琵琶行》中并没有出现士人和商人的竞争情节,因为当时的士人底气还比较足,甚至可以说商人还没有取得参与竞争的资格。琵琶女之嫁给商人,是由于年老色衰,士人看不上眼。尽管如此,该女士仍旧人在曹营心在汉,虽然名分上属于商人,但情感却绝对在士人一边。在浔阳江头的那个晚上,诗人也无意充当自作多情的"第三者",他根本不会看上一个徐娘半老的茶商外室。他的几滴感伤之泪,只是因为商人妇的身世勾起了他的"迁谪意"和不胜今昔的情怀,对于中国的士大夫来说,这是相当廉价的。

但事情似乎正在悄悄地发生变化。到了元代马致远的杂剧《江州司马青衫泪》中,白居易和琵琶女已经正儿八经地相爱起来,而浮梁茶商刘一郎则挥起金钱的大棒在竞争中一度得手,不过最终却是诗人和妓女的联军,打败了以金钱作为后盾的商人。

这个杂剧的情节相当荒唐,但在荒唐的背后却折射出明白无误的信息:商人阶层已经摆开架势,明火执仗地和士人展开了争夺。耐人寻味的是,这桩关于"谁是第三者"的纠纷居然一直闹到皇帝那儿,士人的最后胜利也是借助于皇上的"红头文件"才得到的。这种"大团圆"实在太艰辛,因而也太虚幻了,一个古典式的诗意的世界正在走向崩溃。

于是场景又回到瓜洲。李甲与孙富的交易是令人寒心的,在情场的角逐中,这是士人第一次出卖了自己的同盟者。《聊斋》的作者蒲松龄与冯梦龙相去不远,大概有感于此,在《聊斋·霍女》中,他杜撰了一则与《杜十娘怒沉百宝箱》相似的人物关系,事情也发生在瓜洲,前面的情节大致差不多,最后是妓女设计把商人捉弄了一顿,让他人财两空。这种幻想的喜剧色彩几近滑稽,士人不仅渴望从商人那儿夺过女人,而且渴望从他们那儿夺过金钱。但幻想的升级似乎只能透露出相反的世情,即在现实生活中,士人已变得越来越疲软无力,他们从商人那儿既得不到女人,又得不到金钱,而且还不得不像《儒林外史》里的沈大年那样,把女儿送上门去给商人作小老婆。瓜洲渡口涛声依旧,但中世纪士人阶层的浪漫情场已难以寻觅,当大款们搂着千娇百媚的"三陪"女郎嬉笑调情时,附近船上的士人只能悄悄地放下窗帘,用一杯浊酒伴着自己孤独地无眠。

情场上是争不过人家了,那就埋头写自己的文章吧。刘大櫆是桐城派的散文大家,才气和影响自然是不用说的,向他约稿的想必也不会少。但刘文也并非满目光华,其中有相当一部分为商人写的传记就不敢恭维。这玩意有点类似于当今风行的"企业家报告文学",无非阿谀奉承,歌功颂德,没有多大意思,有点骨气的文人一般是不屑于此的,但润笔却相当可观。大量为盐商大贾们所写的传记碑文,夹杂在沉博宏丽的"纯文学"佳作之间,并存于一代散文大家的文集中,显得十分不和谐,今天读来,仍令人不胜唏嘘。

差不多就在刘大櫆乐此不疲地撰写"企业家报告文学"的同时,中国文学史上的超级巨星曹雪芹凄凄惶惶地路过瓜洲前往金陵:"乾隆二十四年(1759)冬,曹雪芹路过瓜洲,大雪封江,留住瓜洲江口沈家。"这是《瓜洲镇志·大事记》中的一段记载。

瓜洲有幸,风雪多情,稍稍牵羁了这位巨星的脚步。但其时的曹君实在算不上气宇轩昂,落魄潦倒的生活已消磨了他的峥嵘意气,关于曹雪芹这次南游的目的,红学界一直争论不休。有的认为是寻觅"秦淮旧梦",为进一步修改《红楼梦》补充材料;有的则认为是寻访当年织造府里的"旧人",因为在这以前,雪芹的原配夫人在西山病逝了。事实上,这次在南京,曹雪芹确实找到了一位叫芳卿的曹府丫环,她如今正沦落在秦淮市井之间,后来成了曹君的续弦夫人。我却比较倾向于这么一种说法,即曹的江南之行,是为《红楼梦》的出版寻求经济上的赞助。其时,《红楼梦》经"批阅十载,增删五次",已基本定稿。这部呕心沥血的宏篇巨著,无疑称得上是这位文学天才的生命的工程。如果说著书是心灵的宣泄和才情的挥洒,那么出版便完全是一种经济运作。出版需要钱,一个"举家食粥酒常赊"的穷文人自然

瓜洲渡口除了上演商人与文人争夺小妾的戏外,还见证了潦倒文人为五斗米折腰的无奈。

125

拿不出这笔钱，他圈子里的那些朋友也爱莫能助，于是他来到了江南。这位傲骨嶙峋、一向信守"残杯冷炙有德色，不如著书黄叶村"的西山高士，如今书成之后，却不得不小心翼翼地收敛起清高和自尊，到两江总督尹继善门下当幕宾。

尹继善是个不坏的官僚，他和曹家是世交，平时也常和文人在一起喝喝酒、赋赋诗，甚至在酬酢中称兄道弟。据说他最喜欢与文友玩和韵的游戏，而且玩的档次还不低，每得佳句即令人骑马飞送。诗人袁枚曾在和诗中称赞他"倚马才高不让先"。但这种附庸风雅是一回事，资助出版《红楼梦》这样的勾当他是绝对不干的。不光是舍不得钱，恐怕还出于政治上的忌讳。这样，曹雪芹呆在两江总督府里就没有什么意思了。

刊刻一本《红楼梦》才要几个钱呢？我查找了一下乾隆年间的物价指数，大约有100两银子足够了，相对于两江总督府里那流水般的开销，相对于大款倒爷们"千金散去还复来"的磅礴气概，这个数字绝对只是一点毛毛雨。可怜泱泱大国，金山银海，朱门豪宅，酒池肉林，却谁也不愿从手指缝里漏出少许来布施这点毛毛雨。一本小说的出版与否，干我何事？100两银子，还不如送给上司的门人作个见面礼，或买个小老婆自己受用受用呢。

那就只有让它凋零散佚了。

这是文明的悲剧。贫困未能扼杀一个文学巨匠流溢的天才，却使一部天才流溢的巨著半部零落，从而在中国乃至世界文学史上留下了一个永远的缺憾，也留下了一门永远的学问。当一代又一代的读

数字是冰冷的，100两银子也好，80回文章也好，由这些数字串连起来的文学巨匠曹雪芹的穷困晚年实在令人心酸，"满纸荒唐言，一把辛酸泪，都云作者痴，谁解其中味"。

湮没的辉煌

著名中学师生推荐书系

者为前 80 回的传神文笔泪湿罗巾时；当各种糟糕而疲软的续书充斥坊间，令人黯然神伤掩卷痛惜时；当满腹经纶的学者们根据书中的"草蛇灰线"艰难地揣测后几十回的情节走向时，那种出自心底的呼喊便会喷薄而出：还我一本完整的《红楼梦》！当年因为 100 两银子失去的，今天我们愿用堆成金字塔那样高的银子赎回，我们决不吝啬，决不赊欠，用我们民族的名义，担保！

曹雪芹在南京呆了不到一年，到了乾隆二十五年夏秋之交，便带着芳卿郁郁北返。他当然还要经过瓜洲的，在达官贵人和巨商富贾们纵情声色的喧闹中，一个囊中羞涩的文人抱着他的手稿悄然北去。橹声欸乃，帆影飘零，瓜洲羞愧地低头饮泣，它也许有一种预感，由于贫困的浸淫，这位文学天才生命的火花已濒临熄灭……

五

我在这里丝毫没有鄙薄商人的意思，相反，商人阶层的崛起，是中国步入近代社会的一个必要条件。悠悠千载，兴亡百代，瓜洲对于中国的意义，更多的是作为一个商业码头而出现的。它面对长江，左右逢源，洋洋洒洒地吞吐着南国的稻米、丝绸、食盐、茶叶，还有白如凝脂的苏杭美女。背靠着北方的千里沃野和京师巍峨的宫阙，它有如贵妇一般端庄自足。

当然，长久地朝着一个方向总难免困顿，偶尔，它也会稍稍转过身来，向着远方的大海投以新奇的一瞥。这不经意的瞬间回眸也许会令它心旌摇荡。

第五章写瓜洲之梦四：强国之梦。从鉴真东渡写到唐朝国策，再从奈良兴福寺的辩论写到日本的崛起，作者抒发了富国强民的美好梦想。

拟人手法的运用让文章灵气十足，原本严肃的话题有了这样的开头就引人入胜了。

公元 8 世纪中期的一个晚上，一艘吃水很深的双桅船悄悄地从古运河驶出瓜洲，人们谁也没有注意到，这艘夜航船既没有沿江上溯，转棹安徽、湖广；也没有剪江而渡，进入烟水如梦的江南运河，而是扬帆东去，直下风涛万里的南黄海。

这就是历史上"鉴真东渡"的初始画面，时在唐天宝元年十二月。

唐天宝元年的中国是一种怎样的景观呢？"忆昔开元全盛日，小邑犹藏万家室。稻米流脂粟米白，公私仓廪俱丰实。"杜甫这里说的虽然是开元年间，但天宝初年的景象也大致差不多，中国历史上蔚为壮观的"盛唐气象"，所指也就是这一时期。天宝元年，大诗人李白来到了长安，用"云想衣裳花想容"那样的华丽词章为唐明皇点缀升平，而大美人杨玉环则站在华清宫的楼台上，望着送荔枝的一骑红尘笑得很开心。宫廷内外歌舞正浓，其排场之大，可谓空前绝后，连吹笛伴舞的小角色都是中国艺术史上的第一流人才。这是一个辉煌灿烂与纸醉金迷共存共荣，闹哄哄的歌舞与静悄悄的阴谋双向渗透的时代。再往远处望去，西出阳关的"丝绸之路"上，驼铃声声，羌笛如诉，伴着波斯商人在沙原上的足迹渐去渐远。而从扬州经洛阳到长安的驿道上，一队队面容憔悴、衣衫褴褛的"遣唐使"正行色匆匆。这些来自东瀛岛国的朝圣者相当虔诚，那时候，他们还不懂得秋季比夏季更便于航行，乘坐着落后的平底船，他们一次次被卷入夏日的狂涛恶浪，少数忘身衔命的余生者进入了长江口，经瓜洲在扬州登陆。嗬，果然是天朝风物，连月亮也比日本的圆哩。他们贪婪地吮

一个懂得开放交流的国家就必定是一个国力强盛的国家；反之，清政府闭关锁国带来的倒是八国联军的洋枪洋炮！

吸这里的文明：汉字、佛教、绘画、棋道、医术，乃至阴阳八卦和百官朝拜时的"舞步"。到了后来，朝圣者开始不满足于前赴后继往中国跑，他们想直接邀请一位宏博睿智的高僧前往日本授戒讲学。于是便有了鉴真的东渡之举。

当时唐帝国的对外政策还是很开明的，"万国衣冠拜冕旒"，很好，欢迎！即使人家礼节上有什么不周到，也能待以宽宏大度的一笑。这种自信而自负的心态中，支撑着天朝上国居高临下的优越感，你要学什么自己来，我们敞开大门，来者不拒。但我们不走出国门搞自我推销，那既没有必要，也有失身份。因此，鉴真一行的东渡只能悄悄地进行。这中间，他们得到了一位权贵的帮助，此人是当朝宰相李林甫的哥哥李林宗。李林甫这个人在历史上的口碑不大好，"口蜜腹剑"这个成语就是因为他而来的。但他哥哥却做了一桩好事。当时鉴真等人在扬州既济寺为东渡打造船只。寺庙里造船干什么？一旦被官方察觉了很麻烦。李林宗给扬州仓曹写了一封信，造船就变成合法的了。中国的事情就是这样既复杂又简单，李林宗或许没有意识到，他在袅袅茶香中信手写下的几句人情话，却成就了中日文化史上一件流泽深远的大事。

这次艰难卓绝的远航经历了 11 个年头，其间六次出发，五次失败，为之献出生命的就有 36 人。天灾、海难、疾病、匪盗，还有内部的人事纠纷，官府的通牒追阻，使这次远航充满了惊险离奇的情节。最后一次东渡时，随同回国的日本大使藤原和晁衡等人乘坐的一号船遇险触礁，后来讹传沉海了。消息

来自《唐书》记载宰相李林甫之为人处世。李林甫是唐玄宗时的宰相，他虽具有读书人的知识，却没有读书人的涵养。他想尽办法获得权势后，只依照玄宗喜好行事，结交玄宗亲信与妃子，以巩固自己的宰相权位；对于贤才总是十分小心，李林甫当了十九年宰相，一个个有才能的正直的大臣全都遭到排斥，一批批钻营拍马的小人都受到重用提拔。后来，司马光在编《资治通鉴》时评价李林甫，指出他是个"口蜜腹剑"的人，说的是他喜欢玩弄权术，表面上甜言蜜语哄骗，背后却阴谋暗害。

传到中国,和晁衡很有交往的大诗人李白特地作诗哭悼:

日本晁卿辞帝都,

征帆一片绕蓬壶。

<u>明月不归沉碧海,</u>

<u>白云愁色满苍梧。</u>

李白的诗中喜欢用"明月"的意象。他对"明月"寄托了那么多的理想和深情。在我看来,这首《哭晁卿衡》中的明月,情味苍茫深挚,可谓精彩至极。

天宝十二年十二月,鉴真等人踏上了日本九州岛,此时,这位大唐高僧已是66岁的老人,而且早已双目失明。

那是个暮春的傍晚,落霞带着阴郁的冷色,我站在瓜洲渡口,望着轮渡上鱼贯而下的车流发呆。丰田、皇冠、三菱、佐川急便,还有那种负重若轻的超长平板车,一听那中气很足的引擎声,就知道它的籍贯。我问轮渡上的工作人员,有没有统计过,这过往的汽车中,日本产的占多少。他摇摇头,过了一会儿,似乎明白了我的意思,苦涩地一笑:没办法,人家那东西就是好,连司机都跟着精神了几分。然后,撩起袖口瞄了瞄,忙他的去了。我看见,那手腕上是一只日本产的石英电子表。

我忽然想起了1 000多年前的那些"遣唐使",那被风涛撕扯得缕缕挂挂的篷帆,风尘垢面的朝圣者吃力地扳动舵柄,"吱——嘎"一声,滞涩而悠长,落后的平底船在江心划出一道弧形的水迹,进入了古运河。难道,大和民族1 000多年的历史,就浓缩在长江下游的这个小小渡口么?

也许,一切都是从奈良兴福寺讲堂的那场大辩论开始的。

这场关于弘法传律的争论,表面看来是宗教界的事,其实包含着深刻的政治内容。争论的起因说起来会很复杂,也无须细说。这里要说的是,这场在很大程度上决定日本文明走向的大辩论,唇枪舌剑中始终高扬着真理的旗帜。这里没有强词夺理和恼羞成怒,没有粗暴的人身攻击和政治谩骂,也没有低级的噱头和故作高深的炫耀。当鉴真的信徒普照揭示了旧戒的种种弊端,并向对方提出了一连串不容辩驳的质问后,原先态度骄横的贤璟等人一时无言以对。接着,一个惊心动魄的场面出现了:在众目睽睽之下,贤璟等人恭恭敬敬地起身俯首,表示从此弃绝旧戒,接受鉴真授予的新戒。

对于日本民族来说,这也许是一个历史性的时刻,从某种意义上说,鉴真及其信徒们坚持真理的精神固然值得颂扬,但贤璟等人在真理面前敢于"起身俯首"的勇气是不是更值得钦佩呢? 正是由于这种敢于"起身俯首"的勇气,日本精神文化的航船才最终摆脱了奴隶制的漫漫长夜,驶入了"大化革新"所开辟的封建制的河床,从此,先进的唐文化在日本得到了迅速而广泛的传播,也正是由于这种敢于"起身俯首"的勇气,日本民族才有了1 000多年后的"明治维新",在以坚船利炮为前驱的西方文明面前,他们不像中国那样端着天朝上国的架子而步履艰难。当

这是真理的胜利,更是传道者日夜辛劳的回报,还是真信徒回头是岸的醒悟! 真理是用理性来发言的,它靠真理的光芒和天使的微笑来征服信徒,它从来不需要强词夺理或者恼羞成怒。

满汉大员们在为西方使臣觐见皇上要不要行跪拜礼而踌躇不决时;当硕学通儒们在为"中体西用"还是"师夷制夷"的口号而争论不休时;当西太后下诏拆毁中国的第一条铁路而不惜甩出几十万两白银时,日本人已经悄悄地剪去了武士发髻,仿佛一夜之间从中世纪超越文艺复兴的壮举而进入了近代。同样,也正是由于这种敢于"起身俯首"的勇气,日本才有了第二次世界大战以后在一片废墟上的崛起,有了"丰田"、"三菱"、"东芝"、"松下"在当今世界潮水般的泛滥。

今天,当我们仍然在为那个东瀛岛国的崛起而惶惑时,回顾一下当年兴福寺讲堂的那场大辩论或许不无裨益,因为这里显现着一个民族精神最强劲的底蕴。

六

离开瓜洲那天,旅社看门的老人送我去车站,一路上,我又问起了关于瓜洲城历史上坍没的情况,他却讲了一则笑话,说早些时候瓜洲没有坍塌时,这里的江面是很窄的,瓜洲南门正对镇江的金山寺,金山寺的老和尚想吃豆腐,就站在寺门口喊一声:老板娘哎,送一盘豆腐来。老人讲的是扬州话,水色很重的。

我问:为什么不喊老板而喊老板娘呢?

他一笑,笑得很有味道。

汽车开动了,一路上的地名会勾起好多历史大事件的记忆,宋将刘锜大破金兵的皂角林,文天祥亡

湮没的辉煌

◎

著名中学师生推荐书系

132

命时路过并记入《指南录后序》的扬子桥，还有中国宗教史上赫赫有名的高旻寺。但远古沧桑百代烟云都渐次变得模糊，只剩下了老人讲的那则很有人情味的笑话。

四月的清晨还很有点凉意，车窗外曙色熹微，碧草寒烟，我不由得想起了张祜的另一首关于瓜洲的诗：

> 寒耿稀星照碧霄，
> 月楼吹角夜江遥。
> 五更人起烟霜静，
> 一曲残声遍落潮。

江面上汽笛呜咽，带着湿漉漉的水汽，这几天该是大潮吧。

用民间笑话和文人诗来结尾，意蕴深长：古老的瓜洲曾经繁华，然而美人迟暮、繁华不再；瓜洲之梦除却相思、战争、文章，只剩下了富庶的渡口；瓜洲随着乾隆、光绪年间的洪水坍塌了，但是作者的强国之梦却在对往事的追溯中越发强烈了。

驿 站

手头有一本《中国文化史词典》,上海师范大学古籍所编撰的,闲暇无事,随手翻翻,却见到这样一条辞目——驿站,诠释为:古时供传递公文的人或来往官员途中歇宿、换马的住处。后面还有一系列与此有关的辞目:羽檄、军台、置邮、驿丞、火牌、金字牌、急递铺、会同馆,林林总总,凡20余条,在惜墨如金的词典中占去了差不多三页的篇幅,可见这辞条的负载是相当沉重的。

渐渐地,心头也跟着沉重起来,窸窣翻动的书页,翻卷起一幕幕褪色的史剧,云烟漫漫,翠华摇摇,在车轮和马蹄声中连翩而过。那快马的汗息挟带着九重圣意和浩浩狼烟;凄清的夜雨浸润了整整一部中国文学史;车辚辚,马萧萧,洒下了多少瞬间的辉煌和悠远的浩叹。合上书页,你不能不生出这样的感慨:这两个藏在词典深处的方块字,竟负载着多么恢宏的历史文化蕴涵!

于是,我记下了这两个古朴的方块字:驿站。

一

词典上的解释似乎过于矜持。感觉深处的驿站,总是笼罩在一片紧迫仓皇的阴影之中,那急遽的马蹄声骤雨般地逼近，又旋风般地远去，即使是在驿站前停留的片刻，也不敢有丝毫懈怠，轮值的驿官匆匆验过火牌，签明文书到达本站的时间，那边的驿卒已经换上了备用的快马，跃跃欲试地望着驿道的远方。所谓"立马可待"在这里并非空泛的比附和夸张，而是一种实实在在的形象，一种司空见惯的交接程序。晴和日子，驿道上滚滚的烟尘会惊扰得避让的行人惶惶不安。此刻，在田间劳作的农夫会利用擦汗的机会，望一眼那远去的快马，心头难免一阵猜测：那斜背在驿卒身后的夹板里，究竟是什么文书呢？是升平的奏章，还是战乱的塘报？或者会不会什么地方又发生了灾荒？那么，或许过不了几天，从相反方向驰来的快马，少不了要降下抽丁增税的圣旨哩。农夫叹息一声，西斜的日头变得阴晦而沉重。

　　若是在夜晚，马蹄在驿道上敲出的火花瑰丽而耀眼，于是在门前捣衣的村妇便停下手来，一直望着那火花渐去渐远，然后一切又归于沉寂。"九月寒砧催木叶，十年征戍忆辽阳。"西风初至，砧声四起，为久去不归的征人赶制寒衣，思妇心中该是何等凄苦！自从汉代的班婕妤写出《捣素赋》以来，捣衣的情境便成为闺怨诗久吟不衰的重要母题。砧声总是在秋夜响起，而寒衣一般都要送往塞外，诗人们穷极才思，把女子捣素的动作描绘得舞蹈一般婀娜多姿，并对那划破静夜的砧声特别作了牵人心魂的渲染。但有谁曾把这月下的砧声和驿道上的马蹄声作过类比和联系，写出思妇目送驿马远去时的悲剧性感受呢？

　　驿卒的神色永远严峻而焦灼，那充满动感的扬

　　这里充分展开想象，连续的三个猜测引发读者的思考，随着这一声"叹息"，再加上恰到好处的"西斜"的落日的描写，给驿站平添了几分悲伤。

　　自古以来"离别"总是悲剧的起点，既然驿站是旅途的中点，那么也就必然会带出几出悲剧。

鞭驰马的形象,已经成为一幅终结的定格。对于他们,这或许只是出于职业性的忠诚,他们大抵不会意识到,一个古老而庞大的王朝,正在这马蹄声中瑟瑟颤抖。

这种颤抖,一些比较清醒的君王不能不有所感受。明崇祯帝朱由检是一位生逢乱世,却又力图振作的末代君王,国事日非,江河日下,使得他对报马的敏感几乎到了神经质的地步。每天,他既盼望着驿马送来佳音,又害怕接到的是坏消息,因此,对下边送上来的塘报,竟陷入了想看又不敢看,然而终究又不得不看的尴尬境地。心态惶惶,忧思如焚,竟然反映在他下令铸造的钱币上,这种方孔制钱上铸有奔马图案,民间称为"跑马崇祯",原先的寓意是"马报(跑)平安"、"马到成功"。但无奈事与愿违,快马送来的总是坏得不能再坏的消息,弄到最后,崇祯自己不得不跑到煤山去上吊,临死前,还撕下衣襟,写下了"君非亡国之君,臣皆亡国之臣"的血书为自己辩护,可以说得上是死要脸的典型。于是民间传说,坏事都是因为那枚"跑马崇祯",跑马者,一马乱天下也,而马进大门为闯,是李闯王攻进京城的预兆。又说,南明政权断送于奸臣马士英之手,恰恰也应在一个"马"上。这样的传说,很大程度上带有讽刺意味,如果真的把朱明王朝的覆灭归结于铜钱上的一匹报马,那无论如何是说不过去的。

当然,在大部分的升平年头,驿道上的报马虽然一如往常地倥偬匆忙,甚至有不堪疲惫倒毙路旁的,但带来的不一定都是黄钟毁弃的绝响,有时,那马蹄声的背后,或许只是一幕相当无聊的小闹剧。请看杜牧的这首《过华清宫》：

> 长安回望绣成堆，
> 山顶千门次第开。
> 一骑红尘妃子笑，
> 无人知是荔枝来。

　　这中间的本事，稍微有点历史知识的人大概都不会生疏的。杨玉环爱吃荔枝，这种个人的小嗜好本来无可非议，特别是一个长得很漂亮的女人，这点嗜好说不定还能增添她的个性魅力。但问题在于她不是一般的女人，而是"三千宠爱在一身"的皇贵妃，于是，个人的小嗜好便演成了历史的大波澜，搅得天翻地覆。据说为了进荔枝，一路上驿马踏坏了无数良田，而驿站中的马匹也跑死殆尽，驿官无法应差，纷纷逃去。当杨贵妃远望着"一骑红尘"而展颜一笑时，那笑容背后并没有多么深刻的含义，她只是觉得挺开心，最多也不过有一种"第一夫人"的荣耀感，或许还会勾起一缕思乡之情，因为荔枝恰恰来自她的巴蜀老家。她绝对不会想到，在驿马经过的漫漫长途中，有一个叫马嵬驿的地方，已经为她准备了一座香冢。

　　其实，千里迢迢地用驿马进献荔枝，唐明皇和杨贵妃都不是始作俑者。《后汉书·和帝纪》载："南海献龙眼、荔支，十里一置，五里一候，奔腾阻险，死者继路。"有唐羌其人，当时任临武长，向朝廷冒死进谏，他说得比较入情入理："臣闻上不以滋味为德，下不以贡膳为功。""此二物升殿，未必延年益寿。"这位

（批注）
"天翻地覆"表现出作者对于这件事情所持的态度；但是"只是"、"最多"、"或许"却隐约流露出作者对杨贵妃之死的同情；一前一后看似矛盾，实际上前者是从社会学的眼光来看，后者是从人性的眼光来看的。

汉和帝倒不很固执,居然听进去了,下诏停止了这一暴政。《广州记》说:"每岁进荔枝,邮传者疲毙于道,汉朝下诏止之。"是为旁证。汉和帝受用荔枝,大概只是为了延年益寿,没有多大意思,后人知道的也就不多。到了唐明皇那个时代,因为事情和杨贵妃有关,沾上了点桃红色,作为风流韵事,流传起来就很容易不朽。文人首先要抓住不放,借助这不朽的题材追求"轰动效应",就连杜甫这样古板的人也忍不住要跟着吟诵几句:"先帝贵妃今寂寞,荔枝还复入长安。"而杜牧的《过华清宫》更成了脍炙人口的名篇,以至于1 000多年以后,一位住在重庆的文化人有感于时事,操起讽刺诗作武器时,也不由自主地套用了《过华清宫》的格调:

> 荒村细雨掩重霾,
> 警报无声笑口开。
> 日暮驰车三十里,
> 夫人烫发进城来。

小诗在重庆《新民报》一经发表,立即不胫而走,各报纸纷纷转载。当时正值抗日战争最艰苦的年头,一边是最高当局高喊着"一滴汽油一滴血",要国民勒紧裤带;一边却是高官政要们奢侈豪华,挥霍无度。比之于杜牧的《过华清宫》,这首小诗自然更带点打油的味道,但对权贵讽刺之辛辣,却着实令人拍案叫绝。

写诗的文化人其实是位小说家,他叫张恨水。

二

中国的文人历来有出游的嗜好。李白的狂放，除去金樽对月"将进酒"，就是仗剑浩歌"行路难"；而在细雨骑驴入剑门的途中，大诗人陆游肯定会有不同于"铁马冰河"的全新感受。相对于逼仄的书斋来说，外面的世界充满了缤纷浩阔的人生体验，"衣上征尘杂酒痕，远游无处不消魂"，这又是何等的令人神往！于是，他们打点一下行装，收拾起几卷得意的诗文（那大抵是作为"行卷"走后门用的），潇潇洒洒地出门了。一路上访友、拜客，登临名胜，走到哪里把诗文留在哪里。在当时的交通条件下，这些彬彬弱质的文人肯定会有相当一部分时间要消磨在旅途中，而驿站便成了他们诗情流溢和远游行迹的一个汇聚点。

关于驿站，人们很难淡忘这样一幅古意盎然的风俗画：清晨，羁旅中的文士又要上路了，站在驿馆门前，他似乎有点踟蹰，似乎被什么深深地感染了。眼前细雨初霁，柳色清新，屋檐和驿道被漂洗得纤尘不沾。遥望前方，淡淡的晨雾笼罩着苍凉寒肃的气韵。文士的心头颤动了，一种身世之感顿时涌上来，他要写诗了。但行囊已经打好，就不愿再解开，好在驿站的墙壁刚刚粉刷过，那泥灰下面或许隐映着前人留下的诗句，那么，且将就一回吧。当他在粉墙上笔走龙蛇时，驿站的主人便在一旁给他捧着砚池，围观的人群则不时发出啧啧的赞叹，文士酣畅淋漓地一挥而就，然后飘然远去。

"恢宏"之二：驿站具有的文学功能，特别是官场失意的文人在驿站的墙壁上留下的浸润了辛酸泪的文字。

这有点像王维的《渭城曲》，但又不全是。《渭城曲》是端着酒杯为朋友送行，一边说着珍重的话，大体上是纪实的。而这里的驿站题诗只是一种典型情境，典型情境可能发生在阳关，也可能在别的任何地方；远行者身边可能有执袂相送的友人，有举起的酒杯和深情的叮嘱，也可能没有。反正，对于那个时代、那些文人来说，兴之所至，在驿站的墙上涂抹几句诗，是很平常的事，驿站的主人不会认为这有污站容，写诗的人也不觉得有出风头之嫌，围观者更不会大惊小怪。到底有多少诗就这样"发表"在驿站的墙壁上，恐怕谁也没有统计过。历来研究文学和文学史的人，总是把目光盯着那些散发着陈年霉味的甲骨、金石、简册、木牍、缣帛和纸页，所谓的"汗牛充栋"，大抵就是写满（或刻满、印满）了方块字的这些玩意。有谁曾走出书斋，向着那泥灰斑驳的墙壁看过几眼呢？特别是看一看那荒野深处驿站的墙壁。

　　是的，驿站的墙壁，这里是恢宏富丽的中国文学中的一部重要分册。

　　在这里，我无意对"墙头诗"作总体上的评价，那是文学史家的事。我要说的只是，当文士们站在驿站的墙壁前时，他们的创作心态一定是相当宽松的。人们大概都有这样的体验，一旦置身于一个完全陌生的环境，身心反倒自由了不少，在这里，你只是一个匆匆来去的过客，尽可以从原先的声名之累中解脱出来。行囊已经背在身上，你心有所感，就写上几句；意尽了，写不下去了，搁笔一走了之。因此，像李白的那种"眼前有景道不得"的顾虑是不存在的。这里不是文酒之会，没有硬性摊派的写作任务，用不着拼凑那种无病呻吟的应酬之作。而且,你也不必在诗中忌讳什么,讨好什么,即使像朱庆余之流上京赶考经过这里,尽管他的行囊里藏着巴结主考官的《近试上张籍水部》,但站在这里,他也会表现出一个堂堂正正的自我,而不必像小媳妇那样,低声下气地问人家:"画眉深浅入时无"?

文士们在墙壁上涂抹一阵,弃笔飘然而去,他自己并不怎么把这放在心上。那"发表"在墙壁上的诗,自有过往的文人墨客去评头论足。他们背着手吟读一回,觉得不怎么样,又背着手踱去,在转身之间,已就淡忘得差不多了。偶尔见到几句精彩的,便要伫立许久,品味再三,醍醐灌顶般怡然陶醉,日后又少不得在文友中传扬开去。

过了些日子,那字迹经过风吹雨打,剥落得不成样子了,店主便用泥灰粉刷一遍,清清白白的,好让后来的人再用诗句涂抹。主人照例给他在一旁捧着砚池,很赞赏的样子。

又过了些日子,文士和友人在远离这驿站的某个旗亭里喝酒论诗,唤几个歌伎来助兴,却听到歌伎演唱的诗句很熟悉,细细一想,原来是自己当初题在驿站墙壁上的,自然很得意。歌女们传唱得多了,这诗便成了名篇名句,出现在后人编选的《诗钞》中。

在这里,诗的命运完全服从于流传法则,而绝大多数的平庸之作则被永远湮没在那层层叠叠的泥灰之下,无人知晓。这就是淘汰,一种相当公平亦相当残酷的优胜劣汰。

大约在南宋淳熙年间,临安附近的驿馆墙壁上发现了这样一首诗:

时间啊,时间,在这位最公正的法官面前,璀璨的珍珠就是这样从尘埃中被发现的。被时间长河所淘汰的往往是一些应景之作,有的是职场应酬,有的是考场应试,也有的是投石问路之作。

山外青山楼外楼，

西湖歌舞几时休。

暖风熏得游人醉，

直把杭州作汴州。

　　这样大字报式的针砭时事之作，赵家天子肯定是不会高兴的。但作者并不怕当局上纲上线地追究，在诗的末尾堂而皇之地署上了自己的名字：林升。

　　这个林升，在文学史上如渺渺孤鸿，历代的《诗选》、《诗话》对他的介绍无一例外地吝啬：生平不详。查遍了南宋年间的《登科录》，也没有发现这个名字。他的全部可供研究的资料，只有留在驿站墙壁上的一首诗。因为他能写诗，而且还写得相当不错，因此推断他是一个士人；又根据诗中所反映的时代氛围，推断他大概是宋孝宗淳熙年间人。如此而已。

　　但既为士人，当然不可能一辈子只写一首诗，那么他的其他诗作呢？姑妄再作推测，大致有几种可能：因为那些诗不是昭著醒目地"发表"在驿站的墙壁上，只是自己樽前月下的低吟浅唱，因此不为人们所知；或者因为不是站在驿站的墙壁前写诗，顾忌在所难免，有时不敢直抒胸臆，这样的诗自然不会引起广泛的社会共鸣，时间长了，自然湮没无遗。

　　说到底，还是驿站的墙壁成全了他。

　　林升传之后世的作品只有这一首墙头诗，但这一首也就够了。

湮没的辉煌

●

著名中学师生推荐书系

"恢宏"之三：驿站的历史价值。

三

疾如流星的驿马渐去渐远，潇洒飘逸的文士翩然而过，终于，一群亡国后妃和失意臣僚走来了。

这些人原先都活得不坏，转眼之间却"归为臣虏"或"夕贬潮阳"，走上了被押解放逐的漫漫长途，心理上的落差是可以想见的。人生的痛苦大抵在于从一种生存状态跌入另一种低层次的生存状态，打击之初的创痛往往最难承受。关山迢递，驿路迢迢，离往日的春风得意只在一夜之间，而前途则深渊一般冥冥难测，"多少恨，昨夜梦魂中"，似乎也只能在梦中玩味了。<u>一路上的颠沛早已使思想成了一片空白，心灵的创痛，只有到了驿站之后，歇下来慢慢梳理。</u>

驿站，笼罩着一片惨淡抑郁的悲剧气氛。

首先走来的是如花美貌的花蕊夫人。宋乾德二年（公元 964 年），宋太祖赵匡胤兴兵伐蜀，蜀主孟昶虽拥有 10 万军队，但这个连尿壶也得用珠宝装饰的偏安之君，此刻只有绕室彷徨而已，宋兵一至，立即奉表投降。计宋兵由汴京出发到攻入成都，前后才 66 天。孟昶和他的宠妃花蕊夫人都成了俘虏，被宋兵押送北行。亡国的哀怨与激愤郁结在花蕊夫人的心头，无以排解，驿站小憩时，化作一字一咽的《采桑子》词，题在驿壁上：初离蜀道心将碎，离恨绵绵，春日如年，马上时时闻杜鹃……

但才写了半阕，宋兵便催促上路，花蕊夫人只能回望几眼，惆怅而去，那没有写完的下半阕，便永远

花蕊夫人留下的半阕词给后人留下了丰富的想象空间：维纳斯因为断臂更具魅力，那么花蕊夫人也因为这首残缺的词给自己的悲剧人生更增添了一份传奇。

湮没在这位蜀中才女的愁肠中。根据这种词的一般路数,下半阕应当从眼前景物化的心境描写转入对身世和时事的慨叹。多年来,孟昶荒聩误国,蜀中文恬武嬉,她不可能不有所针砭。她是个有思想的女人,这在后来她面对赵匡胤即兴口占的一首七绝中可以看出来,特别是"十四万人齐解甲,更无一个是男儿"两句,从闺阁诗中脱颖而出,一洗柔婉哀怨的脂粉气,很有几分"女强人"的见识。据此,人们有理由相信,那未及写完的下半阕中,肯定会有石破天惊的奇崛之笔。

可惜这些我们永远看不到了,在宋兵凶神恶煞的喝斥声中,一个弱女子无奈地扔下了手中的笔,也给人们留下了文学史上一个不大不小的缺憾。

留下缺憾也好,没有缺憾就没有真正的悲剧美,至少它可以给后人留下一个瑰丽缤纷的想象空间。但偏偏有一个无聊文人经过这里,干了一件相当无聊的事,给花蕊夫人的《采桑子》续上了半阕:三千宫女皆花貌,妾最婵娟,此去朝天,只恐君王宠爱偏。

不难看出,下半阕与原词完全是两种格调,人们看到的只是一个轻薄的女人在搔首弄姿,似乎花蕊夫人在去汴京的路上就准备投怀送抱,并且以能够取得新主子的专宠而志满意得。这个续诗的文人不仅无聊,而且近乎无耻了。

花蕊夫人后来确实被赵家天子纳入后宫,但不久便抑郁而死。她留下的只有一首七律和半阕《采桑子》词。

花蕊夫人的《采桑子》究竟题于何处,史无记载,但从"初离蜀道心将碎"一句看来,大概是在南栈道

（蜀栈）的北部终点附近。栈道天险，向来被倚为巴蜀的屏障，也是从中原经关中入川的唯一陆路通道。"献俘阙下"的宋军沿着栈道迤逦北去，对于花蕊夫人来说，则是在一步步远离自己的故国家园。一俟过了栈道，进入关中，那种永诀的感觉突然一下子现实而强烈起来：此一去，故国难归，家山难见，天上人间，永无相见之日了。正是在对巴山蜀水凄婉的回眸一瞥中，产生了催人泪下的《采桑子》词。

驿站，似乎负载着太多的忿郁和苍凉，而越是接近栈道的南北两极，这种情感负载便越是趋向极致。

花蕊夫人的身影消失在栈道北极 200 多年以后，大诗人陆游来到了栈道南极的武连驿。他行进的方向和花蕊夫人正好相反，从关中南行入川，往成都去，但愤激悲凉的心境却和花蕊夫人惊人地相似。当然，他不能没有诗：

> 平日功名浪自期，
> 头颅到此不难知。
> 宦情薄似秋蝉翼，
> 乡思多于春茧丝。

这是七律《宿武连县驿》的前四句。时在乾道八年（公元 1172 年）深秋，诗人的情绪也和节令一样萧瑟寥落。本来，他已经送别了栈道的崔嵬奇险，前面便是坦荡的成都平原，路是好走多了。但他却迟迟不愿走，前方那座绿树繁花中的"锦官城"对他没有一点诱惑力。在武连，他整整盘桓了三天，大约是为了让自己的情思越过千里栈道，和渭水岐山牵系在

花蕊夫人与陆游的可比之处也许一是相通的"愤激悲凉"之心境，二是思念故土的忠贞之情怀。

一起,他要最后再听听那沙场秋点兵的旷远回声。而一旦进入成都平原,那不绝如缕的情思将何以依傍?那里的花太红,水太清,歌舞也太华丽,很难容得下他身上沾染的边关雄风,也很难找到一处说剑谈兵的厅堂。

在关中的大半年时光恍如梦幻一般。早春二月,四川宣抚使王炎驰书邀他前去南郑襄赞军务,共谋恢复大计。南郑是宋金西战场的中枢所在,而王炎既是义气慷慨的主战派将领,又是陆游的朋友,陆游曾把他比作汉朝的萧何和唐朝的裴度。对于急欲杀敌报国的陆游来说,这是他一生中得以亲临前线的唯一机会,诗人的振奋是可以想见的。关中大地,有如汉唐历史一样雄浑苍凉,在这里,诗人有铁马秋风的戍守,有指点关河的谋划,有南山射虎的壮举,还有强渡渭水、激战大散关的呼喊。戎马生涯方显男儿本色,满腹诗情撒入逐敌的马蹄,汇成宏丽悲壮的吟唱。文人总是容易得意忘形的,陆游踌躇满志,似乎蹉跎半生,从此风云际会,可以施展一番了。然而,大半年以后,王炎被当局莫名其妙地调离川陕,陆游也改任成都府路安抚使参议官,去坐冷板凳。"渭水岐山不出兵,却携琴剑锦官城",这种迁徙看起来是"平调",但对陆游来说,则无异于贬逐。从南郑经栈道去成都,一步步远离了他魂牵梦萦的抗金前线,这种心情和花蕊夫人远离故国的愤郁凄凉相去不会很远。"宦情薄似秋蝉翼,乡思多于春茧丝。"这似乎成了一种规律性的心态,贬放之际,越发感到官场没什么意思,不如回去品味乡音的好。

三天以后,陆游离开了武连。当诗人眷眷回望

封建时代一心报国的有识之士遭朝廷冷眼之悲剧是年复一年在上演的,因为士人追求的是报国,而君主要求的却是忠君,一公一私这是无法杜绝的矛盾。

湮没的辉煌

著名中学师生推荐书系

146

时,他不可能不意识到,自己最为辉煌的一段人生被永远地抛在后面了,而这座栈道南极的小小的驿站,无疑是一个悲剧性的转折点。

四

现在,我们该走进驿站的门厅去看看了。

这里不同于普通的客栈,就所有制而言,它是官办的,大约相当于眼下的"干部招待所"吧。因此,贩夫走卒自然是不接待的,就是揣着斗大银子的富商大贾恐怕也进不去,这里面有个规格问题,不像现在只要有钱,便可以堂而皇之地踱进总统套房去享受。但贬官罪臣却可以进得,因为对这些人的流徙毕竟属于"官事"的范畴。另外,大约还有利于随时掌握他们的行踪,实施严密的监控。对于京师的当权者来说,那遍布全国的驿站和驿道,便有如拴着一串串蚂蚱的绳子,若是心血来潮,要追加什么处置,只须随便提起一串,指点着其中的一只,说一声"钦此",缇骑顺藤摸瓜,省心极了。因此,即使像魏忠贤这样的巨恶元凶,在放逐途中也能享受驿站的接待。当崇祯要对他重新"逮治"时,传递诏书的圣差便沿着驿道,很容易地找到了那家下榻的驿站。这个极富于政治敏感性的宦官头子一听到门外的马蹄声,就知道皇上变脸了,为了不至于死得太难受,索性抢先吊死在房间里。

这里的一切谈不上堂皇,处于深山僻野的驿站甚至显得简陋,但里里外外都收拾得极整肃。进了门,便有驿卒迎上来,指点着把牲口牵进厩里去喂料

第二单元

"恢宏"之四:驿站之实用价值。

147

饮水,掀起青布门帘把客人让进房间,然后站着介绍吃喝拉住一应事宜。一阵忙乱之后,驿站里渐至安谧,伙房里的炊烟升起来,空气中洋溢着新鲜菜蔬和麦饭的香气。客人经过一天的劳顿,在这温馨的环境里当可以做一个不太坏的梦。

驿丞虽是个末流小官,但<u>文化素养</u>和<u>处事能力</u>都很值得称道。那门前告白上的书法或许相当不坏;客人有兴致时,他照例会向你介绍当地的风俗人情及掌故轶事之类,既不显得卖弄,也不缺乏书卷气。或拿出某某名士某某显宦留下的墨迹来炫耀,评论亦相当精到。因此,你也才能理解,为什么客人在驿壁上题诗时,他表现得那么赞赏,且在一旁捧着砚池。可以设想,他们原先就是读书人,或屡试不第,或在官场中没有背景,才干上了这养家糊口的差事。这些人大都有较多的阅历,客人进门了,他一看气象排场,大体上就能认定对方的身份,是升迁还是贬谪,是赴考还是下第,是春风得意还是颓唐落拓。对趾高气扬之辈,他自然得处处赔着小心;对失意者,他一般也不表现得那么势利。<u>铁打的衙门流水的官</u>,谁知道哪一片云彩上有雨呢? 说不定什么候上头一道圣旨,人家就腾达了、升迁了,又经过你这里哩。这些世态人情,他们看得多了,也就看得比较透。

当然,也有例外的情况。

明代成化初年的杨守陈就经历过这么一次。杨守陈官居洗马,这是个不小的官,一般担任皇太子的老师或随从,因此有"东宫洗马"或"太子洗马"的说法,级别大致在五品以上,算得上是高级干部了。其

湮没的辉煌

●

著名中学师生推荐书系

148

实,光看级别还不足以显示洗马的分量,一道显而易见的官场程式是:太子是预备着当皇上的,一旦登基,对当年的老师和故旧自然会有所提携,有的甚至被倚为股肱重臣(例如明代宣德、正统两朝的杨溥和万历朝的张居正)。因此,这头衔有时也被赐给那些年高德重或功勋卓绝者,其实他们既不教太子读书,也不作太子的跟班,只纯粹是一种荣誉。但杨守陈这个洗马倒是实实在在的。一次,他回乡省亲,下榻于一所驿站,驿丞以为"洗马"就是管打扫马厩的,很有点不放在眼里,言谈举止,竟跟他平起平坐,还悻悻然地问他:"公职洗马,日洗几何?"这就很不恭敬了。杨守陈却并不生气,相当平静地回答道:"勤就多洗,懒就少洗,是没有定数的。"少顷,有人向驿丞报告,说有位御史即将来站,驿丞一听,御史比这洗马的官大多了,便催杨守陈赶紧把房间让出来,以便接待御史大人,杨守陈仍然很平静地说:"这固然是应该的,但等他来了以后,我再让也不迟。"不久,御史驾到,进门一见到杨守陈,就跪下磕头请安。杨守陈一看,原来是自己的门生。接下来轮到驿丞大惊失色,连忙跪在阶下,口称有罪,乞求杨守陈宽恕。杨守陈却只是一笑了之,并不十分计较。

应当说,杨守陈这位洗马的肚量是很难得的,如果换了另外一个洗马,或别的什么大官,十有八九要把驿站闹腾得鸡飞狗跳,这位小小的驿丞也保管吃不了兜着走。但令人困惑的是,专司送往迎来之职的驿丞,何以会有眼不识"洗马"呢?大概这位老兄原先只是个市井之徒,因为和县太爷有什么裙带关系,开后门谋来的差事,小人得志,看人时难免带着

一笑了之要的不仅是肚量,还有读书人的自信以及对他人的宽容之心。

149

一双势利眼。当然,也怪杨守陈太随和了,全没一点官架子。要是人家对他不恭敬时,他稍微晓以颜色,喝一声:"大胆!"驿丞还敢放肆么?

除去现任官吏而外,驿站的另一类顾客是文人。在中国,文人历来是一个特殊的群体,他们离官僚阶层只有一步之遥,所谓"朝为田舍郎,暮登天子堂",就是一幅通俗化的图解。但对于绝大多数文人来说,这一步却关山重重,始终可望而不可即。确切地说,文人是一群"候补官吏",因此,他们在出游或赶考途中,踱进驿站是很自然的事。很难设想,如果失却了文人潇洒的身影和笑声,失却了他们在夕阳下的伫立和夜雨中的苦吟,失却了驿壁上酣畅淋漓的诗迹,只剩下过往官员粗暴的呵斥和驿丞小心翼翼的逢迎,驿站将怎样的单调冷漠,有如舞台上临时搭设的布景,毫无生气,毫无历史的张力和文化气韵。

文人不仅在驿站题诗,还在驿站做梦,梦是他们人格精神的恣肆飞扬,这时候,心灵深处的渴求将冲决现实的种种樊篱而遨游八极,幻化出奇诡瑰丽的境界。我们看看元稹的这首《梁州梦》:

> 梦君同绕曲江头,
> 也向慈恩院里游。
> 亭吏呼人排去马,
> 忽惊身在古梁州。

作者在诗下自注说,一天晚上,他夜宿汉川驿馆,梦见与白乐天、李杓直诸友同游曲江,然后入慈恩寺诸院,忽然被人唤马嘶声惊醒,原来是信使出发

前备马,这时天已破晓,他立即匆匆写成此诗,请信
使捎走。

作为一段诗话,仅仅到此为止,意思恐怕不大。

但接下来还有。

白居易接到这首诗,屈指一算,感叹不已,原来
元稹梦游曲江的那一天,他正好与李杓直等人同游
曲江,且到了慈恩寺,不信,那寺院粉墙上有自己的
《同李十一醉忆元九》为证:

> 花时同醉破春愁,
> 醉折花枝作酒筹。
> 忽忆故人天际去,
> 计程今日到梁州。

事情竟如此奇巧,白居易和朋友游曲江时还在
念叨:如果微之(元稹的号)在,该有多好,算算行
程,他今天该到梁州了。而就在同一天,元稹恰恰在
梁州驿站,梦中与白居易等作曲江之游,梦境与现实
惊人地吻合。作为文坛佳话,后人一直怀疑它的真
实性。但千里神交,息息相通,特别是在元白这样的
挚友之间,心灵之约应该是可能的。

白居易当然也要把这首诗从寺壁上抄下来,请
信使飞送元稹。当元稹在离长安更远的驿站里读到
它时,又会有什么感慨呢?或者又会做什么梦呢?

元白二人的真
挚友情从来就让世
人赞叹,而这首驿站
题壁诗更是印证了"心
有灵犀一点通"。

五

元稹读白居易的诗,所感受到的必定是那种深

"恢宏"之五:驿
站题壁诗的文化价
值。作者别出心裁
地从比较中寻找"驿
壁诗"的辉煌之处。

沉而悠远的思念,峰回路转,山高水长;朋友情深如此,该是多大的慰藉! 他大概不会把对方的寺壁诗和自己的驿站诗进行比较,且作出高下优劣的评判。

但我们不妨来做做这项工作,就此引出一个新的话题:关于驿壁诗和寺壁诗及酒楼诗的比较,从而寻找驿壁诗在文化坐标上的位置。

元稹和白居易都是做过大官的人,但一直总是磕磕绊绊的。官场的侧面是诗坛,官场失意而为诗,诗往往写得格外出色。元白始以诗交,终以诗诀,仅唱酬之作就达 1 000 余首,这在中国文学史上是绝无仅有的。交友诗敌,难有高下之分,但仅就上文中所引的两首诗来看,平心而论,元诗恐怕更胜一筹,特别是"亭吏呼人排去马,忽惊身在古梁州"两句,奇峰突起,呼之欲出,弥漫着凄清苍凉的意韵,境界相当不凡,比之于白诗的明白晓畅、深情蕴藉,无疑更具有震撼人心的艺术力量。

这种高下之分并不取决于两人的才力,而是写诗时特定的环境使然。孤独的远足,僻远的驿站,孤苦落寞的心态,这一切都使得元稹越发思念远方的朋友。残灯无焰,荒野寂寥,现实的世界凄清而逼仄,只能去梦中寻觅愉悦了。梦中的天地是温馨而欢悦的,然而梦醒之后,惶然四顾,那种怅然若失的心理反差又使得思念更加铭心刻骨,如此开阖跌宕的感情体验,焉能没有好诗? 而同样是对朋友的思念,白居易身边有李杓直等人的陪伴,有芳菲灿烂的春景,说不定还有寺院方丈的恭维和招待,他们在赏花谈笑、品茗喝酒时,心灵深处感到了一种缺憾和呼唤,虽然这种感情相当真挚,但毕竟不像元稹那样孤寂无傍。因此，即使像白居易这样对诗相当讲究的人，也只能重蹈"折花作筹"之类屡见不鲜的意象，很难有神来之笔。

驿站，似乎总是与孤独相随。这里没有觥筹交错和前呼后拥，没有炫目斑斓的色彩，连日出也顾影自怜般羞怯。这里只有孤烟、夕阳、冷月和夜雨。但孤独又是一种相当难得的境界，只有这时候，人们才能从尘世的喧嚣中宁定下来，轻轻抚着伤口，心平气和地梳理自己的感情，而所谓的诗，也就在这时候悄悄地流出来。既然是在这么一个荒僻简陋的去处，没有什么可以描摹状写的，诗句便只能走向自我，走向内心，走向深沉。去看看驿壁上层层叠叠的诗句吧，那里面很少有花里胡哨的铺排之作，有的只是心灵的颤动和惋叹。

我们再把目光转向寺院的墙壁，那上面往往也写满了诗，而其中知名度最高的恐怕要数扬州惠照寺的"碧纱笼"。有关的本事早已脍炙人口了，大体情节带着浓重的世俗色彩：书生王播借住寺院，备受奚落，题诗墙壁以泄愤。30年后穷书生已成了权倾一方的淮南节度使，衣锦重游，见昔日自己在寺壁上所题的诗句已被寺僧用碧纱笼罩起来。王播感慨万千，又提笔续诗一首，是为"碧纱笼"诗。应当承认，在所谓的"寺壁诗"中，这首"碧纱笼"算是写得不坏的，其原因就在于势利眼的僧人给了王播相当真切的人生体验。"三十年来尘扑面，而今始得碧纱笼"，真是道尽了世态炎凉和科举制度下十年寒窗、一朝显达者的人生之梦，但绝大多数走进寺院的文人都不会有王播那样的体验，他们大抵已经成了名士，只

正如"乱世出英雄"一般，坎坷、磨难对于诗人来说无疑是一笔财富。驿站既然是旅途的中转站，是官场的中转站，就常常是人生大悲剧的转折点。伴随着心灵震颤和泪水的文字往往是能够打动人心的。

寺庙中的诗作写尽了"禅机"，充满哲理，也饱含现实感。

是来走走看看,散散心。因为自唐宋以来,与僧人的交往,已成了文人士大夫一种颇为时髦的风气。他们来了,寺院也觉得风光,方丈自然前前后后地陪着,听琴、赏花、品茗、下棋,有时还要互斗机锋,在参禅悟道的灵性上一比高低,气氛却还是友好的。玩得差不多了,为了附庸应酬,在墙壁上写几句诗作交代。或摹写寺院生活的清幽情趣,或体味山林风景中蕴含的禅机,感情难免浮泛。这些人虽然锦衣玉食,却往往在诗中大谈不如出家人自在,尽说这种言不由衷的话,诗又能好到哪儿去呢?

与寺院的清静形成对比的是酒楼。在有些人眼里,酒楼是至高无上的圣殿,"天子呼来不上船,自称臣是酒中仙",坐在酒楼里,便可以满不在乎地睥睨人间的最高权威,文人因酒而狂放,一至于此。酒楼又往往是终结驿道的仪门,经过了漫长的苦旅,终于把最后一座驿站留在身后了,即使是被贬谪的官员或落第的学子,也会有一种如释重负的感觉。于是,三朋四友,意气相邀,径直来到那青帘高挑的所在。"将进酒,杯莫停",酒入愁肠,心境越发颓丧,觉得世间万事都没有什么意思;酒入豪肠,又激昂慷慨,气可吞天,俨然要拥抱整个世界,这都是由于酒的魔力。这时候写诗,朱红小笺便太仄,铺排不开满腔的块垒,直须提笔向那堵粉墙上涂抹。因为在文友面前,有时还在千娇百媚的歌伎面前,他们得卖弄才气,也卖弄自己的伤感和豪放。那诗,便带着几分夸张和矫情,全不像当初站在驿壁前那样地行云流水与坦荡自然。至于那酒楼粉墙上的墨迹,绝对都是狂草,有如公孙大娘舞西河剑器一般。有时,夸张和

酒楼的喧闹可以制造秾丽的辞藻,也可以酿出千古豪情,但是觥筹交错之间是无法诞生深邃思想的。

湮没的辉煌

◉

著名中学师生推荐书系

154

矫情也会豁边,少不了要惹出点麻烦来,例如宋江在
浔阳楼多喝了几杯,晕乎乎的在墙壁上题了几句诗,
就差点丢了脑袋。我一直认为,像岳飞的《满江红》
那样的词作,必定是用浓墨蘸着烈酒,挥洒在酒楼墙
壁上的,不然,何以会有"壮志饥餐胡虏肉,笑谈渴饮
匈奴血"那样标语口号式的句子? 同样,如辛弃疾的
"茅檐低小,溪上青青草"这类,则必定是闲倚竹篱,
清茗在手,悠悠然随口吟出来的。他也肯定不会写
在墙壁上,而是踱回书房,记在粉红色的薛涛笺上,
笔迹亦相当流丽隽逸,有晋贤风味。

六

但驿站终于坍塌了,坍塌在历史的风雨中。

我曾经设想,如果有可能,我愿意跋涉在荒野的
深处,去辨认每一座驿壁上斑驳的诗文。我只要一
头毛驴、一根竹杖,沿着远古的驿道,年复一年地探
寻历史的残梦和悠远苍茫的文化感悟。

可惜这已经不可能了。今天,你可以极随意地
找到一座香火不很清淡的寺院,也可以找到各种风
格的仿古酒楼,但到哪里去寻找一座古韵犹存的驿
站呢?

于是又忽发奇想,好在现代科学已经出神入化
了,如果能找到几堵尚未坍塌的驿站的墙,借助超显
微技术的透视,我们将会看到隐没在其中的层层叠
叠的诗篇,连带着鲜活灵动的历史人物和故事,其中
的绝大多数以至全部你可能都是第一次见识。偶尔
看到几首相当熟悉的,那就是经过流传的淘汰而得

驿站曾经辉煌
过,但是在历史的风
风雨雨中最终坍塌
了。倘要取驿站之
实用功能,今天有
"旅舍"、"招待所"
等;要取其政治功
能,今天有各级政
府;要取其文化功
能、审美价值呢? 也
许这就是作者在篇
末所谓"童话"的含
义吧。

以不朽的好诗了。这时候,你才会发出由衷的慨叹:自己手头那些历朝历代的诗集,原来是那么贫乏而缺少色彩!

这设想有点像童话,一则关于驿站的童话。

单元链接

在我们学过的《威尼斯商人》、《最后一片叶子》、《警察与赞美诗》中,曲折的故事情节、出人意料的戏剧效果令人难忘,更是让故事的主旨升华。所以文学创作的手法应该为表现主题服务,在读了本单元的三篇文章之后同学们如果对情节安排感兴趣,可以读一读中国传媒大学编写的《大戏剧论坛》,也可以读刘丽文的《历史剧的女性主义批评》(中国传媒大学出版社)一书。如果对这个单元中的人物或事件感兴趣,现代作家巴金的《随想录》、高阳的《明末四公子》,都是非常值得读的书。

第三单元

DI SAN DAN YUAN

动荡的时代往往孕育着社会的变革,也往往能
够产生伟大的思想家、文学家、政治家等。常州小城
中走出来的盛宣怀的传奇人生轨迹,白居易、苏东坡
在杭州任职时留下的无数佳话,或者从天真无邪的
小儿口中念出的"童谣"……作者在此努力探寻文
化与历史的变迁,在这里我们可以读出耀眼夺目的
人性之光,可以读出变幻莫测的历史之谜。

百年孤独

借用拉丁美洲魔幻现实主义的杰出代表马尔克斯的获奖巨作《百年孤独》之名，作者一方面强调了盛氏家族在中国近代史上的传奇色彩，另一方面也突出了盛宣怀以及其家族孤独的晚景。

一

我现在寓居的这座小城，历史上是隶属于常州府的。但说来可怜，常州于我的印象，似乎只有火车站周围那一圈逼仄的天地，以及从车窗里所能领略的远近参差的屋脊。那几年，我在南京进修，来去都在这里换车，火车和汽车交接的时间一般都衔接得很精确，上下匆匆，狼奔豕突，很少有驻足观光的闲暇。常常是星期天的晚上，我背着只马桶包，在苍茫的暮色中闪下公共汽车，又轧上开往南京的夜行列车，刚刚喘过气来，常州已成了灯火迷蒙的远景。有时遇到不巧的事，也会在车站上给常州的朋友打个电话什么的，却从未进入这座城市的深处探访过，更不会想到自己脚下的铁路和手中的电话曾经与一个常州人有过什么关系。

步履匆匆的现代人常常会忘记自己是谁，生命在日复一日的机械运动中渐渐消逝，除了有心的文化人还有谁会生出更多感慨呢？

但近年来，这个常州人却总是来撩拨我。翻开中国近代史，他的名字一次又一次地在我的面前停留，渐次化为翩翩的形象，那大抵是拖着一条长辫子，在天津、上海和汉口的租界里和洋人彬彬有礼地握手寒暄；或顶戴花翎，朝仪整肃，袖子里藏着大宗的银票，在京城的官场中趋前避后地打躬作揖。在他的身后，出现了中国最早的铁路、轮船、矿山、电

"大江东去，浪淘尽，多少风流人物"，滚滚红尘中湮没了多少曾经响彻大地的名字。

报、银行和大学,中国的近代史也因此增添了几分别样的喧闹和色彩。人们也许没有注意到,无论是在租界里和洋人讨价还价,还是在官场上钻门子通关节,他都操着一口浓重的常州方言。

这个常州人叫盛宣怀。

现在,我终于走进了常州城,来探访盛宣怀的遗迹。我觉得这应该不困难,特别是在当今这个"名人大战"风起云涌的年代,这种探访简直无异于一趟如登春台的旅游,肯定会相当潇洒。更何况我还有好几个祖籍常州的作家朋友。

"叫盛什么?"

"盛宣怀,宣传的宣,关怀的怀。"作为常州人,而且是文化圈子里的。他居然不知道盛宣怀其人,这很使我惊讶。

"没听说过。"他摇摇头,仿佛面对着一个蓦然闯入而又神经兮兮的问路者。

也许是出于一种相当微妙的考虑吧,例如他也盯上了这个盛某人,想写本人物传记之类的畅销书,担心我捷足先登,在如堕烟海的茫然背后,其实隐潜着不便言说的封锁和垄断,这种心理在文人之间并不鲜见,也是完全可以理解的。我只得告诉他:"我只是想写一篇小东西,其中涉及这个人物,并不想在他身上作什么大文章。"

"没听说过。"他又摇摇头,看得出,他的迷惑相当真诚。

他当然不能提供什么有价值的资料,只是帮我从新编地方志的"人物卷"中找出了这个名字,下面有几百字的生平简介,这种一般性的常识我肯定不需要。

对盛宣怀莫名陌生的人，我的这位作家朋友远不是最后一个。我步履艰难地穿行在常州的大街小巷中，那景况便如同走进了一座原始部落去探寻火星人的遗迹。面对我不屈不挠的打听，不同身份的人都表现了几乎同样的迷惑："叫盛什么——没听过。"

没听说过。一个从常州走出去的，中国近代史上三井三菱式的经济巨擘，常州人没听说过。

可能是因为常州出的名人太多了，光是清代以后，这里就走出了恽南田、赵翼、段玉裁、刘海粟、华罗庚等一代巨匠。<u>历史上的常州学派、常州画派、常州词派和阳湖文派都曾经"各领风骚数百年"</u>。这里的文章和书画档次相当高，无疑称得上中华文化的瑰宝。"天下名士有部落，东南无与常匹俦"，龚自珍本身不是常州人，他对常州的这两句赞语应当是由衷的。但显而易见，这些人大都是文化圈子里的。<u>吴地文风腾蔚，走出几个文化巨子并不奇怪，就连一个杂货店里的跛脚学徒也曾进行过名震世界的数学运算</u>。像瞿秋白、恽代英这样以政治活动载入青史的常州人，也都带着很重的文人气质，他们逐历史大潮而出，抬手风雷，落笔华章，即使在中国现代文学史上，他们的名下也该有一段令人钦羡的记录。

常州大井头一带是繁华的闹市区，中联商厦、百货大楼、文化宫都集中在这里，近旁 32 层的购物中心正在打桩，彩色施工图上赫然画着某外国的国旗，自然是中外合资的了。就在附近一条古朴的小巷里，我幸运地遇到了一位老人，他沉吟少顷，比画了

"三井"、"三菱"等财团，是日本的民族资本，自江户时代兴起，经明治时代大发展，直到今天，近二百年间蓬勃运行，成为威震全球的大企业集团。

《孟子·滕文公下》："于齐国之士，吾必以仲子为巨擘焉。"擘，拇指。巨擘，比喻最特出者。

常州自古以来就是诗书礼仪之乡、钟灵毓秀之地。自从 2500 年前延陵季子（吴公子季札）在常州开邑以来，常州这块土地就以物产丰富、经济发达、文化兴盛、人才辈出而著称，有大批的思想家、政治家、文学家、艺术家、史学家、科学家从常州走向全国，走向世界。

个手势问道:"盛家,是不是这个翘脚盛?"

我大喜过望,预感到曙光就在前头,连忙重复着他那个手势:"正是这个翘脚盛,你记得在哪里?"

"在中联商厦的旁边,鲜鱼巷对过,原先是一座很深的院子,前后总共八进。大门前——就是周线巷头上那一片——旧时叫盛家场,拴马桩都是石头的。铺地的方砖哟,这么大——我领你去看看。"

我终于找到了盛宣怀的故居,但眼前只有一片废墟。幸运的是,那一圈围墙里,居然嵌砌着两块汉白玉石础。老人告诉我,这石础就是当年盛家门柱下的,而对面那片偌大的空地,就是称为盛家场的所在了。

我用步子量了一下,两块柱础间的距离为九步,大约二丈有余。

"都没有了,早就拆光了。"老人连连摇头,唏嘘不已。

但有了这两块柱础,再加上一个盛家场的旧名,当年盛家的排场已经可以想见。那时候,盛宣怀还乡时,绿呢大轿就是从这里抬进去的,他掀起轿帘,望着老家残缺的照壁,该会想些什么呢? 是衣锦还乡的荣耀,人事沧桑的感慨,还是旅途见闻的反思,或者干脆什么都不是,只是在心底里疲惫地叹息一声:唉,终于到家了! 在那个时代,沪宁铁路还没有修,他从北京、天津或上海回来,大抵是乘船的。官船沿着古运河迤逦而下,扬帆操棹,桨声欸乃,构成一幅中世纪相当典型的远行图。但船舱里的主人却并不悠闲,在浪拍船舷的絮响中,他踌躇满志地构想着关于铁路、轮船和电报的大事情。官船走走停停,

湮没的辉煌

著名中学师生推荐书系

"烟销日出不见人,欸乃一声山水绿。"柳宗元在《渔翁》中巧妙运用拟声词写出了泛舟江上的情趣。

终于拐进了常州的水巷。在盛家故居的对面,至今仍有一条叫老北岸的小街,想必当年是有河道的。官船靠岸了,盛宣怀沿着河埠头拾级而上,坐进绿呢大轿。官轿沿着小巷,在暮色中拐弯抹角地穿行,小巷的石板刚刚用水冲洗过,透出湿漉漉的冷色。今天我站在这里,似乎仍能听到一个多世纪以前,那轿夫的脚步敲在石板上的回响。

据说盛宣怀很少回常州老家,即使回来也来去匆匆,大概他觉得把那么多时间扔在官船里实在不值得。

该走进围墙去看看了。

其实真没有什么可看的,旧日的大宅深院早已荡然无存。一队建筑工人正在瓦砾堆中钻探地基,从已经挖开的几处缺口,可以看到地层深处老墙的基石,大块大块的条石垒得很深,石缝口悠悠地渗出三合土的灰浆,条条缕缕犹如化石一般,那是当初用桐油、糯米汁与洋灰搅拌的混合物。一般来说,旧式的庭院并没有什么高层建筑,这样坚固的地基足以承载大院内森严的高墙和精致的屋宇,承载如山的粮仓和充栋的诗书,承载一个大家族内每个成员的喜怒哀乐和生生死死,承载鲜花着锦般的兴盛和无可奈何的没落。令人惊异的是,在地层以下,条石的夹缝中,竟顽强地盘踞着一棵老树根,树干估计在建房以前就砍去了,但历经百年,地底下的根蔓却并未朽没,用指甲一掐,里层还露出生命的质感。

面对着这样深厚的墙基和盘根错节的老树根,我好一阵发呆。

封建传统中的官宦文化可以看作盛家的墙基,而错综复杂的老根就成为大家族复杂的人脉象征了。

二

19世纪60年代末期,充斥于中国历史年表的不外乎两桩大事,一为洋务,一为教案。一方面是士大夫们痛感于中国积弱积贫,大声疾呼:"师夷长技以制夷",连清政府也不得不放下"天朝上国"的架子,把对西方国家带有蔑视意味的"夷务"一词悄悄地改作"洋务";一方面却是民众的排洋情绪日益高涨,烧教堂,杀洋人,此伏彼起,每一次清政府都得向列强赔礼赔钱赔人头,伤透了脑筋。请看:

1868年4月,台湾教案;8月,扬州教案。

1869年1月,酉阳教案;6月,遵义教案;11月,安庆教案。

1870年6月,天津教案。

单说后面的这次天津教案,事情也实在闹得太大了,一举打死了20名外国人,烧了法、英、美等国的教堂和育婴堂,连法国领事馆也被付之一炬。事情发生后,列强炮舰云集津门,向清政府提出最后通牒。清政府慌了手脚,急令在保定养病的直隶总督曾国藩赴津查办,旋又派李鸿章会同办理。这种"查办"的结局是可想而知的,天津知府、知县被莫名其妙地革职充军,又向洋人送上20颗平民百姓的头颅,外加白银50万两。曾国藩的这种处置引起了朝野不少人的非议,正巧这时南京发生了"张文祥刺马"事件,清廷便把曾国藩挪了个位子,到南京去当两江总督,让李鸿章接任直隶总督兼北洋大臣,驻节天津。

湮没的辉煌

●

著名中学师生推荐书系

这本来只是清代官场中一次由一系列偶然因素促成的人事变动，但对于中国近代史上的许多大事和一些人物的命运来说，这次人事变动却至关重要。

李鸿章来到天津是 1870 年（同治九年）9 月间，在这以后不久，一个常州人走进了天津直督衙署。他叫盛宣怀，这一年他 26 岁，来投奔中堂大人谋差事。

这情景会使人想起一些潦倒落拓的文士，为生计所迫，走投无路，便怀揣着什么人的荐举信来叩门子，期待着能在权贵帐下当个师爷什么的，好歹混碗饭吃。但眼下的这个常州人似乎不属于这种情况。

<u>他本来可以走向科场</u>，去博取鲜花着锦般的功名。虽然两年前乡试落第，但这不要紧，他才 26 岁，来日方长，十年寒窗，一朝显达，这是不屈不挠的生命搏击，因为一个没有科举功名的白衣秀才，在官场上大抵很难有所作为，特别是盛氏这样的官宦之家，总是把由科举进入仕途作为人生最高构建的。

<u>他本来也可以走向文场</u>，做一个潇洒自在的名士。延陵古邑，有的是文人学子，交几个文友，每日里诗酒往来，就像大观园里的太太小姐那样，今天做个菊花会，明天填首柳絮词，曲水流觞，把酒投壶，何等的风雅惬意。时间长了，把平日里唱和酬酢的诗文拢在一起，刻一本《诗钞》或《文集》，也不算辱没了先人。

<u>他本来还可以走向妓院、赌场</u>，像好多世家子弟那样，领略人生的另一种风光。他有这样的条件，父亲做过多年的湖北督粮道，这是个肥得冒油的差事，这些年聚敛的财富实在可观，守着这么一份大家业，

用排除法把盛宣怀的与众不同强调出来，世家子弟的不肖众所周知，而盛宣怀却选择了一条最具冒险精神的新路。

足够他挥霍的。"人间万事何须问,且向樽前听艳歌。"狎妓则倚红偎翠,豪赌则一掷千金,做一个及时行乐的大家阔少。

但这个常州人走进了直隶总督的衙署,他怀里揣着一份《上李中堂书》,洋洋洒洒地提出了关于兴办路矿、电线、轮船等应时问题。

这时候,大抵天津教案刚刚平息,事情虽然过去了,人杀了,银子也赔了,但作为"会同办理"的李鸿章,心头恐怕别有一番滋味。杀几个不明事理的小民百姓固然"无所谓",但总是向洋人赔银子终究不是办法。"十赔九不足",人家的胃口越来越大,长此以往,还不把大清国都赔光了?李鸿章的这种心态,在当时的士大夫中具有相当的代表性,连残暴昏聩的西太后也感觉到这一点。请听听她与曾纪泽(曾国藩之子)的一段对话。

曾纪泽:"中国臣民常恨洋人,不消说了。但须徐图自强,乃能为济,断非毁一教堂,杀一洋人,便算报仇雪恨。"

慈禧:"可不是么!我们此仇何能一日忘记!但是要慢慢自强起来。你方才的话,说得很明白,断非杀一人烧一屋就算报了仇的。"

上上下下都在呼吁"自强",作为中枢权臣的李鸿章更是忧危积心。但要自强就得办实业,而在当时的知识界中,真正热衷于实业的委实不多,他们热衷的仍旧是章句小楷,是做官。

这下好了,来了个叫盛宣怀的年轻人,又是自己的老朋友盛康的儿子。外间传说,李鸿章当年在南京参加乡试时考不出策论,是盛康抛了纸团给他才得以中举的。这虽然是无稽之谈，但通家之好却是事实。更重要的是，这个年轻人对办实业很热衷。

那就让他办实业吧，眼下就有一桩要紧的差事，创办轮船招商局。

若干年后，李鸿章曾用两句相当精当的话来评论盛宣怀，说他"欲办大事，兼作高官"，这确是触及了盛氏灵魂的底蕴。生活于那样的时代、那样的家庭，盛宣怀不可能挣脱儒家"治国平天下"的人生框范。而所谓"治国平天下"，不过是"作高官"的一种堂而皇之的说法。但他深知自己没有科举功名，不是正途出身，因此，沿着常规的官场升迁程序很难出头，便选择了先办"大事"，以"大事"谋"高官"的道路。现在看来，盛宣怀一生的全部悲喜剧，其根源盖出于此。

但不管怎么说，在盛宣怀出道之初，他是以一个办实业的商人，而不是旧式官僚的眼光来处事的。首先，他力主招商局商本商办，因为既为商人，便不能不注重经济规律，经济规律是一组咬楔得相当精密而残酷的齿轮，一旦运转，便绝对排斥封建腐朽的官僚意志；若两相冲突，其结局不是规律被废弃，就是官僚被吞噬消化。在这一点上，作为"会办"的盛宣怀一开始便与督办朱其昂发生了冲突，盛宣怀在给李鸿章的信中说得很清楚："朱守意在领官项，而职道意在集商本，其稍有异同之处。"他是说得委婉了些，因为"官本官办"与"商本商办"决不仅仅是"稍有"不同。但朱其昂是他的顶头上司，他越级打小报告，措词过分激烈就不聪明了，只能点到为止。反正他同时还附呈了一份"清折"，把"集商本"的见

商场准则、官场准则、文场准则显然是迥然不同的；商场遵循市场规律，官场信奉人际关系，文场呢，则追求"语不惊人死不休"。

167

解阐述得很充分,这就够了。

　　果然,李鸿章毕竟是有头脑的,他肯定了盛宣怀的商本商办。不仅如此,在这以后不久,当一批湖南乡绅和旧式官僚弹劾盛宣怀时,李鸿章又用"不了了之"的官场故技保护了盛宣怀。而当时,李鸿章本人也正遭到来自各方面的非难,有一个叫梁鼎芬的翰林院编修奏他有"六可杀"之罪,指责李办洋务是劳民伤财,连带上对老母不孝也是弥天大罪之一。他请朝廷将李鸿章的罪状昭布中外,以明正典刑。这个梁鼎芬,就是那个辛亥革命后为了剪辫子让黎元洪很费了一番脑筋的腐儒,但那是后话,且搁下不说。反正李鸿章眼下圣恩正隆,一个翰林还参不倒他。

　　官方代表朱其昂很快就从招商局消失了,换上了盛宣怀力荐的唐景星和徐润,这两位都是买办出身的粤籍商人,而且都在香港厮混过,喝过洋墨水。在这次人事变动的背后,盛宣怀的商业人格体现得相当充分。在当时的中国,卖力登上工商舞台的无非三种人:大地主、老牌商人和正规官僚,但这些人大多具有根深蒂固的重农轻商思想,他们的出发点和归宿都是乡村中的一处庄园。地主老财自不必说,即使是商人和官僚,其终极目标仍然是广置田产,而经商和做官只不过是一种敛财的手段,一种人生的阶段性过程,最多也不过是一种使自己的理想境界社会化的努力。这些人的眼界极其有限,很难超越封建庄园的高墙。而买办商人则不同,他们是中国半殖民化过程中新崛起的特殊群体,也可以说是列强入侵中国的一个私生子。他们不但在资本积累方面比传统商人有办法,而且通晓洋情,富于开拓和冒险精神,这无疑都是他们得天独厚的优势。

轮船招商局一时如日中天,业务范围从国内各港口陆续延伸到横滨、神户、吕宋、新加坡等地,并且在与洋商争利时打了几次很漂亮的大仗。甚至在送往大不列颠的《商务报告》中,英国驻华领事也失去了传统的绅士风度,惊惶失措于轮船招商局成了他们"贸易上的唯一劲敌"。但盛宣怀的人格悲剧也由此初见端倪。因为从一开始进入天津,他的双脚就踩在两条船上,而这两条船实际上是向相反方向行驶的。在官僚面前,他是精明练达的商人;在商人面前,他又是手握权柄的官僚,这是盛宣怀自己设计的理想模式。显而易见,这种模式中融入了大量中国式的封建色彩,吹牛拍马、钱权交易、朝秦暮楚、以势凌人,凡此种种,都是健全的商业人格所绝对排斥的。他力荐唐景星和徐润,很大程度上是出于那种"第二梯队"的特殊心态,因为朱其昂毕竟是一个有背景的正牌官僚,而唐、徐二位只是纯粹的商人。除去纯粹的政客而外,干其他任何一行的"纯粹人"大都是不通权术的。果然,当中法战争爆发,招商局陷入困境时,盛宣怀从背后轻轻捅了一刀,唐景星和徐润便落荒而走,盛宣怀当上了总揽全局的督办。与此同时,他的官运也相当畅达,接连升任天津兵备道、山东登莱青道兼东海关(芝罘税关)监督,其间又担任了天津海关道这一北洋关键性的职位,参与对外交涉和关税等重要政策的拟定与执行,离京师的殿阙只有一步之遥了。

在作者的分析中,盛宣怀为自己设计的理想模式从一开始就是矛盾的,所以他的选择常常面临两难。

第三单元

离京师越来越近,但离中国最大的通商贸易都市上海却越来越远了,而轮船招商局的总部在上海。京师的官场喧闹而富于诱惑力,盛宣怀实在没有更多的精力去处理那些瞬息万变的商务行情。满腹的生意经在车轮和马蹄声中变得黯晦而疏淡。他把督理招商局的职责交由会办马建忠代行,自己则一门心思在天津当他的海关道,一边觊觎着京师的官场。停在天津北运河桃花口的盛记豪华官船,三天两头便解缆西去,驶向皇城东侧煤渣胡同的贤良寺,那是李鸿章经常下榻的地方;驶向一座座王公贵族的朱门。对于马建忠来说,这本来是千载难逢的绝好机会,此时不独揽大权,更待何时?但他偏偏不领情。事实上,马建忠并不是单靠招商局会办的头衔而在中国近代史上留下印记的,作为一名改良派的经世思想家和语言学者,他的名字都相当响亮,他的著作《适可斋记言记行》一书,可以作为分析他思想的重要依据。但奇怪的是,在这部记述一生行迹的著作中,他竟然只字未提招商局的事,这是否可以理解为他对盛氏招商局的评价有所保留,就不得而知了。我们知道的只是马建忠一次又一次地电催盛宣怀南下,口气中甚至透出某种不耐烦。在他看来,盛宣怀根本不应该呆在北方做官,而应该到上海来主持商务,这才是真正有意义的大事业,也是他的生命价值所在。中国需要的不是官僚,而是叱咤风云的一代巨贾。

但盛宣怀自己也没有办法,既然脚下的两条船加快了航速,又是朝着不同方向的,他只得暂时把一只脚稍稍抬起来。

三

但盛宣怀终于到上海来了,时在 1896 年(光绪二十二年)5 月。

中日甲午战争的烟云已经飘散,随着北洋海军的定远号铁甲舰在刘公岛附近的海面上缓缓沉没,李鸿章的政治光芒也逐渐黯淡。作为李鸿章一手提拔的淮系干员,盛宣怀理所当然地面临着一场政治危机。

但命运给了他一次机遇,他抓住了。他和张之洞做成了一笔交易。关于这次交易的详情,我们不妨听听梁启超的介绍:

当时张所创湖北铁政局,经开销公项六百余万而无成效,部文切责。张正在无措之时,于是盛来见,张乃出两折以示盛,其一则劾之者,其一则保举之者。盛阅毕,乃曰:"大人意欲何为?"张曰:"汝能为我接办铁政局,则保汝,否则劾汝!"盛不得已,乃诺之。

盛宣怀的这种"不得已"完全是故作姿态,既然官场这条船开始搁浅,甚至有倾覆的危险,那么,把脚重新踩到实业这条船上来,便成了他现实而明智的选择。张之洞让他接办汉阳铁厂,他何乐而不为呢?但半推半就的表演还是必要的,那是为了和对方讨价还价。果然,他来了:

（盛）进而请曰："铁政局每岁既须赔垫巨款，而所出铁复无销处，则负担太难矣。若大人能保举宣怀办铁路，则此事尚可勉承也。"张亦不得已而诺之。

这下也轮到张之洞"不得已"了。

梁任公真是大手笔，寥寥数句，便把两个官场人物的心态勾画得惟妙惟肖，我们甚至可以体味到细瓷盖碗里袅袅飘逸的茶香和当事人那勉为其难的叹息。但读过这段文字，我们似乎没有更多的心绪去欣赏文笔的精当，因为一种博大的历史感悟在召唤着你，中国近代实业史上一桩意义深远的大事，竟如此平淡地发端于北京一家旧式公馆茶香氤氲的客厅里，发端于由威逼和利诱促成的"不得已"之中，发端于两个旧式官僚的讨价还价、利益交换之后，这种发端毫无历史主动性可言，甚至缺少起码的神秘色彩。也许有好多在很大程度上影响历史进程的大举动，其发轫之时并不一定那样惊天动地，它也许只是一种由当事人的性格碰撞而偶然迸发的冲动，一种人生历程中的被动性退却，一种掺和着私利和卑劣的小小交易。该怎样评价1896年5月的这个日子呢？前些时间看到一篇相当不错的文章，题目是《略论旧中国近代化过程中的三代核心人物》，其中的第一代即李鸿章和盛宣怀。青油轿车驶出了张之洞公馆前的深巷，轿帘挡住了燠热的夕阳，也挡住了京都的街谈巷议，中国近代民族工业蹒跚起步的最初情节，就隐藏在这辆渐去渐远的马车里。马蹄得得，车声辚辚，今天我们已经无法揣测盛宣怀当时的心态，但有一点是肯定的：李鸿章及其淮系集团的失势，无疑给盛宣怀的前程投上了浓重的阴影。中国的士大夫历来有一种规律性的心态，官场失势，或情场失意，或战场失败，都喜欢去做文章发牢骚，这时候的文章也往往写得格外出色。盛宣怀毕竟不是正途出身的官僚，他没有那么多的闲情逸致。官场失意，摘下顶戴花翎，掸一掸身上的晦气，跳槽到上海干别的去。历史将证明，常州城里的盛家阔少之所以成就为中国近代史上的实业巨子，主要是在 1896 年以后，这是盛宣怀事业最为辉煌的时期，中国近代民族工业的奠基亦在这段时间，而这一切的直接起因，则是李鸿章的失势。对李鸿章这个人物的评价也许要复杂一些，他在 19 世纪末期的倒台，无论如何是晚清政治的悲剧。但如果不是这次政坛变故，盛宣怀大抵仍旧钻营于京师的官场之中，顺着官僚阶梯一级级爬上去。<u>那么，中国只不过多了一个旧式官僚，却少了一个卓有建树的大实业家。祸兮福所倚，历史和人生的辩证法就是这样奇诡无常。</u>

　　盛宣怀到上海来了。北京是一个闭塞的官场，虽说是冠盖如云，摩肩接踵，但一举一动都有规矩框范着，连李鸿章那样的一品大员，每次进京陛见前也要在家里练习跪拜叩头。上海却没有这许多规矩，上海只是个花哨而喧嚣的自由市场，这里有通宵不灭的洋灯和穿梭奔忙的蒸汽火轮，有西装革履的冒险家和长袍马褂的掮客，有医院、邮局、拍卖行、跑马厅、文明戏、新闻纸，有令外地人莫名费解的"康白度"、"拿摩温"、"咸水妹"、"水门汀"之类的洋泾浜英语。在这里，盛宣怀的商业人格得到了最充分的张扬，他创办和经营了中国规模最大的煤铁钢联合

"红顶商人"可以看作是"权力"与"资本"之间关系的异化，"官商不分"的本质就是官僚经济、专制政治。

173

企业——汉冶萍煤铁厂矿公司；中国最大的纺织企业——华盛纺织厂；中国第一家自办的，也是唯一的电报局；中国第一家银行——中国通商银行和中国最主要的铁路干线。他还兴办了中国最早的天津北洋大学和上海南洋公学（这所学校即后来闻名中外的上海交通大学），再加上他先前经营的中国第一家自办的，也是最大的近代航运公司轮船招商局，这些"最早"、"最大"和"第一家"，任何人只要能够沾上其中的一条，就宠誉非凡，足以称为奠基者或先驱了，而盛宣怀却当之无愧地独领风骚，这无疑是中国民族工业发展史上的一个奇迹。

坐落在跑马厅附近的盛氏寓所修茸一新，盛宣怀定一定心绪，在上海长住下来。北京的声音已经变得相当遥远，耳边只有喧嚣不息的生意行情。他很快就被十里洋场的景观同化了，怀里揣着瑞士钻石表，金丝眼镜是道地的法兰西产品，和洋人打交道时，也能用英语寒暄几句。当然，有时也免不了要到北京去走走，但他现在完全是站在商人的立场上讲话。有过官场经历的商人毕竟与纯粹的商人不同，他更善于利用权力的杠杆来达到自己的目的，更善于把经济活动融化于政治交易之中。在关于汉阳铁厂的体制问题上，他的商股商办又遭到张之洞的反对，他就把意见直接捅到庆亲王奕劻那里。奕劻本是个颟顸庸碌的老官僚，但他贪财好货，在北京有"庆记公司"之称，盛宣怀有的是银票，这样话就好说了。他还怕奕劻也说不通张之洞，又从旁献上一计："可否求钧署（即奕劻把持的总理衙门）托为西洋熟习矿务者之言以讽之，或尚及挽回。"也就是借洋人的力量来改变张之洞的不合理的做法。后来的论者往往据此抨击盛宣怀的买办嘴脸，这恐怕很难令人信服。

作为企业家的盛宣怀在京城长袖善舞，周旋得相当潇洒。为了争取芦汉铁路的修筑权，他特地从国外订购了一部发电机孝敬慈禧，为她在颐和园内安装电灯，全部费用是白银 14 万两。昆明湖畔，身穿燕尾服的洋技师指挥着一群小太监装机架线，忙得颠儿颠儿的，这情景很使人想起一些往事。这座即将华灯大放的皇家园林，不正是李鸿章当年从北洋海军的经费中抽出 60 万两银子修建的吗？ 如今，北洋海军早已销声匿迹，而湖光山色中的园林却别有一番风光。另一件人们知之不多的往事是，与北洋海军差不多同时建立的广东海军中有一艘"广甲"舰，在甲午战争前执行的是中堂大人亲自下达的公差：负责由南方向朝廷运送"岁贡荔枝"。历史上送荔枝的故事往往没有好结局，"一骑红尘"的尾声是魂断马嵬。这样的联想或许令人警醒，或许令人颓丧，但盛宣怀不在乎，中国的事情就吃这一套，要干成一桩事，不放血能行？ 反正羊毛出在羊身上。他频繁出没于王公贵族的朱门，手面之阔绰，大有海派风度。

但商业人格却不允许盛宣怀介入政治纷争，商人的本质是实用，不管你帝党也好，后党也好，我统统不介入。因此，当康有为等人一次又一次地上书清帝，鼓吹变法时；当光绪在西花厅召见维新派头面人物，并"诏定国是"时；当各地督抚闻风而动，"朝野之条陈新政者，日数十起"时，盛宣怀却高卧沪上，做着他自己设计的强国梦，始终未就政体问

这样的方式是应该叫"贿赂"还是叫"投资"，抑或是"商业成本支出"？

幸亏有一个积极倡导"洋务"、大力兴办实业的盛宣怀，民族工业才得以在清末兴建起来，否则等慈禧自己想到办铁路、办矿厂还不知要等多久！

175

湮没的辉煌 ●

著名中学师生推荐书系

题公开表露过任何看法。在他的奏折、电稿、函牍中,所涉及的尽是些经济和技术方面的政策性问题。他虽然偶尔也提一提"立宪"这个字眼,但其所说的不过是"立宪最重理财"。他考察日本归来,总结明治以后日本成功的经验,认为关键"全在理财得其要领"。盛宣怀只是个企业家,他脑子里只有资本和利润之类,或许在他看来,那些激动人心的变法纲领只是书生之论,在中国根本行不通。与其空谈新政,还不如实实在在修几条铁路管用。或许由于他有过多年的官场经历,对政治的险恶有某种预感。

盛宣怀的预感果然不差,1898 年 7 月 20 日上午,光绪帝在勤政殿召见出访中国的日本前首相伊藤博文,这位连做梦也在想着康乾盛世的皇帝也太天真了,居然要这位刚刚在战场上打败了自己的日本人献策改革中国,使中国尽快自强(就在前一天,同样天真的康有为也曾走访这位日本人,恳请他出面赞助新政)。但伊藤一点也不天真,他并不认为一个患软骨病的中国有治愈的必要,对于变法图强,只是闪烁其词,顾左右而言他。就在这时,有太监闯进来传旨,说太后召皇上速去颐和园。这一去,光绪就没有能再回到勤政殿来,慈禧把他囚禁起来了,热闹了 103 天的新政悄然收场。

热闹也好,收场也好,盛宣怀还是一门心思忙他的实业。就在帝党沸沸扬扬地变法,以及后来后党血雨腥风地杀人时,盛宣怀与比利时银行代表团在上海签订了《芦汉铁路借款合同》,借款总额为 450 万英镑,以本铁路及其所属一切产业为担保。差不多在同一时期,他又着手筹建"萍乡煤矿局",开采江西萍乡安源煤矿,产煤主要供应汉阳铁厂,而铁厂生产的钢轨则用于修筑铁路。北京的好戏紧锣密鼓,从西花厅、勤政殿出西直门到颐和园,最后在菜市口扔下几颗血淋淋的人头,划了一个沉重的句号。<u>上海的盛氏公馆也并不冷落,雄心勃勃的筹划,如履薄冰的谈判,既浪漫又实在,商务电报日日夜夜地在长空徘徊,最后凝聚在数千里以外的铁路和矿山上。</u>两台戏各唱各的,互不相干。盛宣怀庆幸自己没有搅进政治纷争中去,管他是这一帮人乘着火车宣扬变法,还是另一帮人利用电报追捕新党,干我何事!

四

在常州,我后来还打听到盛家的另一处故居,地址在老城区的大马园巷一带。从巷口望去,两旁尽是简陋的木板门,并未发现那张扬着富贵气的骑马墙及紫铜门钉、雕花窗棂之类。有竹竿挑出小院的围墙,上面穿晒着小儿衣裤,一看便知是寻常居家。正值晌午,几个老人在小巷里悠闲地漫步,据说这一带原先是盛家的祖宅,到了盛宣怀的父亲中举显达以后,才搬到大井头去的,这里便成为义庄,用于安置盛氏旁系的贫家子弟读书和生活。推算下来,盛家迁居时,盛宣怀还很小,零落在这里的大抵只有童稚的足迹。

出马园巷口,眼前是常州市中级人民法院。我在那大门前徘徊了好一阵,不是为了怀古,也不是

上海是一个海纳百川的福地,现代工业从这里起步,现代教育也是从这里发源,称得上现代文明的摇篮。

177

流连景观，隐隐只觉得心头有一种压抑已久的呼吁：过去的盛家旧宅，如今的人民法院，很好！那么，就请你对这段百余年的历史，对从这里走出去的一个叫盛宣怀的人物，作一个庄严而公正的评判吧。

假如不是中国历史上那个 1908 年（光绪三十四年），这种评判或许会相对容易得多，但历史毕竟绕不开那个风雨飘摇的多事之秋。这一年的 11 月，北京的天气格外阴冷，而紫禁城内更是笼罩着一派黯郁不安的气氛，光绪和慈禧在两天之内先后死去，大清国的权力中枢顿时像失去了定海神针一般，政潮起伏，波诡云谲。

来自北京的邸报每天按时送进上海的盛氏公馆，送到盛宣怀的红木案桌上。盛宣怀随意翻看着，一边想象着京师的一幕幕连台好戏，嘴角上露出一丝隔岸观火的冷笑。他乐此不疲的仍然是向洋人借钱，兴办路矿。不料有一天，送进盛氏公馆的却是一道来自北京的上谕，朝廷任命他为邮传部右侍郎，并"帮办度支部币制事宜"，实际上就是给朝廷搞钱。不久，又擢升他为邮传部尚书，跻身内阁。

<u>盛宣怀说不清是喜是忧，他只得打点行装，到北京去做官。</u>

把一些"知识化"的专门人才选提为管家婆式的行政官僚，这是中国官场中的一个误区，其主观意图或许不坏，但结果却往往大打折扣。因为官场自有官场的一套思维模式和道德规范。苏东坡应该说是个正派人，也是做过大官的，自然深切地体味过被官

场人格浸淫的痛苦，他甚至"惟愿孩儿愚且鲁，无灾无难到公卿"。这无疑说的是反话，因为呆子自不会有人格分离的痛苦，能够心安理得地遵循官场人格的一套去操作。即使是那些原先品格不错的人，一入其中也往往不由自主，逐渐沾染上做官人特有的那种优越感，长此以往，自然是丢了专长，学了一套官腔官调和官派。

作者把盛宣怀"跻身内阁"同苏东坡、张之洞的仕途作比较，突出盛宣怀作为商人的机敏，同时深刻地表现出一名世家子弟内心对于官场的眷恋。这种写法体现了作者宽广的文化视野。

盛宣怀是做过官的人，心底深处是很有几分官瘾的，因为做官有做官的权威。苏东坡那种人格分裂的痛苦他大抵不会有，而张之洞对自己的官场遭遇更是记忆犹新，这个少年时代就被称为"司马相如"的才子，外任数十年却一直不能内召入阁。像他这样政绩昭著的主儿，当官不能入中枢，真不如回家种红薯了。为此，张之洞写过一首七绝：

> 南人不相宋家传，
> 自诩津桥警杜鹃。
> 辛苦李虞文陆辈，
> 追随寒日到虞渊。

宋代的君王不用南方人为相，但屈指数数，南宋的几个大忠臣李纲、虞允文、文天祥、陆秀夫不都是南方人吗？张之洞以宋代南北之别，喻清廷满汉畛域之分，其怨忿之情是显而易见的。如今盛宣怀轻飘飘地就进入了中枢，他着实应该庆幸。

但庆幸之余又多少有点遗憾。他是在十里洋场泡过的，那种潇洒和滋润也挺值得眷恋，因为干

实业有干实业的实惠。当官的用钱得到别人的口袋里去掏，虽然掏起来不很费劲，而且一般都是送上门的，但终究不及办实业的那般流畅自然。因为办实业时钱就在自己的口袋里，想怎样花就怎样花，兴之所至，破财只当风吹帽。况且还有个心态问题，你别看那些"冰敬"、"炭敬"来得容易，其实心里也不那么安分。朝廷又养了那么多风闻言事的御史，弄得不好，参你一本，把吃进去的吐出来不算，还得丢乌纱帽。

遗憾尽管遗憾，官还是要当的，因为盛宣怀找到了一个结合点："目下有此一官，内可以条陈时事，外可以维护实业。"说得很冠冕堂皇，实际上就是既当官又抓住实业不放，把权威和实惠集于一身。

盛宣怀在喜忧参半中完成了向官场人格的倾斜。他原先督办轮船招商局时，是极力抵制官办的，但自己一旦当了官，就立即下令把招商局收归邮传部管辖。他的汉冶萍公司开张以后，即奏请"不准另立煤矿公司"，企图利用官权，独揽专利，这不是武大郎开店是什么？

但这样的评判又似乎有失偏颇，因为盛宣怀毕竟不是一般的庸常之辈，这些年来，他办了那么多的大事情，神州大地上那些傲然崛起的巍巍巨物和雷霆万钧的轰鸣声，唤醒了一个古老民族中世纪的梦魇，也为病恹恹的中华文明争得了几分自信。因此，即使如今身在魏阙，也不能不感到一种民族责任感和事业心的召唤，这种召唤无论是面对儒家传统的人生框范，还是面对当今最为紧迫的强国救亡之现实,都是那样悲壮而执着。然而悲剧也正是从这里开始的,一个旧式官僚,本钱既不足,又好大喜功,便只能冒天下之大不韪。于是,那场把盛宣怀钉在历史耻辱柱上的大革命终于发生了。

这是真正的悲剧。盛宣怀为中国的铁路事业真可谓夙兴夜寐,不论是经营汉阳铁厂或筹建通商银行,其出发点都是为了铁路,前者是为修筑铁路炼制钢轨,后者是为兴办铁路筹集资本。而创办大学则是为了培养铁路事业的专门人才。他是个道道地地的铁路至上主义者。然而,辛亥革命的发起恰恰是从声讨他的"铁路国有"开始的。先是武昌的革命党人握着汉阳铁厂生产的新式步枪呼啸而起,而后是八方的响应者电报串联,火车驰援。他苦心经营的那些近代化的玩意,恰恰为这场大革命准备了最为快捷也最具威慑力的物质力量。到了这种地步,盛宣怀别无选择,他只能到日本去避避风头。更加伤心的是,在逃亡日本神户途中,他乘的是德国人的一艘旧货轮,而自己一手创办并控制的招商局的那些艨艟巨轮已没有他的立足之地了。

从天津到神户的旅程是漫长而寂寞的,每天看日出日落,听潮涨潮息,正可以静静地反思人生的许多大问题。他或许有满腔的怨愤和不平。自强之道,首在铁路,中国这么大一块地方,单靠马车和驿道,富国强兵永远只能是痴人呓语。但筑铁路不是修长城或挖运河,靠皇上的一道谕旨和老百姓的血肉之躯就可以成就的。筑铁路得有钱,那玩意说穿了是银子铺出来的,而中国最缺的偏偏是银子。国人皆骂我"卖国",可我盛某人从来可曾卖过铁路?

从悲剧原因着手进行分析,"强国"之梦代表着盛宣怀的理想,但是官本位思想阻碍了资本的有序发展,两者产生了不可调和的矛盾,资产阶级革命一触即发。

我一向主张"宁借洋债,不卖洋股",因为卖了洋股,铁路就不在中国人自己手里了。那么就只有借洋债了,但借债得有东西抵押,把原先允归商办的铁路收归国有,作为借洋债的抵押,实在是一种没有办法的办法,其目的还不是为中国多造几条铁路吗?"借鸡生蛋",这是连目不识丁的乡下老妪也懂得的资本积累模式,国人为什么偏偏不理解呢?

<u>盛宣怀无法理解国人对他的不理解,他只有怨愤和不平。</u>

就在盛宣怀钻进德国货轮前往日本时,孙中山恰恰由日本启程回国。云水苍茫,海阔天空,两人的航向正好相反,这是不是浓缩着某种政治和时代的含义,我们不必过多地去附会。而就在盛宣怀到达日本的当晚,他从当地的华文报纸上看到了孙中山在南京就任中华民国临时大总统的新闻,在该报一个不显眼的角落里,还刊登着民国政府宣布没收盛宣怀财产的消息。盛宣怀放下报纸,颓然倒在卧榻上。他太疲惫了。

耐人寻味的是,一年以后,两人又在同一条航线上擦肩而过。由于"二次革命"失败,孙中山再一次亡命日本,在这以前,他的身份恰恰是盛宣怀曾经担任过的全国铁路总监。而盛宣怀则踌躇满志地启程回国。中国早期的两位铁路总监,都不约而同地把一段宝贵的时间抛滞在海轮上,不是为了出洋考察,而是由于政治的驱避,这就够有意思的了。民国初期中国政治舞台上那一段你方唱罢我登场的好戏,最后就归结在西太平洋这条航线上几声呜咽的汽笛声中,给人们留下了无尽的思索。

五

盛宣怀的晚年大都盘桓在上海的公馆里，有时也到汉口去走走。因为他仍然是汉冶萍公司的董事长和轮船招商局的副董事长。那几年，中国的政坛上朝云暮雨，他既没有资格，也实在懒得去掺和什么。一个经历过宦海风涛的人，该会从中悟出不少东西的，他已经垂垂老矣，先前的意气所剩无多，冒天下之大不韪的事更不会干了。临死前一年，日本政府在向袁世凯提出的二十一条中，曾要求把汉冶萍公司改为中日合办。当时，日本方面已派人来到上海，但遭到了盛宣怀的婉拒。他并不糊涂。

1916 年，盛宣怀死于上海。大概因为平生听腻了官场的喧闹和机器的轰鸣声，死后想找一个清静的所在，于是他把墓地选择在苏州。

人死了，也就没有什么可说的了。盖棺论定是政治家和学者们的事，我们不去管它。但有一段尾声却颇有意思，说说无妨。

盛宣怀死后不久，一个在美国哥伦比亚大学获得博士学位学成归来的青年来到汉口，担任了汉冶萍公司的英文秘书，他叫宋子文。

宋子文风华正茂，很为当局器重。因为汉冶萍公司为盛宣怀所创办，宋子文亦得以和盛家有所往来，不久便认识了盛宣怀的第七女公子，双方郎才女貌，很快罗曼蒂克起来。

这似乎是一则才子佳人的旧式爱情故事。

当时，盛家的一切均由盛宣怀的大太太庄氏主

李鸿章对日本人始终是心存芥蒂的，他认为日本是一个野蛮未开化的民族，又时时觊觎中华的国土；受他影响，盛宣怀在同日本人合作时也是小心谨慎。作者写到的这个事件也算是盛作为中国传统的士人保住了晚节。

持,但庄老太太偏偏反对这桩婚事,理由很简单:"别的不讲,太保的女儿,嫁给吹鼓手的儿子,才叫人笑话呢。"所谓吹鼓手,是指宋子文的父亲宋耀如当过传教士,以前在盛宣怀的老家常州、无锡一带传教,背着手风琴边走边拉,吸引听众。

这位庄老太太也真是顽固得可以,其实,即使从门阀观点来看,她的女儿嫁给宋子文也算不上委屈。当时宋家的大女儿已经嫁给了孔祥熙博士,二女儿更是大名鼎鼎的孙中山夫人。但老太太不理会这些,她眼里只有一尊前清太保的灵牌。

一个没落的封建公爵,看不起生气勃勃的资产阶级新贵,根深蒂固的偏见扼杀了一对年轻人的情爱,这使人想起狄更斯和莎士比亚作品中的某些情节。

但坠入情网中的年轻人并不死心。当时,宋子文已接到孙中山从广州发来的电邀,便和七小姐策划了一同私奔的计划:晚上由宋子文驾小船停泊在盛家后门附近,看见后门边有一盏红灯笼出现,就把船靠上去,把七小姐接走。

宋子文在小船上整整等了三夜,那盏幸福的红灯笼始终没有出现。带着失恋的痛苦,宋子文只身往广州去了。

盛家失去了最后一次在中国历史上显姓扬名的机遇。至此,关于盛宣怀的故事也可以画上句号了。

后来的情节大家都是熟知的。几年以后,北伐成功时,当年小小的英文秘书已是国民政府的财政部长了。宋氏家族的显赫更不是盛家所能望其项背的。盛七小姐追悔莫及,曾企图再续前情,但理所当

自以为是的老太太,世界早就发生了翻天覆地的变化,她却仍然沉浸在昔日的旧梦中,一不小心让自己的子女丢失了爱情。

湮没的辉煌

著名中学师生推荐书系

然地遭到了宋子文的拒绝。

这似乎又不是一则简单俗套的爱情故事。

我在上文中曾提到一篇题为《略论旧中国近代化过程中的三代核心人物》的文章，其中第三代核心人物即为蒋介石和宋子文。对于宋子文与盛七小姐的爱情悲剧，我是由衷惋惜的，如果不是因为庄老太太的势利眼，人们在回顾中国近代实业史时，将可以发现一条相当醒目的家族关系线索，从 19 世纪 70 年代到 20 世纪三四十年代，从封建官僚中的有识之士到新兴资产阶级中的自觉人物，承接在一个家族的链环上，这将是相当有意思的。可惜盛家后门口的那盏红灯笼始终没有点燃，盛宣怀也始终没有能走出那个旧式的营垒。从这个意义上说，盛七小姐天生就没有成为宋家贵妇的缘分。

于是，我又想起了常州盛家故宅下面那深厚的墙基和盘根错节的老树根。据说，规划在那一带的新建筑相当堂皇，但在我看来，光是那地基，就足够清理一阵子的了。

结尾部分才是作者写作此文的真正目的：这不是一则简单俗套的人物传记。因为从这个家族的盛衰可以看到中国近代资本的萌芽和发展。

照应开头常州故宅的那段描写，用"深厚的墙基和盘根错节的老树根"点出盛宣怀其人官宦命运浮沉的本质，再次升华了主题。

文章太守

一

每座城市都自诩为文化古城，都有几处古董、准古董或伪古董。翻开地方志，言之凿凿的文明史都可以追溯得相当久远。我徜徉在城市的陋巷和郊外的石级小道上，身边是荒寺古木、塔影斜阳，石碑已漫漶难辨，粉墙涸蚀，有如老妇脸上的寿斑。我知道，在这些残碑、古塔和地方志之间，应该隐潜着几个青衫飘然的身影，寻找他们，是为了寻找一种远古的浪漫，一个关于漂泊、诗情和文化个性的话题。

终于来到了扬州，听到了欧阳修吟诵《朝中措》的声音，那声音凝固在平山堂前的石碑上。平山堂是欧阳修任扬州太守时所建，但这首词却是他离任多年后在开封写的，当时他已经升任翰林学士，又勾当三班院。"勾当"是宋代的流行用语，并没有贬义，用现在的话说叫"主管"。勾当三班院的实权是很大的。这位欧阳公在京师的殿阙里"勾当"之余，忆及当年在扬州的外放生涯，却相当留恋，特别是词中的"文章太守，挥毫万字，一饮千钟"几句，很有点洋洋自得的意味。这自得不仅因为他的诗酒风流，而且因为他是一方的最高长官，因此，他那"挥毫万字，一饮千钟"的放达就不光是一种个体性的生命呈示，而

且定格为流韵千古的文化风景。在和自然山水的秋
波对接中,他超越了时空,也超越了自我,成了一座
城市的代表性诗人。在这里,欧阳修笔尖轻轻一点,
触及了中国历史上一个很有意思的文化现象:文章
太守。①

　　"文章太守"无疑是一项相当风雅的桂冠,可是
当我们在浩浩人海中进行资格认定时,目光却渐至
迷茫。因为在大部分的升平时代,官吏总是由文人
承担的,而选拔官吏的途径是科举,也就是考诗赋文
章,那么可以想见,能当到一方太守的大概文章都写
得不错,就像现在提拔一个市长,起码是"大专以
上",至少也是"相当于"。这样一推论,所谓"文章
太守"就没有多大意思了,因为大家都可以堂而皇之
地列入其中。但事实上,绝大多数的官吏虽然也有
文化,但他们的人生价值主要不是因为文章写得好,
而是因为官场行为。能称得上"文章太守"的,起码
应该是一些在中国文化史上有相当影响的人物,他
们生命的辉煌在于文化呈示和文化定位,当官则带
有"反串"的性质。例如,同样是高级官僚,而且也有
过相当不错的政绩,人们总习惯于把屈原、白居易、
苏东坡、辛弃疾归入文化人一类;而同样是文坛高
手、风骚教主,人们又习惯于把曹孟德、李隆基、明代
的"三杨"(杨士奇、杨荣、杨溥)归入政治家的行列。
至于像李后主那样的角色,虽贵为国主,恐怕还是算
他一个"开山词宗"较为合适。

李煜(937—978),初名从嘉,字重光,号钟隐,南唐中主第六子。徐州人。宋建隆二年(961)在金陵即位,在位十五年,世称李后主。他的后期词作,凄凉悲壮,意境深远,已为苏辛所谓的"豪放"派埋下了伏笔,为词史上承前启后的大宗师,如王国维《人间词话》所言:"词至李后主而眼界始大,感慨遂深。"至于其语句的清丽,音韵的和谐,更是空前绝后。

---

　　①　太守大体上是汉代的称呼,自唐宋以后已非正式官名,但习惯上仍用作刺史或知府的别称。为行文方便,本文不拘泥于具体朝代和称谓,将州郡的最高行政长官一律称作太守。

问题还不仅在于此。有些官员的诗文确实也不错,照理也可以称为"文章太守"的,但是再看看他们的文化人格,我们只能不无遗憾地让目光跳过他们的身影。例如唐代有一个叫李远的人,据说"为诗多逸气",似乎有点名士风流的派头。唐宣宗时,宰相令狐绚要任命他当杭州太守,宣宗说:"此人做诗,有'青山不厌千杯酒,白日惟销一局棋'的话,能做地方官吗?"皇帝怕他文人气太重,管不好政务,但还是答应让他试试。从皇帝都知道他的诗这一点来看,他在当时的文名是不小的。李远上任后,倒也清廉能干,很得人心,却又不改名士派头,做诗喝酒是不用说的了,而且喜欢收藏文物,特别注意天宝遗物。他曾在关中一个和尚处访得一双杨贵妃的袜子,从此奉为至宝,常常取出来给朋友玩赏,并说:"我自从得到这双又软又轻、既香且窄的妙物以后,每见一次,就好像身在马嵬坡下,与贵妃相会。"他有不少诗都是以此为题材的,宣泄了一种色情狂的心理。这种人,虽然"文章"和"太守"两方面都说得过去,却不能称为"文章太守"——他们的文化人格过于委琐。

我们还是走进历史的长廊去作一番巡礼。起初我以为西汉的贾谊当之无愧,因为他有"贾长沙"的别称,想必是当过长沙太守的了。但一查,不对,他的头衔是长沙王太傅,也就是家庭教师。"可怜夜半虚前席,不问苍生问鬼神。"他一生不得志,很可惜。接下来轮到被曹操杀头的孔融,他是"建安七子"之一,也确实当过北海令。但北海弹丸小郡,是个不起眼的县级市,孔融在那里的身影亦缥缈难觅。南朝的谢朓是宣城太守,人称"谢宣城","蓬莱文章建安骨,中间小谢又清发",李白对他的诗是很欣赏的,且算他一个。再往下就是风华绝代的唐宋了,这两朝都崇尚文治,文章太守出得最多,也最为典型。从京师到各州郡的官道上,外放的翰林学士络绎不绝,衣带当风,卷帙琳琅,这是一幅令后人多么期羡的风景!山川和美人,历史和诗情,英雄梦和寂寞感,生命意志和浪漫情韵,这一切都在车轮和马蹄声中梳理得那样熨帖——我们毕竟有过一个云蒸霞蔚的盛唐,也有过一个虽不算强盛,却风情万种的两宋。

二

既然"文章太守"的称号首先出自欧阳修之口,我们就先从他谈起。

欧阳修是北宋人,北宋是一个高薪养廉的时代,当时的文人都想在中央做官,那里有更多的晋升机遇,生活也更加风流旖旎,外放到州郡去的大多是因为官场失意。庆历五年九月,欧阳修出任滁州知州,他自然也是很失意的。官船沿汴水入淮河迤逦而行,两岸柳黄霜白,满眼秋色,长空中传来几声雁鸣,凄清而悠长,一种莫名的惆怅感袭上他的心头。迁徙之路本来就是孤独而荒凉的,偏又逢上这萧索的秋景。

失意的原因就不去说他了,政治这东西很复杂,三言两语很难说清楚,反正就这么回事,一个正直而书生气的文人在官场中被同僚端了一脚,落荒而走,到下面来当太守。官场失意,情绪自然不会好,才40岁的人,便自号"醉翁"。醉眼矇眬看世界,天地一片

回顾历史,约略加以介绍,突出唐宋两朝在文学上的独特地位。

庆历三年,宋仁宗颁布范仲淹的十项改革措施,号称"庆历新政"。保守派诋毁范仲淹等革新人士为"朋党",欧阳修作《朋党论》加以批驳。当时仁宗很信任欧阳修,拜为知制(代皇帝拟写文稿),又升任龙图阁直学士。庆历五年,新政失败,杜衍、富弼、范仲淹、韩琦被罢官外调。欧阳修作《论杜衍范仲淹等罢政事状》,指出"今此四人一旦罢去,而使群邪相贺于内,四夷相贺于外"。邪党更加痛恨他,借欧阳修甥女张氏犯法,将欧阳修牵连下狱。后来虽查明纯属诬蔑,还是被贬为滁州知州,又调任扬州、颍州等地。直到至和元年,才调回京城。

189

浑沌。但他渐渐发觉当一个地方官也挺不错，首先是自由，特别是心灵的自由。这里远离政治斗争的中心，官场的吵闹声被千里荒原和长风豪雨阻断，微弱得几乎可以忽略不计，于是便用不着整天揣摩上司和同僚的眼色，也省去了许多站班叩头和繁文缛节。这里虽没有京师那样高档次的勾栏红楼，却有一派充满了生机和野趣的自然山水。文人本来就对自然有一种天性的向往，那么，就扑进大自然的怀抱，展示出一个更纯真更健全的自我吧。

他走进了滁州西南的琅琊山，山光水色中流出了中国散文史上的灿烂名篇《醉翁亭记》。这是一篇赏心悦目的游记，更是一曲心灵的咏叹和吟唱。500多字的散文以 10 个"乐"字一以贯之，那令现代人读来颇有点拗口的"之乐"、"而乐"、"其乐"和"之乐其乐"中，似乎透出作者压抑不住的朗笑。其实作者的内心深潜着巨大的悲愁，究竟是山壑林泉之美暂时掩盖了他心灵深处的痛苦，还是原生态的自然山水升华了他的人生境界，使他以一种更为高远旷达的眼光来审视生命呢？似乎很难说清楚。反正《醉翁亭记》诞生了，诞生在一个失意官僚的跟踉醉步之下，诞生在夕阳和山影的多情顾盼之中，诞生在心灵的困顿和再生之后。它那摇曳多姿的情韵，不仅让无数后人为之心折，而且当时就产生了轰动效应。且看《滁阳郡志》中的这一段记载：

记成刻石，远近争传，疲于摹打。山僧云：寺库有毡，打碑用尽，至取僧室卧毡给用。凡商贾来供施，亦多求其本，所过关征，以赠监官，可以免税。

怀抱青山，携手自然，"仰观宇宙之大，俯察品类之盛，所以游目骋怀，足以极视听之娱，信可乐也"。

湮没的辉煌

●

著名中学师生推荐书系

190

读了这一段记载,我真是感慨万千。在那个崇尚文化的宋代,为了拓取石碑上的一篇文章(而且是当代人写的,并非古董),竟把寺庙库房里的毡子用尽了。从拓碑者那络绎不绝的身影和朝圣般的虔诚中,我们看到了一种文化精神的闪光。可惜今天我们已无缘遭逢这样的景观了。今天各地的名胜古迹中,名人碑刻自然并不鲜见,游人中有识趣的,站在面前吟读几句,赞叹一番,悠哉游哉地转向别处。而大多数的俊男倩女恐怕看也未必看的,这有什么好看的呢?既没有炫目撩人的色彩,也没有争奇斗艳的形制,更不宜于相依相偎着谈情说爱。他们从前面走过时,目光中透出游离和浮躁;或偶尔趋近,只不过是为了磕去鞋跟上的泥污,然后哼着流行歌曲翩然而去。

当然,我们或许可以批评当初那些拓碑者中某些人的动机,例如那几个做生意的"款爷",他们寻求拓片的目的,只不过是为了贿赂沿途的税官,以求得对方高抬贵手。但透过这种相当功利性的举动,我们仍然感到了一种浸润着文化色调的温煦。税官以他职业性的贪婪审视着一件当代碑刻的拓片,他的眼睛或许一亮,然后相当满足但又不动声色地笑纳——他掂出了这卷宣纸的分量。税官自然是可恶的,但我却固执地认为,这个收受拓片的税官却少许有几分亲切。也许,他只是想用这件小玩意装点一下自己的客厅,但比之于镶金嵌银富丽堂皇,用拓片装点似乎更令人顺眼。或者,他只是想用这卷宣纸转手贿赂自己的上司,以谋取更好的前程,但我们却宁愿看到权贵们笑纳一件拓片而不是红包或其他。

第三单元

真的旅游者欣赏风景、关注人文,在山川中洗涤灵魂,在文学中陶冶情操。

191

在这里，税官及其上司可能并不具备一个鉴赏者的文化品位，他们的动机可能纯粹是为了附庸风雅。但我仍然固执地认为，附庸总比不附庸好，因为附庸本身就是一种认定——对附庸对象的价值认定。试问，谁曾听说有人附庸粗俗、附庸浅薄的？附庸风雅，至少说明他们还把风雅当回事，还认为是值得仰慕、可以炫耀的，甚至还有一点小小的崇拜。如果大家都来附庸，蔚成风习，对提高全社会的文化品位大概没有坏处。真正可悲的倒是没有人来附庸，人家眼中的文化只是那种快餐式的歌厅、舞厅、卡拉 OK 或美容、桑拿之类，而家中本来可以放几本书的地方却显摆着人头马。因此，我由衷地感慨我们曾有过一个宋代，那时一件小小的拓片竟那样风靡，让贪得无厌的税官也为之开颜。

《醉翁亭记》之所以能流韵千古，与当初的那些拓片大概不无关系。滁州是淮北小城，欧阳修那期间的情绪也不好，寂寥烦闷之中，可以散散心的地方大抵也只有那座醉翁亭。与之相比，苏东坡在杭州的太守生涯，色彩就丰富多了。

苏东坡一生中颠颠簸簸地做过好几任太守，他那光华夺目的诗文有相当一部分产生于州府的庭院里。"我独不愿万户侯，惟愿一识苏徐州"，这是秦观早年写给苏东坡的诗。当时苏东坡在徐州当太守，政绩和文名都令人倾慕。他从翰林学士调任杭州太守是元祐四年的春天，对于这位大诗人来说，杭州曾是一段充满了审美体验的浪漫人生，15 年前他在那里当过通判，他吟诵的那些诗句至今仍在杭州的楼馆和街巷里传唱，他当然很乐意到那里去。离开京师前,83岁的老臣文彦博特地来送他,劝他不要乱写诗,苏东坡已经跨在马上,他很理解老前辈的一番好心,也知道有一帮小人用阴险的目光盯着他,时刻准备为他的诗下注解(这种注解可不是什么好事)。他仰天一笑,向文彦博拱拱手,策马往杭州去了。这次他走的是旱路,旱路比水路多了几番颠沛,却比水路快捷。杭州有山水,有诗歌,也有美人,那里是一个新鲜活泼的生命世界,他渴望着尽快走进那个世界。

文彦博的忠告他是记在心里的。到杭州后,苏东坡确实有一段时间没有写诗。但不写诗不等于没有诗化的生活,杭州本身就是一首诗,在这里,他尽情地享受生活的美,用自己的灵性去拥抱和体验生活中的诗情。这是一种人生的大放达,一种与自然和谐共处坦诚对话的大自在。人在诗中,诗在胸中,是不是见诸笔墨、传唱闾巷并不重要。他住不惯市中心的太守官署,那里不仅远离了西子湖风姿绰约的情韵,而且森严的照壁也隔断了柔婉的市声和鲜活灵动的江南烟水。因此,他常常"走出彼得堡",住在葛岭寿星院的一栋小房子里办公。那里有一处雨奇轩,一听这名字便会想到当年他写的那首赞美诗:

> 水光潋滟晴方好,
> 山色空濛雨亦奇。
> 若把西湖比西子,
> 淡妆浓抹总相宜。

这首绝句后来成了抒写杭州和西湖的代表性诗篇。

这是北宋大诗人苏东坡任杭州通判时写的《饮湖上初晴后雨》一诗。当人们吟诵这首传诵千古、脍炙人口的名诗时,自然会联想起苏东坡在杭州创下的丰功伟绩。

有时,他会独自一人走进某座寺院,脱下纱帽和官服,四仰八叉地躺在竹林里。清风徐来,竹影婆娑,这是真正销魂的时刻。庙里的小和尚用敬畏的目光偷看这位大文豪,他们看到苏东坡背上有七颗黑痣——这无疑是一项相当了不起的发现,足够他们日后津津乐道的了。中国古代的诗人似乎与和尚和妓女有某种不解之缘,苏东坡在杭州也少不了和这两种人打交道。和尚往往是哲人兼俗人,妓女中则不乏灵气和悟性很好的奇女子。对于诗人来说,和他们的交往是灵性生活与感观生活的统一,诗情与哲理的升华。据说,有一次他泛舟西湖,和一个叫琴操的妓女互斗禅机,这实际上是一次关于人生哲学的对话。苏东坡自扮佛门长老,请琴操装成参禅弟子。按照佛规,自然是徒弟问,师父答。围绕着眼前景、心中事,这场师徒间的对话很有意思:

琴操问:"何谓湖中景?"

东坡答:"落霞与孤鹜齐飞,秋水共长天一色。"

琴操又问:"何谓景中人?"

东坡答:"裙拖六幅湘江水,髻挽巫山一段云。"

琴操再问:"何谓人中意?"

东坡答:"随他杨学士,憋杀鲍参军。"

琴操是个极聪颖的女孩子,她显然听出了苏东坡的答辩弦外有音,又径直问道:"长老所言,究竟意当如何?"

苏东坡又赠一句:"门前冷落车马稀,老大嫁作商人妇。"

琴操当即恍然大悟,知道太守是规劝自己及早脱却风尘。想起往昔供人戏弄和蹂躏的辛酸生涯,

念及日后凄凉的晚景,琴操万念俱灰,当天就削发为尼了。

我一直怀疑这段传说的可靠性。苏东坡是个天性温厚的人道主义者,按理说他不会用这样的方法把一个弱女子导入生活的误区。因为从青楼而遁入佛门,并不能说是真正的解脱。但这样的传说却道出了苏东坡的另一种无奈,无论是绮丽的山光水色,还是诗情与哲理,都回避不了冷酷的人生现实。当琴操最后走向青灯黄卷的佛堂时,诗人的目光中当会流泻出相当真诚的忧伤,而且也肯定会想到一些更深远的命题的。

三

苏东坡所想到的命题,也是中国的文人士大夫们终身为之魂牵梦萦的,这个命题叫做"济苍生"。中国的文人士大夫有一个很不错的传统,即把儒家的用世之志与道家的旷达精神结合得较好。事实上,苏东坡在杭州不仅仅是优游山水,他是个有相当建树的行政官员,他留下的那些业绩,有几桩甚至称得上是开天辟地的创举。例如,他建立了中国历史上最早的孤儿院和公立医院,这中间影响最大的无疑是他为杭州城建立了良好的供水系统,此举因为与治理西湖有关,历来被传扬得十分风雅,似乎那只是为了人们日后泛舟赏荷的便利。一个大文豪,他的一举一动——哪怕是最普通最实际的举措——也会被渲染成一种诗意化的浪漫,反而忽视了为百姓排忧解难的耿耿初衷。

北宋元祐四年(1089),苏东坡出任杭州太守,拨出公款2 000缗(缗是宋代铜币计量单位,相当于"贯"),连同自己捐出的50两银子,在城市中心地带建置病坊,取名安乐坊,派寺院僧医管理坊事,聘请名医坐堂治病。苏氏常躬身病坊,安抚患者,提出各种改进意见,大大提高了医疗水平。苏东坡离杭前将此病坊搬到西湖边,改名安济坊,继续为民治病,由公立变为自负盈亏的私立医院。

苏东坡在杭州当太守是北宋元祐年间。他当时没有想到,几十年以后,杭州会成为宋王朝新的都城,而他殚精竭虑所兴建的那些工程,恰恰是为那一班仓皇南渡的君臣准备的。西湖整治好了,可以夕阳箫鼓,也可以曲院风荷。城市基本设施一应俱全,市民们既具有南方人热情的天性,又极富于文化素养,"暖风熏得游人醉,直把杭州作汴州",一切都美轮美奂。难怪宋孝宗赵昚坐在杭州的宫城里阅读苏东坡的作品,尤其是他的那些奏议表状时,竟钦佩得感激涕零。于是谥给他"文忠公"的荣衔,又追赠太师的官位。在皇帝亲自起草的圣旨中,有"王佐之才可大用,恨不同时"的句子,可见他对苏东坡的推崇了。在人们的记忆中,赵昚上台后,被重新评价且给予极高荣誉的只有两个人,除去苏东坡外,另一个就是因大破金兵而屈死在风波亭的岳飞。

孝宗皇帝在新宫城里翻阅的那些奏章中,大概就有苏东坡为整治西湖而写给太后的报告。这份报告很有意思,从中我们可以看出苏东坡政治上的机敏,并不是通常想象的那种书呆子。他列举了整治西湖刻不容缓的五条理由,其中第一条竟是佛家的说法,怕西湖淤塞,鱼儿遭殃。因为太后是女人,女人的心一般都是水做的。而且太后又信佛,佛家以慈悲为怀,视杀生为大忌。这一条理由恐怕苏东坡本人也未必相信,他虽然经常与和尚讨论佛法,但那是把佛法作为一种哲学来研究的。他的诗中充满了那么大胆的"天问",每一次"把酒问青天"都是对科学殿堂的叩击,都闪烁着朴素唯物主义的思辨之光。例如,他曾设想月亮上的黑点是山脉的影子,这种大

湮没的辉煌

●

著名中学师生推荐书系

苏轼在杭州两度任太守,他留下的苏堤不仅是一项重大的水利建设工程,更是一段"苏堤春晓"的千古佳话。

胆的设想直到近代才被科学发现所证实。因此,对佛家那些因果报应六道轮回的鬼话,他未必相信。但这不要紧,只要太后相信,就应该堂而皇之地排在第一位。接下来的理由是西湖关系到造酒的水源,这一条也很重要,因为酒税是国家财政收入的大宗,而财政问题历来都是很敏感的,不能不引起中央的高度重视。有了这两条,就从意识形态到经济基础两方面把太后征服了,再接下去才是城市供水、农田灌溉、运河流水。这样的报告送到京师,太后马上就批复同意,并且给了一万七千贯钱。苏东坡算算这笔钱还不够,便在用足政策上做文章,卖了100道僧人"度牒"——这颇类似于现在有些地方卖户口的做法——又得到一万七千贯钱。他用这两笔钱把事情办得很圆满,最后还用修湖废弃的葑泥筑了一条长堤,这就是与白居易的"白堤"齐名的"苏堤"。

苏东坡是幸运的,他一生曾先后得到三位太后的赏识。但对于绝大多数的文人士大夫来说,这样的幸运毕竟可遇而不可求,在他们身上,兼济天下的使命感常常消磨在壮志难酬的扼腕之中。他们的一生总是在"忧"字上做文章,一个梦魇般的"忧"字,成了中国文人千古不绝的浩叹。从屈原到后来一代又一代的文人士大夫,几乎概莫能外。看看泪罗江畔那幽怨的足迹吧,徘徊复徘徊,凝聚着的正是"政治失恋"的巨大痛苦。这就难怪另一位"文章太守"范仲淹站在岳阳楼上,发出"进亦忧,退亦忧"的感慨,并把这归结为一种"古仁人之心"。生死以之的忧患意识,构成了中国文人普遍而独特的精神图谱,从某种意义上说,他们从来就不曾真正潇洒过。

林语堂先生在《苏东坡传》里感慨道:"我常想,倘若西湖只是空空的一片水——没有苏堤那秀美的修眉和虹彩般的仙岛,以画龙点睛增其神韵,那西湖该望之如何?"唐、宋两朝的两位大诗人修建的两条长堤,确实为西湖增色不少。中国的许多风景,都因文人题咏,留下了不朽的声名。而西湖里的这两条大堤,不仅仅是装点湖山,确实是减灾的水利设施。白苏二人在他们为官任期内,一心为黎民百姓做实事,真是令人钦佩。

197

白居易也在杭州当过太守。一般认为,这位香山居士是很会享受的,所谓"樱桃樊素口,杨柳小蛮腰"是他生活的一大乐趣。在杭州这种地方,他自然不会冷落了自己,不信,有诗为证:"玲珑箜篌谢好筝,陈宠觱篥沈平笙。清弦脆管纤纤手,教得霓裳一曲成。"商玲珑、谢好、陈宠、沈平,是他在杭州物色到的四位擅长吹弹管弦的姑娘,白居易都为她们写了诗,还把她们组织起来教练演奏霓裳羽衣曲。练成之后,就在西湖边的虚白堂前演出,那排场是可以想见的。白居易后来在洛阳写的那几首《忆江南》,同样成为抒写杭州的代表性诗篇。江南好,江南忆,一唱三叹,写尽了杭州的风华旖旎和声色姣媚。但这只是太守生活的一个侧面。十一月的大寒天,太守在官邸里围炉拥裘时,想到的却是老百姓连粗布袄裤都穿不上身的困窘,两种生活境遇的反差,使他陷于深深的愧疚之中。只要看看白居易写过的另外一些诗篇(例如《观刈麦》《杜陵叟》《卖炭翁》等),就可以知道这并非诗人无病呻吟的矫情,而是发自心灵深处的人道主义呼唤,不然他不会有如此奇特的想象:

我有大裘君未见,
宽广和暖如阳春。
此裘非缯亦非纩,
裁以法度絮以仁。
刀尺钝拙制未毕,
出亦不独裹一身。
若令在郡得五考,
与君展覆杭州人。

《忆江南》之二是忆杭州的,其中"山寺月中寻桂子,郡亭枕上看潮头"概括出两样最富特色的杭州风物,优美的传说同诗情交织在一起,传递出独特的人文内涵。初唐诗人宋之问咏灵隐寺诗云:"楼观沧海日,门对浙江潮。桂子月中落,天香云外飘。"

湮没的辉煌

著名中学师生推荐书系

在成都草堂那个秋风肆虐的早晨,我们曾见过诗人杜甫设计的一座广厦,其宽敞与温煦曾令无数读者仰之弥高、心情激荡。现在,我们又在杭州冬日的漫天风雪中,见到了另一位大诗人设计的一件足可展覆全城的大裘。以我的孤陋寡闻,这大概是古今中外文学作品中出现的最磅礴的衣衫。白居易的诗好多写得相当通俗,有些几乎堕入打油的格调,这一点苏东坡颇不以为然,鄙之为①"元轻白俗",认为白诗过于浅俗,没有多大意思。平心而论,就艺术张力而言,上面所引的这首诗与杜甫的《茅屋为秋风所破歌》确实不在一个档次上,但从中我们却看到了什么叫源远流长的人道主义,什么叫中国知识分子的人格、情怀和永恒的焦虑,什么叫"为时而著"与"为事而作"的现实主义文学传统。白居易在杭州不到三年,却为人民办了不少好事、实事。当他离任的时候,杭州的老百姓纷纷饯送,甚至有遮拦归路、号哭相阻的。我想,作为一个地方官,这滂沱泪雨和牵衣顿足的送别即使不是一种最高荣誉,也是比晋升的调令以及上司的赏识之类更权威,也更值得珍惜的了。

托尔斯泰宣传的"平民化"思想以及"接近人民"的社会道德理想同白居易、杜甫们慨叹的忧患意识虽然不同,但是都能够折射出知识分子对广大百姓的悲悯情怀。

济苍生、忧黎民的"古仁人之心"在白居易的诗句"可怜身上衣正单,心忧炭贱愿天寒"中强烈地表现出来。

现在我们该回到扬州,去看看欧阳修建造的平山堂了。关于平山堂,至今仍有一副写景摹胜的楹联,联语云:

---

① "江南好,风景旧曾谙。日出江花红胜火,春来江水绿如蓝。能不忆江南?"用语浅近,中间两句勾勒出一幅无限美好的江南春景:旭日东升,两岸繁花红艳似火;春风始拂,夹岸江水碧绿透蓝。旭日、红花、绿水,交织成色彩缤纷的画图,辉映成瑰丽多姿的世界。"浅显"的词句绝无半点"浅俗"之意。

衔远山，吞长江，其西南诸峰林壑尤美，

送夕阳，迎素月，当春夏之交草木际天。

　　不难看出，这是集《岳阳楼记》《醉翁亭记》、《黄冈竹楼记》《放鹤亭记》中的名句而成的。中国的文人历来喜欢玩这种掉书袋的文字游戏，但这一次却玩得相当精当。

　　史料中有不少关于欧阳修在平山堂观光宴乐的记载，有些场面是很出格的，像"坐花载月"那样的玩法就相当排场。后人在评论宋代词坛时，有"同叔温馨永叔狂"的说法，同叔是婉约派词人晏殊，永叔即欧阳修。在这里，欧阳修的"狂"恐怕不仅仅是指诗酒风流，还应包括人的品性及政治抱负之类。欧阳修是在中央做过大官的，人称有宰相之才，他到扬州来，自然要干一番利国惠民的事业。这样，他就陷入了一种深深的困惑之中。扬州太出名了，现在又有了一处平山堂，过往的官吏文士，不管相干的还是不相干的，都要来拢一拢。来人了，太守都得陪，平山堂自然是要去的，酒也非喝不可，于是"革命的小酒天天喝"，时间长了，他感到很累，也感到实在没有意思，便自己要求调到颍州去。颍州是个偏僻的小城，大概不会有这么多的送往迎来吧。

　　欧阳修是庆历八年二月到扬州的，第二年正月迁知颍州，时间不到一年。史料中没有留下多少他在扬州的政绩，只有一座平山堂。他走得很匆忙，不是因为政务的辛劳，而是因为诗酒太繁盛，山水太迷人，宾客太多情。也许有些人认为这是一桩挺不错的美差，自己既很风雅惬意，送往迎来又是公关的绝好机会，宴客旅游，钱是公家的，却可以用来巩固和发展自己的人际关系，这对于日后仕途上的腾达无疑相当重要。但是欧阳修却对这样的美差不领情，一种健全的文化人格驱使着他尽快离开这里。欧阳修走了，从烟柳繁华的扬州走向颍州小城，回望古城的二分明月和平山堂的烟雨楼台，一直纠缠着中国文人的那个"忧"字当会又浮上心头的。

四

　　我翻阅过几座城市的地方志，发现其中似乎有一种规律性的遇合：凡是文化昌明的历史名城，其山水街衢间总飘动着几位文章太守的身影。在这里，诗人的抱负、情怀以及"与物有情"的缠绵锐感和城市的性格联结在一起；城市的风情、美姿以及社会生活的各个侧面和诗人的魅力互相得到了最好的展示。"我见青山多妩媚，料青山见我应如是"，辛弃疾的体验虽然很真切，但毕竟说得过于斯文。我觉得若用"两情缱绻"、"以身相许"、"风尘知己"或"情人眼里出西施"之类形容男女情爱的说法，可能会更有意思。于是，诗人塑造了城市，以他深婉或高迈的文化品格蔚成了一座城市的文化风习；城市成就了诗人，让他的才情挥洒得淋漓尽致，并且成为一座城市的代表性诗人。面对城市的诗人和面对诗人的城市，是一种灵性的双向对接，他们互相依存，有如一座丰碑两面的浮雕。就像一提起奥斯特利茨或滑铁卢，人们就会想到拿破仑一样；一提起杭州，人们自

> "健全的人格"指的是独立的人格，主体的人格，既不需对上卑躬屈膝，也不用对下耀武扬威，人际关系是平等的。但是中国的知识分子由于受到千百年来正统的儒家思想的影响，要真正做到这一点是相当困难的，单单一个"三纲五常"就会让他们失去独立的"自我"。

> 在这个章节里，我们不仅可以跟随作者的文字欣赏"文章太守"们不同凡响的文采，更可以看到他们诚挚的情感和火热的抱负。

第三单元

201

然会想到白居易忧时的苦吟和苏东坡豪迈的长歌；而一提起诗人杜牧，人们也会想到扬州的青楼艳歌和二十四桥的丽人倩影。

扬州历史上出过多名文章太守，这中间，杜牧的祖父杜佑大概是著述最丰的一个，他的代表作是史书巨著《通典》。值得一提的是，《通典》中本着"教化之本，在乎足衣食"的宗旨，把《食货》列为八门之首，在中国古代的史学著作中第一个高扬起"以经济建设为中心"的旗帜，这是很有见地的。杜佑的官衔是淮南节度使，驻节扬州，唐代的节度使兼管地方政务，因此，实际上也就是扬州的最高行政长官。他对青年才子刘禹锡很欣赏，但刘禹锡当时担任太子校书，是东宫属官，他无缘延揽。贞元十六年，徐州军乱，朝廷令淮南节度使领兵讨伐，杜佑乘机表请刘禹锡为掌书记。戎马倥偬中，刘禹锡"恒磨墨于盾鼻，或寝止群书中"，干得很出色。这次军事行动只有几个月，而且以失败告终。此后杜佑回到扬州，他当然不会放刘禹锡再回去了。刘禹锡因此有机会进入扬州的文化圈子，经常和文友们一起拈花赋诗、对酒联句，逐渐形成了他那废巧尚直而情致不遗的诗风。杜佑从扬州调到中央后，刘禹锡亦随同入京，担任监察御史，开始在政界和文坛崭露头角。因此可以说，扬州是他人生旅程中至关重要的一站，而正是文章太守杜佑给了他同样至关重要的机遇。

杜佑离开扬州大约30年以后，到了唐大和年间，当时的淮南节度使是牛僧孺。对于中唐政治史上的"牛李党争"，我不去评说是非，但牛僧孺肯定是一个文人，而且有一定的文化品格。当时他帐下有一个叫杜牧的年轻人。当年杜佑在扬州时,曾提掖过不少文学后进,现在他的孙子在扬州,又得到另一位文章太守的关顾。这绝不仅仅是一种巧合,而是唐代那种文化氛围下相当必然的际遇。对于一个文人来说,不管他后来的成就多高,名气多大,在其人生的某个关键时刻,大抵都曾得到过别人的慧眼赏识和提携,对于这种赏识和提携,他们会铭记终生的。因此,当他们以文坛高手的身份到一个地方当太守时,对当地的文人总会流泻出更多的热情,而一方的文风,也就在这种热情的流泻中兴盛起来。杜牧是个天才型的诗人,却放浪形骸,并且喜欢发牢骚,有时候还喜欢说大话,动不动就论列国家大事。一般来说,当官的不大喜欢这样的文人,往往敬而远之,等到你出了什么问题再一并收拾。扬州是个风月繁华的温柔之乡,这里有的是女人和歌舞。杜牧在牛僧孺手下当掌书记,白天办公,夜间便溜出去狎妓饮宴,过他的风流生活。牛僧孺卸任时,取出一个大盒子交给杜牧。杜牧打开一看,里面都是牛僧孺手下"秘密警察"的报告,一条一条写着:"某月某日,杜书记在某处宴饮";"某月某日,杜书记在某妓院歇宿";"某月某日,杜书记与某人在某处游览,有某某妓女陪同"……这样的小报告,看了真叫人心里寒颤颤的。不过别担心,牛僧孺动用"秘密警察",其目的并不是打探部下的隐私,好日后算账,而是让他们暗中保护杜牧,怕他风流太过,惹出事端来。杜牧看了这些,大为惭愧,同时也深深地感到太守对他的宽容。牛僧孺稍稍教训了他一顿,劝他检点品德,不要太浪漫了,也只是点到为止,对方脸红了便打住,并

不上纲上线。对于牛僧孺这样的做法,用现在的眼光看似乎过分姑息了,但正是在这种姑息之下,杜牧写出了一批风华掩映的好诗,为纤巧疲软的晚唐诗坛吹进了一股清新峭健之风。如果让我们选择,那么,我们宁愿选择一个在姑息宽容下风流放荡、词采勃发的青年才俊,而不要一个在严格管束下道貌岸然、四平八稳的传统士大夫。

这样的议论仅仅是浅层次的。其实,牛僧孺的姑息,是建立在深切了解基础上的信任。他知道醇酒妇人只是杜牧生活的一个侧面,甚至只是一种表象。除此而外,还有一个更真实的杜牧,即说剑谈兵,有经纶天下之志的杜牧。受祖父杜佑的影响,杜牧从小就不乐于攻读群经,而好言兵甲财赋之事。有谁相信,这位风流浪子曾注释过《孙子兵法》,并针对危机四伏的晚唐政局,写出了《战论》《守论》《原十六卫》等充满血光之气的文章呢?他是很想在经国大业中有一番作为的,只是由于壮志难酬,才苦中作乐,在脂香粉艳之中寻求解脱。舞低杨柳楼心月,歌尽桃花扇底风,可诗人的心在流血,这种意欲解脱而不能的深愁巨痛谁能理解呢?牛僧孺能理解,这是杜牧的幸运,也是中国文化的幸运。

杜牧对牛僧孺是非常感恩的。牛僧孺死后,墓志铭就是杜牧写的,这可以作为一个明证。杜牧后来也当过几任州郡太守,留下了不少风流佳话,且提掖过不少青年士子,这些都是情理之中的了。

一般来说,那些被称为文章太守的人物在调任州郡之前,都在中央做过官,而且已经有了相当大的文名。京城的文化圈子很热闹,天子脚下,人文荟萃,摩肩接踵,星光灿烂,大家总认为那里是步入文坛、再由此进入政界的捷径。一首诗写得好,说不定就可以直达天听,名扬天下。于是各路高手争奇斗异,都想打出自己的旗号,人们通常所说的"长安居,大不易"大概就是这个原因。但总的说来,那里是一个贵族化的文化圈子。现在,有几位高手从那个圈子里走出来,走进了远离京城的山野乡风之中。他们听到了民众的歌声,歌声抑扬而俚俗,直往人的心里去。这里没有僻字险韵、奇崛幽深,也没有精警诡谲、秾丽凄清,有的只是缠绵深婉的情致、行云流水般的清新和那股野性的穿透力。刘禹锡在夔州当太守时,就深深地被这种"四方之歌"陶醉过,且看这位大诗人是何等欣喜:

　　聆其音,中黄钟之羽,卒章激讦如吴声。虽伧伫不可分,而含思宛转,有淇濮之艳。

　　听得多了,自己的诗风也自觉不自觉地发生了变化,文人诗和民歌在这里找到了流溢着生活质感的契合点,一股不同于京城贵族文化圈内的新的诗风悄然崛起。刘禹锡在夔州创作的《竹枝词》,就是向民歌学习的结果。在《竹枝词九首引》中,他以不经意的语调,道出了一个极富于文学史价值的创作宏旨:"后之聆巴歈,知变风之自焉。"很显然,《竹枝词》不是诗人一时的游戏之作,而是有意识地追求一种新的诗风,并以此来影响文坛。刘禹锡是有文化使命感的诗人。《竹枝词》很快便从巴山蜀水流传到长安、洛阳,成为相当风靡的新歌词,以至京城里的

诗人在流放巴山楚水期间吸收民歌的特点,创作了大量优秀的诗歌,如《竹枝词》、《踏歌词》、《堤上行》等,或记风土人情,或写劳动生活,或写男欢女爱。这类民歌体作品,意境优美,情思婉转,语言清丽,音韵和谐,既有民歌的朴素自然,又有文人的细腻精巧,在中唐文学史上占据了独特的一席。

高雅诗人发出了"能诗不如歌,怅望三百篇"和"自悲风雅老,恐被巴竹嗔"的叹息。泱泱京都,偌大一个贵族文化圈子,竟然在几首《竹枝词》的冲击下颠荡不安,这实在是很令人深思的。

白居易在苏州当太守时,他的好友元稹正好在越州当太守,两地相隔不远。白居易是不甘寂寞的人,他曾想仿效在杭州的豪举,再现《霓裳羽衣曲》的辉煌。可是苏州不比杭州,宫廷文化的影响在这里很淡薄,根本没有这方面的人才。他又写信给元稹,问那边有没有会表演《霓裳羽衣曲》的妓人。越州自然更没有,元稹只给他寄来了《霓裳羽衣曲》的曲谱,此事只好作罢。《霓裳羽衣曲》已经式微,当地的吴歌却随处可闻。白居易极喜爱音乐,每到一处,必有记录当地歌儿舞女的诗,这些诗他都寄给了好友元稹。在苏州的那几年里,他和元稹经常用五言和七言排律互相唱和酬答,像写信一样。白居易有一首《代书诗一百韵寄微之》,题目就说明是代替书信的诗,这首诗竟然长达百韵,有1 000多字。代书诗叙事抒情,通俗平易,显然是受了吴歌的影响。在苏州和越州之间的官道上,驿马扬蹄疾驰,负载着两位大诗人的生命呈示和绝代才华,负载着挚友之间生死以之的情谊和魂牵梦萦的思念,也负载着华夏历史上一幅流韵千古的文化景观。在驿马的前方,青山隐隐,绿水迢迢,回荡着悠远清丽的吴歌……

五

文人士大夫的晚年一般总是在怀旧中度过

杜佑和刘禹锡、牛僧孺和杜牧以及白居易和元稹这样的三个组合促成了唐代政坛文人相谐的风尚,此中蕴含的大气同恢宏的时代不无关联,令后来相轻、相轧的文人不禁汗颜。

的,也因此写出了不少好诗。这时候,他们的思考往往格外理性化,甚至可以上升到哲理的高度,感情也格外敏锐细密,浸润于诗中的那种感伤和惆怅就格外显示出生命的无奈和沉重。是的,他们曾经辉煌过,科场及第的风光,文坛大腕的荣名,建功立业的自负,当然,还有情场上的种种风流韵事。但对不少人来说,最能牵动情怀的还是在州郡当太守的那段生涯,一首首怀旧诗也往往围绕着那个遥远而温馨的旧梦而生发。"十五年前似梦游,曾将诗句结风流",在这里,诗人把过往的岁月称之为恍如隔世的"梦游",旧日的风流当然与艳情有关,但也不仅仅是艳情,还有与此联结在一起的青春、事业和仕途上的荣辱沉浮。正因为如此,"太守情结"才那样生生死死地纠缠着他们的晚年。

欧阳修一生的太守生涯大体分为两个阶段。第一阶段是庆历五年到皇祐元年,先后知滁州、扬州、颍州,当时他正值壮年,文学上也处于鼎盛时期,诗、酒、美人和积极入世的成就感集于"文章太守"一身。第二阶段是治平四年到熙宁四年,先后知亳州、青州、蔡州,这是他政治生涯的终结时期,60多岁的老人,身体的多病、仕途的险恶更使他心灰意懒,在任上大抵没有干什么事情。欧阳修晚年写了不少"思颍诗",就是对第一阶段太守生涯的回忆。诗中体现出一种历尽沧桑后的悲慨和解悟,"富贵浮云,俯仰流年二十春",不论是繁华宴赏还是治平功业都已成为过去,在晚年的孤寂中以静观平和的心态去反思,当会悟出好多人生意味的,这是"太守情结"中相当

典型的心态。但不管怎么说，生活给了他一次机遇，让他从喧闹的京城走向了山村水郭和寻常巷陌，从逼仄的文学圈子走向了更广阔的社会空间，接纳了乡野的呼唤和民众的歌哭，他们的视野更高远，胸襟更舒朗，情感底蕴也更博大深挚，文学和人生的境界都呈示出更大的格局。那是他一生中最为华彩丰富的乐章。当初离开京城的时候，不是苦凄凄的很委屈吗？现在看来，那实在是一次幸运的放逐和人生的大造化。

有人认为，欧阳修之所以对颍州那么多情，是因为在颍州有过一段风流债，说欧阳公早年到过颍州，遇"二妓甚颖"，"筵上戏约，他年当来作守"。几年后，他果然由扬州徙颍，可是那两位丽人已杳无踪影，于是在撷芳亭怅然题诗，有句云："柳絮已将春去远，海棠应恨我来迟。"我怀疑这是后人附会出来的故事。虽然在蓄妓成风的宋代上流社会里，这类艳闻司空见惯，但作为一个抱负宏远的政治家和文学家，决不会把两个萍水相逢的妓女看得那么重。说他当年因此而要求从扬州调任颍州，到了晚年仍一再以情思脉脉的眼波打量颍州，似乎不大合理。在这类风流事上，他们会玩得很洒脱。其实欧阳修题在撷芳亭上的那几句只是一首很普通的伤春诗，士大夫们总喜欢把一首诗的解释艳情化，给其中塞进庸俗而浅薄的奇谈趣闻，中国文学史上的许多所谓"本事"，就是这样编排出来的。所幸像白居易的《忆江南》那样的好诗没有与这类"本事"接轨。白居易大概预先知道有许多这样的好事者，因而在与友人的唱和诗中特别谈及《忆江南》的写作动机。有位姓殷的友人只是当年在江南走马看花地游玩过,后来便写了不少忆旧诗,于是白居易说:"君是旅人犹苦忆,我为刺史更难忘。""难忘"什么?下文还有,当然不是欠下了什么风流债。白居易晚年也写过不少怀旧的香艳诗,那是回忆早年在长安平康里的冶游生活,有些诗写得很昵俗,但《忆江南》却没有一点香艳气息,那里清丽的山水人情和自己那一段庄严的人生不允许生出那样的趣味。在《忆江南》中,诗人的怀旧充盈着崇高的审美情致。

和文人士大夫的"太守情结"互为对应的是,那些遥远的州郡也一往情深地怀念着当年的太守。苏州有一座"三贤堂",供奉的是曾在这里做过太守的大诗人韦应物、白居易和刘禹锡。可以想见,历任的苏州太守加起来肯定是个不小的数字,如果单就政绩而言,这三位大概算不上很显赫,就我所知,干得比他们出色的大有人在,但悠悠千载,衮衮诸公,苏州人为什么独独钟情于他们三位呢?答案在于,他们同时又是各领风骚的大文豪,他们具有一流的文化品格,因此他们的所作所为便成为一种溢彩流光的文化现象,他们的名字叫——文章太守。

在这篇文章中,关于欧阳修的话题已经说得够多的了,但临近结束时还得谈到他。欧阳公当年离开扬州时,在平山堂留下了一株自己手植的柳树,也就是那首《朝中措》词中"手种堂前垂柳,别来几度春风"的由来。欧阳修走了,人们怀念他,便称那棵柳树为"欧公柳",过往的文人墨客也为之写了不少诗。"欧公柳"无疑是太守的一座纪功碑,但更是他人格的象征。若干年以后,有一个叫薛嗣昌的人也到扬

欧阳修是北宋诗文革新运动的领袖和主将,是被苏轼誉为"今之韩愈"的一代文宗。在文学理论上主张文道并重,强调反映现实生活,在创作上发展了司马迁的"发愤著书"说与韩愈的"不平则鸣"说,提出了"穷而后工"的理论,从而确立了宋代散文平易自然、婉转流畅的主导风格和骈散兼行的语言模式。

州来当太守,此公倒也颇有才干,而且仕途又很不得意,前后六七次遭到贬谪,他认为自己与欧阳修的心是相通的,属于同一个档次的人物,便在"欧公柳"对面也栽了一棵柳树,自称为"薛公柳"。他在任的时候,自然没有人说什么,但待他调任刚走,人们就把"薛公柳"砍倒了,成为千古笑柄。

"薛公柳"砍倒了,"欧公柳"千秋长在,这中间的意思,恐怕不仅值得姓薛的太守去深思。

■ 童　谣

一

执拗地写下这个题目，是由于一种相当奇诡的文学现象强烈地诱惑着我。一种本来浅显不过的文学小品，在穿越了漫漫的历史时空后，却变得最为艰深晦涩。这有点类似于古董，由于年深日久的沉埋和诸多的附会传说，使得原先的寻常器物笼罩着一层神秘的灵光，后代的学者们一边小心翼翼地剔去深黑色的尘垢，一边为之争论得面红耳赤。

其实那些满腹经纶的学者只要稍稍温习一下儿时的记忆，就不至于那样偏激固执；或者稍稍把目光移向书斋外面的草地和天空，也不至于把学问做得那样艰深。童谣，从老祖母那苍槁的皱纹间流出来，晃入摇篮中玫瑰色的梦境；童谣，在春日的原野上嫩嫩地飘荡，随着金黄色的风筝在蓝天下愉快地飞升；童谣，和村路上的铁环一起滚动，和深巷里的空竹一起鸣响，和芦笛、积木、雪人、蒲公英共同撑起了一片童真无邪的天地。

这就是童谣，一种具有相当通俗性和随意性的乡音俚调，今天，当我们重新审视它时，为什么竟会产生浩瀚的疏离感，令书斋里的学者们如同捉摸镜花水月一般呢？

童谣，一个非常熟悉又陌生的名词，在我们每个人遥远的记忆中或多或少都有它的身影，但是又有多少人会去认真地回顾童谣在中国历史上的发展轨迹，思考童谣背后所蕴含的文化元素呢？作者经过一番考证，向我们揭开了童谣天真的面纱背后鲜为人知的故事。

用并列关系的复句突出了"古董"的神秘，从而把"童谣"的"奇诡"呈现在读者面前。

此处三个场景的描写颇有韵味：老祖母苍槁的皱纹令人想起"摇啊摇，摇到外婆桥"；春日原野和蓝天风筝在色彩上的和谐美好，令人沉醉；铁环、空竹、积木以及芦笛、雪人、蒲公英在最后一个排比中构成了喧闹缤纷的游戏场面。

二

这实在是中国文化史上一种十分有趣的现象：越是下里巴人的"低幼文学"，越是浸淫着浓重的政治色彩；倒是在上流社会施政弄权的殿堂里，飘散着纯艺术的笙歌舞影。即使在朝廷发布的皇皇文告中，也会出现几句非政治性的温言软语。纵观中国古代的童谣，在明代以前，几乎全是硬邦邦的政治宣言，与儿童生活简直毫不相干。这些宣言大都气可吞天，或昭示王朝盛衰、天下兴亡；或预言五行灾变、宦海沉浮，无不具有先验的精确性。丽日蓝天下，黄口稚儿的烂漫吟唱，变成了神神鬼鬼的政治预言，有如巫师阴森森的谶语一般。《国语》中记载的这首童谣，一般被认为是中国童谣的滥觞之作，在中国文学史上，能够与它比"老资格"的，恐怕只有《诗经》中的少数篇章。当然，它也是一则政治宣言：

> 檿弧箕服，
> 实亡周国。

稍微翻译一下，就知道不大妙了，那卖桑木弓和箕箭袋的人，就是将来使周国灭亡的人。据说这是周宣王时的童谣，周宣王在位凡 46 年，而西周的灭亡则是在周幽王十一年，自然是这十几年以至几十年以后的事了。这样的预言实在令人不寒而栗，难怪周宣王听了以后十分害怕，马上下令把卖弓箭的夫妇抓来杀了，但他忽视了夫妇俩收养的一个小女

谶语，指一种出于迷信用隐语表现的语言。王充《论衡·实知篇》："谶书秘文，远见未然，空虚暗昧，豫睹未有。"

湮没的辉煌

●

著名中学师生推荐书系

212

孩,这女孩叫褒姒,长大以后出落得很漂亮,被进贡给周幽王,大得宠幸。后来的情节大家都是知道的,特别是"烽火戏诸侯"的故事几乎成了一则意蕴宏远的寓言。西周王朝灭亡了,灭亡在宠妃的展颜一笑之中,灭亡在失信的烽火台下,灭亡在一场堪称旷世奇闻的玩笑之后。而那个带着神秘色彩的叫褒姒的女人,则成了中国历史上"女人祸水论"的典型例证。"历史上亡国败家的原因,每每归咎女子。糊糊涂涂的代担全体的罪恶,已经三千多年了。"鲁迅的这段考证大致不差,作为一个古老的母题,"女祸论"一直被演绎了数千年。封建时代的史家大抵不敢骂男人——因为男人是手掌杀伐、独断乾纲的皇帝,故只有诋谤女人的胆量。一座座王宫圣殿在妖姬美后的石榴裙下轰然崩塌,这是他们笔下相当习见的画面。在那种义愤填膺的鞭挞背后,其实是很有几分势利味的。

对于那首判词般的童谣和"烽火戏诸侯"的寓言,历代的帝王大抵各有各的想法,比较清醒的雄主会悟出只能自己玩女人而不能被女人所玩的警世哲学,于是在掖庭竖一块"后妃不得干政"的铁牌;嗜杀者则不屑于当初周宣王的妇人之仁,以至留下了亡国的祸根,于是动辄株连灭族,一人得罪,鸡犬遭殃;有的或许还会从军事角度反思烽火报警的弊端之类,把宫城的围墙一再加高。但不管是谁,有一点感受却是共同的:既然一个王朝最后的结局,竟如此精确地传唱于若干年前的儿童之口,可见这童谣传递的是不可抗拒的天命;既然童性是一种天真,那么童谣就是一种天籁,童心无邪,童言无忌,清风朗月般

古人并不知道自然的发展规律,也并不知道历史的发展规律,他们在不可破解的谜团面前认准了一点——那就是天意。

213

撩开冥冥上苍的面纱,透露出其中极神秘的一颦一嚬,这就是天机。于是,在黄口稚儿们信腔野调的传唱背后,往往是血雨腥风的战乱和天崩地坼的政治更迭。一顶顶皇冠落地,一座座朱门坍塌,昔日人上人的权贵顿成刀下之鬼,"王侯第宅皆新主,文武衣冠异昔时",这不能不令历代的统治者为之胆战心惊,即使是那些不可一世的暴君,在一首童谣面前也会失却强悍的心理支撑,终日彷徨在不绝如缕的末世悲音之中。

隋大业九年(公元 613 年),隋炀帝杨广下扬州时,听到迷楼宫人夜唱歌谣。那天晚上的月色大概不错,宫女的吟唱凄清婉转,缥缈于冷月清辉之间,仿佛来自高远的天宇。炀帝心头一惊,不由得披衣起听:

河南杨柳谢,
河北李花荣。
杨花飞去落何处,
李花结果自然成。

杨广觉得歌词很蹊跷,特别是"杨柳谢"和"李花荣"似乎有所影射,当即召问宫女,宫女答道:"我有个弟弟在民间,听路上儿童会唱此谣。"也就是说,这是一首广泛流传的童谣。

炀帝听了,黯然无语,挥挥手让宫女出去了。

隋炀帝的荒淫残暴早已成为历史的定论,有关他下扬州看琼花的传说人们也肯定相当熟悉,那完全是一个末代暴君穷极奢华的大游行。但我一直认为这中间有不少附会的成分。举一个例子,扬州北面有个叫枯河头的地方,传说隋炀帝下扬州经过这里时,适逢河道干涸,只得用稷子拌了香油铺在河底,两岸以童男童女拉着龙舟划过去,所以当地至今流传着"隋炀帝下扬州,稷子拌香油"的民谣。又说,1951 年治淮时,曾于枯河头两岸挖出数石稷子,可谓言之凿凿。但这种传说的真实性实在大可怀疑,稍微有点物理常识的都知道,仅凭稷子拌香油和几队仪仗似的童男童女,是绝对不能陆地行舟的。更何况是那种高敞豪华、有如水上行宫似的御用龙舟。这完全是一种相当浪漫的夸张。但夸张也有它极强的选择性,之所以选择了隋炀帝,自然是由于他作恶太多,名声太坏的缘故。其实杨广这个人倒并不是一无是处,即使在女人问题上,他也还是有原则的。例如,尽管他后宫里秀色如云,但对自己的老婆萧后一直很不错。这个萧后即南梁昭明太子的孙女,后来她和丈夫被同一根练巾缢死了,这种终结性的造型颇有点比翼连理的意味。又例如,杨广带兵消灭了陈,把陈叔宝和他的宠妃张丽华从台城后面的枯井里吊上来(这口井即后来称之为胭脂井的)。这个张丽华无疑是只超级花瓶,不然陈后主也不会被迷得那样神魂颠倒的,把江山都丢掉了。但杨广并不曾为美色所动,照样把那颗倾国倾城的头颅砍了下来。晚唐诗人李商隐有一首题为《隋宫》的七律,自然是谴责炀帝的,末两句讥讽道:"地下若逢陈后主,岂宜重问后庭花?"其实,同是亡国之君,两人谈谈《玉树后庭花》倒也无妨,杨广并没有把别人的老婆夺过来自己消受,他的心态会比较坦然。杨广的

作者既遵循科学规律又顺应民意,做出了以上的推测。

《玉树后庭花》,以花为曲名,本来是乐府民歌中一种情歌的曲子。南北朝陈后主陈叔宝填上了新词,其中"花开花落不长久,落红满地归寂中"具有明显的哀愁意味,时人都认为是不祥之兆,被认为是历史上最著名的亡国之音,果然是一语成谶,不久杨广带兵直击建康城,在一口枯井中活捉了陈后主与张丽华等。

败亡,很大程度上应归咎于好大喜功。他这个人喜欢要派头,而且思想方法相当主观,是个典型的唯意志论者。几次征高丽,动辄发兵数十万,耗费无数,又死了那么多人,完全是意气用事,没有多大意思。也许在他看来,耀武扬威地发动一场战争和浩浩荡荡地下扬州游玩一样,都是一种排场。史载的有关他淫乐的轶事,可以说大多与排场有关,与其说他玩女人,倒不如说是玩排场,玩阔气,玩万物皆备于我的帝王派头。在铺张无度、赫赫扬扬的背后,恰恰隐潜着一种暴发户的畸形心态和肖小人格。

　　但就是这样一个自大狂,在那个清风明月的晚上,在一个宫女清音袅袅的吟唱面前,却显得那样孱弱委顿。一首童谣,便摧垮了他那由传国玉玺和10万狻猊环护的精神圣殿,摧垮了那个曾率领50万大军踏平南朝的威风八面的英武杨广,那个在喧天鼓乐和蔽日仪仗下潇洒南游的风流杨广,那个在中国历史上以残暴著称的嗜血杨广。这童谣无疑也是一首谶诗,暗示着杨隋当灭,李唐当兴。大概也就在那天晚上,杨广和老婆揽镜自照,抚着自己还相当丰润饱满的脖颈,说了那句被传为千古笑谈的伤心话:"好头颅,谁当斫之?"他已经预感到大厦将倾,脚下是断头台的基石了。

<h2 style="text-align:center">三</h2>

　　写到这里,我们不能不惊叹童谣那种天人合一的预示性,这种预示宏大得有如宗教。但毋庸讳言,我们也难以掩饰某种失望,因为我们很少体味到那

玩排场、掼派头是自我标榜的表现,对于一些自我表现欲极强的人来说,无人喝彩是最为痛苦的。通常每个人的内心深处大多会有几分受人注目的渴望,只是渴望过了头,膨胀成为不可收拾的欲望,像杨广那样就令人生厌了。

湮没的辉煌

著名中学师生推荐书系

216

份本应有的童趣和天真,映入耳鼓的,似乎不是黄口稚儿嫩嫩的吟唱,倒更像历史老人深沉的警喻。须知天真是不能仿效的,那是一种混沌而澄澈的境界,它只存在于儿童和原始人类之中。天真是什么呢?天真是一种无拘无束的娇憨,有如幼儿在母亲膝下随心所欲的嬉戏;天真是一种毫不做作的神韵,有如袅袅炊烟穿过夕阳的余晖,交织成令人心醉的瞬间辉煌;天真是一种自然吐露的芳艳,有如花苞在潇洒的春雨中懒懒地开翕;天真是一种神游八极的宁谧,有如农夫在田头垅间打盹时,悄然闯入的一个有关收获的梦。在这里,无论是幼儿、炊烟、花苞还是梦中的农夫,都是绝对自由的,而一旦表层环境迫使他们趋附于种种实利性的时候,天真也就渐渐走向黯淡。

　　很遗憾,我们从这些童谣中恰恰看到了客观环境的巨大阴影,这就是政治功利对童谣的粗暴浸淫。

　　在隋炀帝缢死迷楼之后大约 300 年,五代时的吴国又流传着一首似曾相识的童谣:

> 江北杨花作雪飞,
> 江南李树玉团枝。
> 李花结子可怜在,
> 不似杨花没了期。

　　现在可以肯定,这童谣是一场政治阴谋的组成部分,阴谋的策划者即南唐的开国之君李昇。

　　对于一般于中国历史涉猎不广的读者来说,李昇的知名度恐怕远不及他那个孙子李煜。李煜虽然

"天真"按照词典上的解释就是"心地单纯,性情直率;没有做作和虚伪"。作者用最富情感的文笔绘出了这四幅天真的图画,勾勒出"天真"的内涵。

原本单纯的童谣被别有用心地利用了,沦为政治的工具,童谣的本质被抹杀了。

治国无方，却文采瑰丽，特别是词写得相当漂亮，简直玩绝了，仅一句"问君能有几多愁"，便足以雄视千载，让那些向来傲气十足的文人不敢轻狂，打心眼里折服。他又命途多舛，历经了国破家亡的剧痛，最后被赵光义用牵机药毒死了。一个在漫天风雪中仓皇辞庙的薄命君王，一个在降王官邸里终日以泪洗面的末代国主，一个在牵机药的折磨下如猪狗般满地翻滚的卑微之躯，却当之无愧地维系着一顶"开山词宗"的辉煌桂冠，这不能不激起人们深沉的同情。而作为南唐的开国之君，李昪的作为则要轰轰烈烈得多，当然，他不像乃孙那样书卷气。一般来说，中国历史上的开国帝王都不是什么大知识分子，有大学问的倒往往不能得天下，因为他们太理性，缺乏那种必不可少的强梁霸气。相当多的开国帝王都是初级文化水平，他们书也读了一点，虽然不多，却很管用。《史记》中的一句"王侯将相宁有种乎"或"彼可取而代之"，便足够用一辈子的。他们有着绝对的心计和谋略，必要时还会装孙子。对于书读得比自己多的人，他们也很看重，尽量搜罗到自己帐下，或帮闲，或帮忙，或帮凶，暂时什么也帮不上的就先养起来，逢年过节请他们来喝喝酒，赋赋诗，自己也胡诌几句口气很大的顺口溜，这叫礼贤下士。当然，宴会一散，少不得要派密探去，打听这些文人回家有没有发什么牢骚。

　　李昪是小和尚出身，读书不多，当然算不上文人。这种人要么就当奴才，要么就野心大得很。李昪向往的是当皇帝。在他篡国夺位的过程中，充满了神神鬼鬼的怪异现象，大抵都是那些帮忙的文人捣鼓的结果。一时大江南北鬼事不断、鬼话连天,无非作为上天垂示的符瑞,以证明李代杨政是符合天意的。上文所引的童谣就是在这样的背景下出笼的。乡风熏人,市声杂沓,童谣抑抑扬扬地隐现于其中,显得相当和谐。上朝或出巡归来的李昪听在耳里,或许会受到一种跃跃欲试的鼓舞,他踌躇满志地握了握腰间的宝剑。策马前行时,思路却变得晦涩幽深:这些舞文弄墨的文人,鬼点子真多,日后自己当了皇帝,可要防着他们点呢。而对于天真无邪的儿童来说,他们肯定会觉得这歌谣唱起来不那么有劲,不如"小老鼠上灯台,偷油吃下不来"那样有滋有味,因此,唱过一阵之后也就淡忘了。政治功利性太强的文学,命运大致如此,实用的轰动效应一过,便成了明日黄花。过了若干年,一个满脸皱纹的史官坐在书案前,对着这首曾流行过一阵子的孺子歌沉吟少顷,濡濡笔把它录进了《艺文志》。

史官之所以要沉吟一番,大概是对童谣进行了某些修改。这不是我的主观臆断,因为仔细看看,这种修改的痕迹依稀可寻。童谣的后两句"李花结子可怜在,不似杨花没了期",说的是杨、李两家后代子孙的命运,语气中似乎流露出某种对杨家的同情。作为一首由李昪授意炮制的"遵命文学",这样的倾向性是不可思议的,而且炮制者当初也不可能预见到日后两家子孙的命运。在这里,后人以相当隐蔽的曲笔,塞进了对李昪的道德批判。李昪从一个流浪的孤儿到权倾朝野的统兵辅臣,很大程度上得力于杨行密的栽培。后来他权位日隆,有了取

《艺文志》最早的是班固《汉书·艺文志》,后来清人姚振宗作《后汉艺文志》、《三国艺文志》,《唐书·艺文志》由欧阳修等在嘉祐年间撰成,后来五代、宋、元、明的艺文志大都由清人编撰。根据此处的文意,推测乃《唐书·艺文志》。

而代之的意思，又是杨家主动禅让的，双方并不曾伤和气。但李昪登基以后，却毫不手软地对杨家举起了屠刀，连已经成了自己女婿的杨琏也不肯放过。第一轮屠杀过后，又迁杨氏"子孙于海陵，号永宁宫，严兵守之，绝不通人，久而男女自为匹偶，吴人多哀怜之"，这种迫害简直到了毫无人性的程度。显德三年，到了他儿子中主李璟手中，又把这一群活得如猪狗一般的杨氏余脉全杀了。平心而论，在当时大分裂的中华版图上，南唐帝国的"三千里地山河"是治理得相当不错的，因此，发生在公元10世纪中期的李代杨政，无疑是一次历史的进步。但李昪对杨家的处置是不是过分残酷了点呢？说到底，在政治斗争的祭坛上，道德只是一盘不很起眼的牺牲而已。

现在我们终于看到了，原来在好多童谣的背后，隐潜着历朝历代的杜撰、篡改、附会和张冠李戴，在这里，真正的大手笔是政治斗争。<u>因此，如果我们想到这中间去寻找天真，结果只能是缘木求鱼。</u>这样的童谣可能写得相当精巧、流畅，并不缺乏节奏感和音乐美，却绝对找不到那种心灵自由勃发的天真。翻开一本《中国古代童谣史》，那感觉便如同抚着历史老人脸上的皱纹，上下数千年，中华大地上一幕幕连台好戏翩翩而来。

且看，"苦饥寒，逐弹丸"。一幅多么令人惊心动魄的游猎场面！背景是如日中天的汉王朝，卫青和霍去病的大军正横扫漠北，令骄横的匈奴退避三舍；司马迁正值壮年，拖着残缺的男儿之身在陋室里编撰《史记》；宫廷里歌舞正浓，赵飞燕的掌上舞令皇上

详写李昪政变之后，作者又举出了四个历史实例，确凿地证明了中国古代童谣的沉重。有详有略，行文跌宕，读来令人兴味盎然。

220

如痴如醉;而被冷落在一旁的陈皇后则以千金贿请大才子司马相如为她代写《长门赋》。汉武帝确实雄才大略,文治武功都极一时之盛。也唯其雄才大略,才会头脑发热,干出许多荒唐事来,于是有了他手下的那些人用金弹丸打鸟的奢华,而千百万子民百姓则在饥寒交迫中挣扎。

且看,"犁牛耕御路,白门种小麦"。这是历史上的南朝,色调是柔靡的,四百八十寺的禅味和野花的香气扑面而来。昭明太子一边在山寺里编撰《文选》,一边和红豆院里的小尼姑演绎一幕幽怨的爱情故事。陶渊明田园诗的墨迹未干,谢朓和谢灵运又用山水诗开创了一代风气。而陈后主和宠妃们则在深宫里点着节拍唱《玉树后庭花》。南朝文风腾蔚,但统治者亦大多庸懦无为,只会作些雕琢文辞的勾当,王朝的更替便如走马灯一般,权势和荣华转瞬即逝,无可奈何的挽歌中透析出黄钟大吕般的历史辩证法。

且看,"红绿複裙长,千里万里闻香"。中国历史上唯一的女皇帝武则天出场了,她一手高举铁鞭,无情地镇压自己的政敌,一边却忘不了把自己装扮得更富于女人味。这件"女皇服"大约相当于今天的百褶裙,只是更长,所用的香料也很值得研究,在当时肯定是领导新潮流的。这是一个铁血专制的时代,又是一个思想相当解放的时代,女皇的所作所为无不显示着反传统的魄力。在她的身后,陈子昂正登幽台而泫然高歌,而云蒸霞蔚的盛唐气象已经喷薄欲出了。

终于有了"石人一只眼,挑动黄河天下反","早早开门迎闯王,闯王来了不纳粮"。中国可以说是农

民战争最频繁的国家,一部《二十四史》,关于"流寇"和"乱民"的记载处处可见。起初是由于苦难,忍无可忍而奋起反抗,光脚不怕穿鞋的,仗看来打得相当顺手。待开辟了一片天地以后,便盘算着自己当皇帝了。他们中大多数人自然都没有当上皇帝,只是成了人家走向金銮殿的垫脚石。于是,新的一轮王朝又在农民战争的废墟上建立起来,中国历史在周而复始的磨道上重新开始。

接下来该到清代了,这是一个令现代的中国人不堪回首的朝代,不看也罢。

四

如果我们以一种更深邃的目光去凝视,或许还能发现点别的什么。

《南史·陈武帝纪》中有这样一首童谣:

> 虏万夫,
> 入五湖,
> 城南酒家使虏奴。

这个陈武帝即陈霸先,童谣记载了他在作为梁国司空时的一段战功。公元 556 年 6 月,陈霸先率梁军大破北齐,战后,梁军挟得胜之威把齐国的百姓也当作战俘抓来,连同被俘的齐国官兵卖给有钱人家为奴。因此,在太湖流域一带的酒家,当奴隶的北方俘虏特别多,店老板用吴侬软语呼斥着粗黑高大的齐鲁汉子,这在当时的江南地区大概是相当习见的社会风俗画。

人们由此可以得出战争给人民带来巨大灾难的结论,也可以从中窥觅陈霸先的发迹史,这都不失为一种研究方法,但是不是还有别的视角呢?

至少,研究中国社会史分期的学者们应当对这首童谣投以多情的一瞥,例如一直在这个领域中寂寞地坚守的周谷城先生。

中国封建社会开始于春秋战国之交,这已是史学界的一种定论,主要代表是郭沫若。这种论断又因得到毛泽东的推崇而被人们所普遍接受。毛泽东本身就是学者,他的浪漫气质决定了他不会因政治信仰而压抑自我,也不会让个性消溶于革命原则之中,对学术问题发表自己的观点本来是他无可非议的自由。但中国的国情似乎不允许一个政治巨擘有这种自由,因为他一讲话,论争只得就此打住,一切都成板上钉钉的了。按照毛泽东认同的分期说,中国的封建社会从公元前 11 世纪到鸦片战争的 1840年,差不多有 3 000 年时间,这在世界史上相当罕见,当然也足够学者们作文章的。

但周谷城作的文章却与众不同,他不认为中国封建社会特别长。老先生大笔一挥,把中国封建社会的开端推到东汉后半期,这样,封建时代到 1840 年一共只有 1 600 年左右;而中国奴隶制时代的种种特征,也可以同世界古代史上其他文明古国大致吻合。否则,奴隶制变得既短促又空虚,在世界古代史上就成了一种反常现象。老先生的推论相当有意思:

"中国奴隶制时代约 2 400 年,比 1 600 年的封建时代长,这样比例就相称了。因为社会发展史上各

周谷城(1898—1996),历史学家。湖南益阳人,早年就读湖南省立一中。1926年曾任湖南农民协会顾问兼省农讲所教师。1930 年后,任中山大学、暨南大学、复旦大学等校教授。中华人民共和国成立后,任复旦大学历史系主任、全国人大常委会副委员长等职。著有《中国社会史论》、《中国通史》、《中国政治史》、《世界通史》等,出版有《周谷城全集》。

阶段的长短,有一定的比例,前一段必比后一段长,后一段必比前一段短,这大概是生产进步的迟速决定的。"

一部纷纭繁复的人类文明史,数千载惊心动魄、生生死死的活剧,二十四史中林林总总的战争与和平、阴谋与爱情、文治与武功,竟化作了比例尺下一截被量度的标本,你不能不惊叹这种气魄。这种气魄固然来自一个学者的自信和良知,恐怕也与他和毛泽东的私人交谊不无关系。

周谷城在比例尺下量度中国社会史时,有没有注意到流行于南朝的这首童谣呢? 到了公元 6 世纪中叶,奴隶市场仍然如此兴盛,这恐怕不能不引起一个历史学家的关注。须知这不是在某个闭塞的世外桃源,而是在经济发达、文化昌明,领全国风气之先的江南地区;也不是少数人的偶尔行为,而是得到最高统帅部首肯的一场有组织的劫掠和买卖。周谷城把中国奴隶社会的下限定在公元 2 世纪中叶,而梁军大规模的奴隶交易则发生在公元 6 世纪,相去不算很远。一种社会制度消亡以后,在相当长的一个历史时期内阴魂不散以至于沉渣泛起,这是不难理解的历史现象。

那么,中国的封建田园又是怎样一番景观呢?

这是一个闭塞的小农世界,历史的车轮在泥泞的田埂上消消停停地碾过,周围是恬静平和的乡村牧歌,男耕女织,乡音媚好,日出而作,日落而息,这是一首令人安贫乐道、知足常乐的田园诗。怨言尽管有,但不到饿死人的时候,是决不会造反的。人们似乎也不想出去看看外面的世界。"在家千日好,出门一时难",出去干什么呢? 普天之下,莫非王土,到哪里也不会有什么两样的。

但外面的世界就是不一样,终于有了这样一首童谣:

> 风车忒忒转,
> 番鬼扒龙船,
> 龙船扒得快,
> 好世界……

这是一幅相当惊险的偷渡画面:一群东南沿海的农民冲破朝廷的海禁,到南洋去寻找理想中的"好世界"。时代已经到了清朝中期,无论是根据郭沫若还是周谷城的分期说,这时候中国的封建社会都已经日薄西山了。背负着古老的中华文明,偷渡者走向海洋,他们的脚下不再是祖祖辈辈赖以安身立命的黄土地,而是大海,那浩瀚恣肆、风波奇诡的大海。大海不像土地那样安稳坚实,却充满了令人憧憬、令人心旌摇荡、令人跃跃欲试的动感。这是一则关于漂泊和远航的传奇,基调似乎有点悲怆,极目天涯,云水苍茫,何处才是生命的支点? 这里没有怯懦者的方寸之地,风险无边,回头无岸,深渊就在脚下,你只能使出浑身解数去拼搏。这里的景观又是那样瑰丽而辉煌,波诡云谲,风涛接天,连日出日落也不像在村头看到的那样单调乏味。这群扒龙船的"番鬼"是一批冲出传统心理框范的叛逆者,他们脑后拖着一条长辫子,用粗犷的呐喊唤醒了那片陌生的处女地,用固有的精明和八方商贾应酬周旋。他们不是

充分展开想象,把数百年前先民们"下南洋"的情景再现出来。在这里作者用浓墨重彩描绘了风云变幻的大海,刻画了先民们丰富的内心世界。

225

从经济学的辞典上,而是从日积月累的实际操作中熟谙了这些新鲜的概念:投资、开发、剩余价值、再生产,虽然这种熟谙不一定表现在口头上。终于有一天,他们或许觉得脑后的那根长辫子太碍手碍脚,便操起割胶刀或裁制账册用的剪刀一把斫将去。这在国内是要犯天条的,但这里是南洋,中国的皇帝管不着。望着眼前无际无涯的大海,朝廷那土黄色的龙旗已变得相当遥远而淡漠,有如一个依稀的旧梦。当然,也有人不肯斫去,他们还想着攒了一笔钱回国,买几顷好田,讨几个小老婆,用围墙圈起一块庄园,过悠游自在的小日子。到那时,没有辫子可是要砍脑袋的。

毋庸置疑,在这批远涉重洋的拓荒者及其后裔中间,将走出一批眼界高远的杰出人物。正因为有了这一批扒龙船的"番鬼",才有了后来的洪仁玕、康有为、陈嘉庚、宋耀如(以及他那三个在很大程度上影响了整个中国现代史的女儿),甚至还有当今鼎鼎大名的工商巨子霍英东和包玉刚。诚然,他们大多是因为生计所迫而出走他乡的,他们在南洋的境遇也并非一帆风顺,但他们毕竟走出了这个闭关自守的农业王朝的围墙,呼吸到了海洋文明澎湃的气息。其中有些人,则以那里为中转站继续漂泊,去了西欧、北美,去了世界的每个角落。你可以说他们走向了风险和苦难的深渊,也可以说他们迈进了一个新世纪的门槛。我们应该感谢这首童谣,它记载着中国近代文明的一批拓荒者——这群勇敢的"番鬼"。

当中国南方乡村的稚童们相当投入地高唱"好世界"时,在北京的一座座王府里,官员们正一边斯文地品茶,一边摇头晃脑地欣赏着徽班名角的清唱。他们无疑都是此中内行,这一点只要从他们拊掌击节的韵律中便可以看出来。偶尔谈到中国以外的地方,则一律从鼻孔里哼出一个"夷"字,毫不掩饰心底的鄙薄。差不多与此同时,在广东乡间的某个地方,一个叫洪秀全的青年正在悄悄地组织"拜上帝会",用不着细读纲领,仅从这个名称就可以体味到那种浓重的西方文明色彩。洪秀全本人并不是"番鬼"或者其后裔,但是在广东一带的城乡,南风大渐,新思潮排闼而入,作为青年知识分子且有志于改革现实的洪秀全不能不心驰神往。若干年后,孙逸仙博士鼓吹革命,一次又一次地在黄土地上碰得鼻青眼肿,只得一次又一次地亡命南洋。但正是这一次又一次的亡命,使得他眼界大开,信念也更为执着。南洋,有如一座庄严的宗教殿堂,一代伟人从这里走出来,每一次洗礼,都在中华古国激起血与火的回声。

一个天崩地坼的日子已经为期不远了。

除朱元璋而外,中国历史上的造反者都是从北方挥戈南下而成就一统的。但翻开现代史,情况不同了。"乱党"几乎全都起事于南方,这恐怕绝非偶然。八面来风正是通过南方的窗口呼啸而入的,这里的椰林和草泽自然比其他地方苏醒得更早。早先的一些革命党人,从孙中山、黄兴到汪精卫、胡汉民,无不与南洋有着千丝万缕的联系。但有意思的是,恰恰是两个与南洋无关的人,后来成了大气候。这两个人,一个叫蒋介石,一个叫毛泽东。蒋介石还到日本学过几天军事,算是开过洋荤的;毛泽东则从来就是钻在山沟沟里的,1949 年以前从未走出国门一

步。然而在大半个世纪的历史进程中,叱咤风云的正是这个从山沟沟里走出来的湖南人,这实在是一个很值得玩味的现象。

看来,中国的事情太复杂了,从来没有一条简单的公式可以套用。

五

作者用精炼的几十个字总结了中国古代童谣的特点,用一句话就概括了前面四个章节的内容。

用一句疑问推进了文章的立意,探寻真正意义上的童谣。

要一点小小的机智,发挥汉文字特有的比兴、谐音、隐喻之类的技巧,把政治性的微言大义隐入其中,这样的童谣,大人们听得腻了,孩子们大概也唱得腻了。

那么,就没有真正的童谣么?

有。皇天后土,白云苍狗,在逶迤绵长的中华文明史上,孩子们传唱得最多的恰恰是这样的童谣。但今天我们寻找和辨认它时,却不得不仔细地擦去历朝历代人为的涂抹,还其童稚无邪的笑靥。例如这一首:

> 的的确,买羊角,
> 秋风转,脱蛇壳。

一看便知道,这是一首标准的低幼童谣,一首极富于儿童情趣的趁韵歌。应和着"的的确"的节奏,你那深潜在心底的关于童年的记忆,便有如淡淡的晨雾弥漫开来。那是在某个炎夏的夜晚,玉盘一般的月亮从树梢升起,泻下一片清辉,村里的大人们在纳凉聊天,孩子们则三五成群围成一圈,奶声奶气地唱起"的的确"。或是在初春的屋檐下，艳阳温煦，树影婆娑，年轻的母亲握着怀里宝宝的小手，一字一句地领唱"的的确"，这情景会令人想起"牙牙学语"、"蹒跚学步"之类体现生命历程的词语。"的的确"是母亲的爱心在跳荡，"的的确"是童心自由烂漫的天地。在"的的确"和谐悦耳的节奏中，多少稚嫩的生命跟跟跄跄地走出了混沌。这样的文字游戏，对刚刚开始学习语言的幼儿，可以起一种发音和语言训练的作用。你无须深究每一句歌词的实际意义，也不必寻找歌词之间内容上的联系，因为这完全是一种趁韵的需要。例如"秋风起，脱蛇壳"，你若看成有实际意义的传授知识当然未尝不可，但当成一种并无相关意义的词语教育也是讲得通的。这就是童谣，黄口小儿顺口诌出的东西，不必太认真。

偏偏太认真的大有人在。就是这首区区 12 个字的儿歌，却让历代的不少文人学士大伤脑筋，他们搜肠刮肚，咬文嚼字，整天拿着放大镜在每一个笔画间寻找微言大义。功夫不负苦心人，终于有一个叫史梦兰的清代学者考证出这是一首祝颂举子的歌谣。据他在《古今风谣拾遗》中讲："'的确'，不易也；'羊角'，解也。"意思说，一个举子要中解元，的确不容易，就像秋天的蛇一样，要脱一层皮才好。多亏了我们的汉字有这样神奇的造化之功，能让你像玩积木一样地分解组合。也多亏了这位老先生学富五车，竟然把一首浅显的儿歌附会得这样熨帖圆通，很像那么回事。此公很可能是位范进式的人物，所以才有这样铭心刻骨的科场体验，并能在做学问时融会贯通。

童谣同政治无关，同阴谋无关；但是童谣应该有语言的启蒙，有数学的启蒙，更要有生活、人情的启蒙。

童谣是一种文字的游戏，在伙伴们的吟唱中，优美的旋律、和谐的节奏、真挚的情感让孩子获得快乐。

清代的考据之风盛极一时，考证者煞费苦心，在书斋中冥思苦想，有的也许是出于做学问的惯性，有的可能是因为"文字狱"的压力。

比较而言,这种考证也许不算太牵强,下面这首童谣的遭遇就更复杂一些了。

> 张打铁,李打铁,
> 打把剪刀送姊姊。
> 姊姊留我歇,我不歇,
> 我要回去学打铁。

不难理解,这里的"张打铁,李打铁",只是为了传唱的方便而顺口诌出的,犹如人们口语中的"张三李四"一样,并非实指姓张、姓李的铁匠。这四句是"起兴",正文从"打铁一,苏州羊毛好做笔"开始,一直唱到"打铁十,十个癞子戴斗笠"。最后又唱道:

> 打铁十一年,拾个破铜钱,
> 娘要打酒吃,仔要还船钱。

纯粹是一种文字游戏,但玩得极富于情趣,其作用在于对幼儿进行从一到十的计数教育,并联系幼儿熟悉的日常生活材料进行语词训练及简单的知识灌输。但"打铁十一年"以下四句,却不经意地展示了基层劳动群众的生存状态。打铁十一年,只"拾"到一只铜钱还是"破"的,这是多么惊心动魄的悲哀!而就是这个破铜钱,娘儿俩还在如何使用的问题上发生了争论,这种争论是一种贫困的窘迫和申诉,最终没有结果的争论透出一股苦涩而悲怆的余韵,着实令人心酸。如果一定要说童谣有什么政治或社会的深文大义,那么,这种真切而自然的流露难道不比那些箴言式的说教更加震撼人心？

　　同样是文字游戏，文人学者们却要玩得艰深冷拗得多，他们神游八极，穷极才思，一定要把一首小儿歌谣和浩浩茫茫的中国历史对应起来。他们竟然得出了这样的结论，从"打铁一"到"打铁十"，"均暗兆顺治以后年号"，理由是自顺治以始，到清朝灭亡正好经历了 10 个朝代。我曾经为这种想象好一阵惊叹，但一查，不对了，早在明人李介立的《天香阁随笔》中，便已经有了关于"张打铁"的记载。李介立是天启年间人，这几首儿歌的诞生年代或许更早，以明代以前的童谣讲清代的历史，只能是痴人说梦。如果说这是一种预示，一种天人感应，那么，清朝总共只有 10 个皇帝，"打铁十一年"又将何以解释？

　　于是又想到起兴的"张打铁，李打铁"，民间普遍认为，这是暗指明末起义领袖张献忠和李自成，这种附会可能有别于士大夫文人的繁琐考证，而是寄托着人民群众的某种情绪。"从古英雄多袖手，流传恨事与千秋"，对敢于反抗而牺牲了的英雄，人们怀念他们，所以总要杜撰出几首诗或几则传奇来显示他们的存在。甚至连毛泽东这样坚定的唯物主义者也难免感情用事，他在《明史纪事本末·平河北盗》一文的最后批注道："吾疑赵风子、刘七远走，并未死也。天津桥上无人识，闲依栏杆看落晖，得毋像黄巢吗？"赵风子、刘七和黄巢都是历史上的农民起义领袖，失败后或被杀，或自杀。《毛泽东读史》的作者张贻玖认为："'天津桥上无人识，闲依栏杆看落晖'的诗句，蕴含着毛泽东对这几位农民起义领袖失败后的几多同情。"其实，以毛泽东的博学强记，不可能不

文人的游戏则就严肃得多了，把政治的或是社会的元素放进童谣后，童谣就失去了真切和自然，变得苍老、沉重起来。

231

知道"天津"诗的来龙去脉。这是元微之《智度师》中的句子,被后人窜易磔裂,合二而一。既然一代伟人可以容忍这种一厢情愿的"张冠李戴",那么普通民众把一首儿歌中打铁的"张三李四"附会成自己怀念的"张三李四",也就是可以理解的了。"张打铁"是一首湘中童谣,作为湖南人的毛泽东小时候有可能唱过,当他从老辈人那里接受这种"张冠李戴"的附会时,历史上那两个敢于"杀尽不平"的起义者会给他什么诱惑和启发,这种诱惑和启发在他以后的人生之旅中将留下什么印记,这些我们都不得而知,也不便去妄加推测。

但无论如何,启蒙的影响是巨大而久远的,那是一张白纸上最原始的一笔,是浩浩长天上最绚丽的彩虹,是黎明的静谧中第一声启程的足音。笔者早已过了"不惑"之年,孩提时代的好多记忆已经淡忘了不少,但有一首童谣,却至今烂熟于心。更令人感慨的是,前些时回乡,听到村头的儿童围在一起鼓掌高唱的,仍旧是这首熟悉的童谣,而且竟然一字不差:

> 一二三,摇机关,
> 机关响,到英港,
> 英港英,到南京,
> 南京住的和平军,
> 和平军,狗日的,
> 大鱼大肉吃不够。

现在看来,这也是一首政治色彩相当浓的作品,

从母亲怀里学来的最纯洁的歌谣就是故乡,哪怕语音不够纯正,哪怕内容不够高雅,它终归是人们唯一的故乡。

漂没的辉煌

●

著名中学师生推荐书系

当初我们唱着时,对中国现代史上这段苦难而悲壮的历程几乎一无所知,但大家仍旧唱得很投入,不是由于政治热情,而是觉得挺顺口,挺有劲的。

既然挺顺口,又挺有劲的,那么就唱吧。站在故乡的村头,我真忍不住要和着那烂漫的童音也高唱起来。这不是为了猎奇和怀旧,而是蕴含着一种真诚的崇敬,我们都从那种天籁之音中走来,而在心灵的历程上,我们又生生不息地追求那个融洽谐美的自由天地——这就是童谣。

因为孩提时代的梦想是最纯真的,孩提时代的天地是最自由的,所以作者怀念乡间的童谣,实质就是怀念朴素的年代,追求心灵的自由。

单元链接

历史风云中尽显英雄本色,本单元的人物对于高中生来说有的是非常熟悉的,如《文章太守》中刻画的欧阳修、白居易、苏东坡等;有的却十分陌生,如民族工业巨子盛宣怀。上海交通大学出版社出版的《盛宣怀年谱》对于高中生来说显得过于专业一些,宋路霞所著的《李鸿章家族》(重庆出版社)倒是资料、义理、辞章兼具,可以在读完本单元的《百年孤独》后读一读。国学大师林语堂先生的《苏东坡传》是一本真实记录苏轼一生的佳作,展示出宋代大文豪多方面的才华以及丰富的内心世界。

附录

自序

1993 年 10 月,《雨花》杂志在推出我这一组文字时,栏目主持人梁晴曾发布了一段相当豪迈的宣言:

> 散文溪水四溢,跌宕之姿、漫涌之态,令人目不暇接,然少有黄钟大吕之响与惊涛裂岸之势。
>
> 散文的本体是强大和恣肆的,它力求新的观念和审美取向,既要感悟人生、富于智慧,同时也可以而且应该具有生命的批判意识,对历史和现实有合乎今人的审视品位。
>
> 有感于此,我们特别推出"大散文"这个栏目,在于选发有历史穿透力、敏于思考、有助于再铸民族精神和人文批判精神的散文佳作。

现在,这一组被称为"大散文"或"系列文化散文"的文字已由东方出版中心结集出版,它是否具有"黄钟大吕之响与惊涛裂岸之势",只有让读者去评判了,我已经很疲惫,想死心塌地地放松一下。作为一个文人,所谓享受除去文思酣畅时的尽情挥洒外,就是一部作品——特别是一部惨淡经营了数年而又自我感觉相当不错的作品——脱手以后的轻松了,这时真有一种要羽化飞天拥抱世界的感觉。"老夫聊发少年狂",想必东坡居士那也是在了却了一桩什么负担之后吧!但现代人大抵没有"左牵黄、右擎苍"的排场,那么就下乡吧,回苏北老家去。正是绿肥红瘦的暮春时节,麦哨、菜花、红桃翠柳,到处蓬勃着生命的活力,悠游其间，每一步都踩着一首亮丽的田园诗，红尘俗务有如梦幻一般遥远。

也许是被压抑得太久了，这一组大散文问世以来，虽然各方面好评如潮，我却一直闷声不响，终日徜徉在那些文明的废墟上借题发挥，写自己的那点感觉。现在，到了放松的时候，我终于有了一种无以名状的倾诉欲。在一个春风沉醉的晚上，我一边在田埂上漫步，一边追寻那些曾使我心旌摇荡的"感觉"，我知道，那是定格在心灵深处的一幅幅古意翩然的风景。

感觉是什么呢？是陈子昂站在古幽州台上的慨然高歌。在这里，诗人抒发的不仅仅是个人的感喟，而是一种超乎时空的大情怀，这样的大情怀，在上下数千年中能够勉强与之媲美的，大概只有孔子站在大河巨川前的一句"逝者如斯夫"，而杜子美"吴楚东南坼，乾坤日夜浮"那样的气韵都显得太逼仄。陈子昂在幽州台上的高歌只有寥寥四句，但这就够了，这是一个深厚博大的心灵与苍茫旷远的历史和自然之间的对话。既然是对话，便可以直抒胸臆，用不着那些轻俏琐碎的雕琢。雕琢往往是与"小"联系在一起的：小玩意、小摆设、小悲欢、小家子气，等等，这些大抵属于休闲一族。在当今的文坛上，人们已经读腻了太多的休闲文字，特别是那些标榜为散文的精巧玲珑之作。因此，人们有理由召唤一种情怀更为慷慨豪迈的大散文，这种"大"当然不是篇幅的冗长臃肿，而是体现为一种沉甸甸的历史感和沧桑感，一种浩然澎湃、毫不矫情的雍容大气，一种俯仰天地古今的内在冲动和感悟，一种涌动着激情和灵性的智慧和思考。正是在这种召唤下，我从小说和剧本创作的方阵中游离出来，试图在自然、历史和人生的大坐标上寻找新的审美视点，也寻找张扬个体灵魂和反思民族精神的全新领地。

我写得很沉重，因为我从具像化的断壁残垣中，看到的往往是一个历史大时代，特别是这一历史大时代中文化精神的涌动和流变，这不仅需要一种大感情的投入，而且需要足够的学识、才情和哲理品格。当我跋涉在残阳废垒、西风古道之间，与一页页风干的历史对话时，我同时也承载着一个巨大的心灵情节：抚摸着古老民族胴体上的伤痕，我常常颤

栗不已,对文明的惋叹,对生命的珍爱,对自然山水中理性精神的探求,汇聚成一种冷冽的忧患意识,这大概就是所谓的历史感悟吧。感悟是冥冥夜色中一星遥远的灯火,它若明若暗、时隐时现,让你心驰神往、跃跃欲试,当你走向它时却要穿越无边的黑暗和坎坷。——是的,穿越,创作本身就是一种精神穿越。"我将穿越,但我永远不会抵达",这是比利时诗人伊达·那慕尔的诗句。没有抵达的穿越体现为一种充满神秘感的过程,这时候你会有如履薄冰的疑惧,亦步亦趋的拘谨,山重水复的迷惘。但一旦进入了感悟的光圈,一切的框范都将风消云散,于是你神游八极,意气横陈,狂放和收敛皆游刃有余,仿佛进入了音乐的华彩乐段。你几乎要跳跃起来,去拥抱那近在咫尺的辉煌,狂吻它每一处动人心魄的细部。但在更多的时候,远方的感悟往往渺不可寻,你只能徘徊在深深的孤独之中。在《洛阳记》里,我曾借助老子西出函谷关的情节宣泄了这种感受:

> 这位来自东方的老人踽踽于荒原之中,孑然四顾,苍茫无及。这是一幅大漠孤影的自然画面,更是一幅极富于象征意义的生命图像。没有对话者,这是思想者最大的孤独,这种孤独的摧毁力,肯定比政治迫害和生活困窘之类的总和还要大。孤独是一座祭坛,几乎所有的伟人和思想者都要走上这座祭坛,从某种意义上说,他们生命的造型就是一群力图走出孤独的羁旅者。

我当然不是"思想者",但不是"思想者"也会有自己的"思想",而孤独与"思想"总是如影相随的。失却了感悟的召唤,这是创作中最痛苦的时刻,你怀疑自己已江郎才尽,已堕落为蹩脚的三流工匠,甚至想到了因才情委顿而自杀的川端康成和海明威。你渴望有一阵狂风豪雨来洗涤枯竭的心灵,于是把废弃的稿纸胡乱地塞进垃圾袋,又恶作剧地把垃圾袋从五楼扔进花圃,然后走出书房,在郊外的山野间啸傲狂奔,或挤进狐朋狗友之间海吹神侃。这时候,你已经远离了文学,认定那是一种生

湮没的辉煌

著名中学师生推荐书系

命中不能承受之重。然而就在这中间的某个时刻,你心头突然亮起一道闪电,一切的混沌皆豁然开朗,所谓的感悟正向你澎湃而来,你潇洒地一抖身躯又回来了,并且深深地理解了孤独的优美和价值。

　　大散文呼唤一种沉雄壮阔的大手笔和大气派,但这并不排斥审美灵性的张扬。任何一种形式的文学或艺术作品,其中都应该有诗性的流动。散文是一个作家综合实力的较量,这中间包括作家的生命体验、人格精神、知识底蕴、艺术感觉和营造语境的文字功力。所谓"综合"不应理解为工匠式的拼接和堆砌(尽管有时可以操作得很精巧),而是一种诗性的重塑。有了这种重塑,散文才能在"力"和"美"两方面皆锋芒毕露,并走向各自的极致。在这里,我想起了二战期间苏军的"喀秋莎"火箭炮,一种凸现着毁灭欲望和杀戮快感的战争武器,竟然以一个俄罗斯少女的名字作为标帜,这是多么巨大的不和谐! 其实,这中间恰恰隐潜着火炮制作者的一种审美观,一种对战争的全新解析:暴力对暴力,只是对等的较量;而美是可以征服一切的,即使面对的是武装到牙齿的法西斯。是的,喀秋莎是美的,那是一种典型的俄罗斯风格的清纯热烈之美,那么就把这美的精灵铸入火炮,使之进入炮手的精神方式和战场定律吧,在这里,"力"外化为风情万种的极致之美,而"美"则呈示出无坚不摧的雷霆之力,你死我活的战场态势演绎为一种奇诡辉煌的审美旋律,这就是"喀秋莎"的魅力和威力。我不能不由衷地钦佩火炮的制作者,他不仅是兵器史上杰出的天才,也是可以当之无愧地称为美学骑士的。我想,当他把少女的名字和冷峻的火炮联系在一起时,那灵感无疑是一种天籁。我一向认为,最伟大的作品只能是天籁,是可遇而不可求的。"喀秋莎"火箭炮本身就是诗,它已经超越了兵器,也超越了战争、政治和历史,最终定格为一种令人心旌摇荡的雄浑之美。——这正是大散文千呼万唤的大境界,它既有纵横捭阖的宏观把握,又有情致深婉的微观体悟;它流溢着历史诗情的沉郁柔丽,又张扬着现代意识的飞天啸吟;它不动声色却拥有内里乾坤,波涛澎湃却不失持重骄矜;它天马行空般翱翔于无限的时空,回眸一顾却尽显生命的沉重。它既是散文,又超

越了散文。在这样的大境界面前,我们永远只是蹒跚学步的稚童。

夜已深,远处江涛隐约,山影逶迤,初夏的晚风温煦怡人,妻子已经入睡,似乎正在做着一个不错的梦,其娇憨天真别有一种情态。这些人生风景都悄悄地滋润着我的情怀,为了这个世界,也为了眼前这个正在做梦的女人,我还有许多要做的事。《湮没的辉煌》出版了,我将重新回到原先的方阵中去,毕竟,那是我操练的主业。但有了这一次的远行和修炼,我的小说和剧本创作或许会呈示出一种新的格局,我从苍茫远古中走来,史识和灵性铸就了我手中的长剑,壮士出山,剑气如虹,啸傲江湖的日子当不会很远。